BASEADO NO ROTEIRO DE
ARTHUR C. CLARKE E STANLEY KUBRICK

ARTHUR C. CLARKE
2001
UMA ODISSEIA NO ESPAÇO

TRADUÇÃO
FÁBIO FERNANDES

2001: UMA ODISSEIA NO ESPAÇO

TÍTULO ORIGINAL:
2001: a space odyssey

COPIDESQUE:
Susana Alexandria

REVISÃO:
Maria Silvia Mourão Netto
Hebe Ester Lucas

CAPA:
Mateus Acioli

PROJETO GRÁFICO E DIAGRAMAÇÃO:
Desenho Editorial

TRADUÇÃO DOS CONTOS:
Carlos Angelo

DIREÇÃO EXECUTIVA:
Betty Fromer

DIREÇÃO EDITORIAL:
Adriano Fromer Piazzi

PUBLISHER:
Luara França

EDITORIAL:
Bárbara Reis
Caíque Gomes
Débora Dutra Vieira
Juliana Brandt
Andréa Bergamaschi*
Daniel Lameira*
Luiza Araujo*
Renato Ritto*

ARTE:
Pedro Fracchetta
Pietro Nascimento

COMUNICAÇÃO:
Giovanna de Lima Cunha
Júlia Forbes
Luciana Fracchetta
Yasmin Dias

COMERCIAL:
Giovani das Graças
Gustavo Mendonça
Lidiana Pessoa
Roberta Saraiva

FINANCEIRO:
Helena Telesca

* Equipe original à época do lançamento.

COPYRIGHT © ARTHUR C. CLARKE E POLARIS PRODUCTIONS INC., 1968
COPYRIGHT DO PREFÁCIO À EDIÇÃO DO MILÊNIO © ARTHUR C. CLARKE, 1999
COPYRIGHT DO CONTO *THE SENTINEL* © AVON PERIODICALS INC., 1951
COPYRIGHT DO CONTO *ENCOUNTER IN THE DAWN* © ZIFF-DAVIS PUBLISHING COMPANY, 1953
COPYRIGHT © EDITORA ALEPH, 2013
(EDIÇÃO EM LÍNGUA PORTUGUESA PARA O BRASIL)

Todos os direitos reservados.
Proibida a reprodução, no todo ou em parte, através de quaisquer meios. Publicado mediante acordo com a família do autor, representada pela Baror International, Inc., Armonk, Nova York, EUA.

Rua Bento Freitas, 306 - Conj. 71 - São Paulo/SP
CEP 01220-000 • TEL 11 3743-3202
www.editoraaleph.com.br

DADOS INTERNACIONAIS DE CATALOGAÇÃO NA PUBLICAÇÃO (CIP) DE ACORDO COM ISBD

C597d Clarke, Arthur C.
2001: uma odisseia no espaço / Arthur C. Clarke ; traduzido por Fábio Fernandes. - 3. ed. - São Paulo, SP : Editora Aleph, 2020.
336 p. ; 14cm 21cm.

Tradução de: 2001: a space odyssey
ISBN: 978-65-86064-06-3

1. Literatura inglesa. 2. Ficção científica. I. Fernandes, Fábio. II. Título.

	CDD 823.91
2020-1106	CDU 821.111-3

ELABORADO POR VAGNER RODOLFO DA SILVA - CRB-8/9410

ÍNDICES PARA CATÁLOGO SISTEMÁTICO:
1. Literatura inglesa : ficção científica 823.91
2. Literatura inglesa : ficção científica 821.111-3

SUMÁRIO

09 | *Nota à edição brasileira*

11 | *Para Stanley – In memoriam*
13 | *Prefácio à edição do milênio*
25 | *Prefácio*

27 | *2001 – Uma Odisseia no Espaço*
  29 | *Parte Um – Noite primitiva*
  63 | *Parte Dois – A.M.T.-1*
  123 | *Parte Três – Entre planetas*
  159 | *Parte Quatro – Abismo*
  219 | *Parte Cinco – As luas de Saturno*
  263 | *Parte Seis – Através do portal das estrelas*

301 | *Extras*
  • *A Sentinela*
  • *Encontro no Alvorecer*

NOTA À EDIÇÃO BRASILEIRA

2001 – Uma Odisseia no Espaço é, indiscutivelmente, um dos grandes clássicos da ficção científica, imortalizado nas telas do cinema por Stanley Kubrick. Entretanto, não se pode esquecer que o roteiro original do filme é coassinado por Arthur C. Clarke. Fato raro entre as produções cinematográficas, *2001* é um dos poucos casos em que o filme acabou por inspirar um autor a estender sua história para as páginas de um livro. Enquanto trabalhava com Kubrick nos detalhes do roteiro a ser utilizado pelo diretor, Clarke encaminhava, em paralelo, uma versão mais extensa e detalhada da história. É este texto que o leitor tem em mãos.

Mas esta edição, única no mundo, traz também uma série de materiais complementares: uma nota de Clarke quando do falecimento de Stanley Kubrick (às vésperas da chegada do tão esperado ano de 2001); as traduções dos contos "A Sentinela" e "Encontro no Alvorecer", fundamentais na composição deste clássico; e uma nota do autor escrita em 1999, especialmente para a edição do milênio.

Com isto, a Editora Aleph espera que o leitor aproveite cada palavra de uma odisseia que transcende as imagens trazidas pelo cinema e suscitadas pelo livro em direção ao nosso próprio universo, e tudo que ele pode conter.

PARA STANLEY
IN MEMORIAM

Pouco mais de duas semanas depois de escrever as palavras do prefácio a seguir, recebi a chocante e completamente inesperada notícia de que Stanley Kubrick havia morrido aos 70 anos de idade. Ele estava planejando uma promoção especial do filme no ano de 2001; estou muito triste porque não poderei compartilhar a ocasião com ele.

Embora tenhamos nos encontrado apenas algumas vezes ao longo das três décadas após o término das filmagens de *2001*, permanecemos em contato amigável – conforme demonstrado pela generosa mensagem que ele enviou à BBC quando apareci no programa *This Is Your Life*:

22 de agosto de 1994

Caro Arthur,

Lamento que o trabalho no meu filme me impeça de estar presente na grande homenagem a você esta noite.

Você é, merecidamente, o escritor de ficção científica mais famoso do mundo. Você fez mais do que qualquer um para nos dar uma visão da humanidade deixando o berço da Terra para alcançar nosso futuro nas estrelas, onde inteligências alienígenas podem nos tratar como um pai quase deus, ou possivelmente como um "Padrinho".*

---

* O original é um trocadilho intraduzível: Kubrick faz referência aos alienígenas nos tratarem como um "Godfather" (literalmente um Deus-Pai, mas, na verdade, *padrinho*) e ao título do filme de Francis Ford Coppola de 1972, aqui traduzido como *O Poderoso Chefão*. [N. do T.]

Em todo caso, estou confiante de que, quando este programa, que viajará para sempre pelo Universo, um dia chegar à atenção deles, eles também desejarão homenagear você como um dos mais visionários e importantes arautos de sua existência.

Mas se as futuras gerações terão a oportunidade de conhecer isso ou não, aí vai depender da resposta à sua pergunta favorita: Existe vida inteligente na Terra?

CORDIALMENTE,

STANLEY

Algumas noites atrás, sonhei que estávamos conversando pessoalmente (ele tinha exatamente a mesma aparência de 1964!) e ele perguntou: "Bem, e o que vamos fazer a seguir?". Poderia *mesmo* haver algo a seguir, envolvendo o belo conto "Superbrinquedos Duram o Verão Todo", de Brian Aldiss, no qual Stanley trabalhou por algum tempo sob o título "IA". Mas, por diversos motivos, isso acabou não acontecendo.*

Uma das coisas que mais lamento agora é que não poderemos receber o ano de 2001 juntos.

ARTHUR C. CLARKE
16 de abril de 1999

---

* Kubrick continuaria trabalhando no roteiro por anos, mas não achava que criança alguma fosse adequada para retratar o robô-menino David, e não sentia que a computação gráfica estivesse avançada o bastante para gerar uma imagem totalmente artificial de seu agrado. Em 1995, entregou o projeto a Steven Spielberg, que só conseguiu reunir as condições necessárias para produzir o filme após a morte de Kubrick. *AI – Inteligência Artificial* estreou em 2001. [N. do T.]

PREFÁCIO À EDIÇÃO DO MILÊNIO

Faz 35 anos que Stanley Kubrick iniciou sua jornada em busca do proverbial "bom filme de ficção científica", e 1964 já parece pertencer a outra era. Apenas um punhado de homens – e uma mulher – foram ao espaço, e embora o presidente Kennedy tivesse anunciado a intenção de os Estados Unidos colocarem um homem na Lua antes do final da década, duvido que muitas pessoas tivessem acreditado que aquilo fosse de fato acontecer.

Além do mais, o conhecimento genuíno que tínhamos de nossos vizinhos no espaço ainda era praticamente nulo: não podíamos sequer ter certeza de que a primeira sonda a pousar na Lua não afundaria num oceano de pó, como alguns astrônomos haviam previsto, cheios de confiança.

Para dar a vocês uma noção de perspectiva, deixem-me citar uma parte do relato (em grande parte) não ficcional de nossa empreitada, *Os Mundos Perdidos de 2001**, que escrevi em 1971 quando do tudo ainda estava fresco na minha cabeça:

> Na primavera de 1964... o pouso lunar ainda parecia psicologicamente um sonho do futuro distante. Intelectualmente, nós sabíamos que era inevitável; emocionalmente, não conseguíamos de fato acreditar nisso... o primeiro voo *Gemini* tripulado por dois homens (Grissom e Young) ainda levaria um ano para acontecer, e ainda se discutia furiosamente sobre qual seria a natureza da superfície lunar... Embora

---

*   Publicado no Brasil em 1972 pela Editora Expressão e Cultura. [N. do T.]

a NASA estivesse gastando o orçamento inteiro de nosso filme (mais de dez milhões de dólares) *por dia*, a exploração espacial parecia estar marcando passo. Mas os sinais eram claros; eu comentava frequentemente com Stanley que o filme ainda estaria em sua primeira exibição quando os homens estivessem realmente andando na Lua.

Então, ao escrever a nossa trama nos primórdios da era espacial, Stanley e eu tínhamos um problema de credibilidade; queríamos criar alguma coisa realista e plausível, que não se tornasse obsoleta com os acontecimentos dos anos seguintes. E, embora nosso primeiro título original fosse *How the Solar System Was Won* [*A Conquista do Sistema Solar*, numa tradução aproximada], o objetivo de Stanley era algo além de uma simples história de exploração. Como ele gostava muito de me dizer: "O que eu quero é um tema de grandeza mítica".

Bem, com a aproximação do verdadeiro ano de 2001, o filme se tornou parte da cultura popular: duvido que mesmo em seus sonhos mais loucos Stanley imaginaria que um dia cem milhões de americanos saberiam exatamente quem (o quê?) estava falando quando um comercial do Super Bowl anunciou, com uma voz aveludada, porém sinistra: "Era um bug, Dave". E se alguém ainda acredita na lenda de que HAL deriva de IBM deslocando uma letra adiante, deixem-me mais uma vez indicar, cansado, o Capítulo 16 para a origem correta desse nome.

Se vocês querem a versão definitiva, consultem o soberbo *laser-disc* da Voyager-Criterion, que contém não só o filme completo, mas também uma imensa quantidade de material relacionado à sua produção. Há pequenas cenas do filme sendo rodado, e conversas com os artistas, os cientistas e os técnicos que tornaram tudo possível. Também mostra um jovial Arthur C. Clarke sendo entrevistado na sala de montagem do módulo lunar na Grumman Aircraft, cercado pelo material que alguns anos depois estaria repousando na superfície da Lua. A sequência termina com uma comparação fascinante entre o filme e as realidades posteriores dos voos da *Apollo*, da *Skylab* e dos ônibus espaciais – algumas das quais não parecem nem um pouco tão convincentes como as previsões de Stanley.

Portanto, não é de surpreender que, mesmo na minha própria mente, livro e filme acabem se confundindo um com o outro – e com a realidade; as várias continuações tornam a situação ainda mais complicada. Então, eu gostaria de voltar ao princípio e lembrar como tudo isso começou.

Em abril de 1964, deixei o Ceilão, como o país então se chamava, e fui para Nova York para completar meu trabalho editorial no livro *Man and Space*, da Time/Life. Não consigo resistir a citar minhas reminiscências daquela época:

> Era estranho, estar de volta a Nova York depois de vários anos vivendo no paraíso tropical do Ceilão. Viajar assim – mesmo que apenas por três estações de metrô – era uma novidade exótica, depois de minha existência monótona entre elefantes, recifes de coral, monções e navios de tesouro afundados. Os gritos estranhos, os rostos alegres e sorridentes, e os modos infalivelmente corteses dos habitantes de Manhattan enquanto seguiam em seus afazeres misteriosos eram uma fonte constante de fascinação; assim como os trens confortáveis murmurando baixinho através das impecáveis estações de metrô, os anúncios (frequentemente adornados de modo charmoso por artistas amadores) para produtos estranhos como pão Levy, o jornal *New York Post*, a cerveja Piel e uma dezena de marcas concorrentes de carcinógenos orais. Mas com o tempo você se acostuma com tudo, e depois de alguns instantes (cerca de quinze minutos) o glamour desapareceu. ("Son of dr. Strangelove", contido em *Report on Planet Three*.)

Meu trabalho em *Man and Space* progrediu de modo muito tranquilo porque sempre que uma das dedicadas pesquisadoras da Time/Life me perguntava: "Qual é sua autoridade para fazer esta afirmação?", eu a imobilizava com um olhar fixo de basilisco e respondia: "Você está olhando para ela". Então eu tinha energia de sobra para virar madrugadas com Stanley, e nosso primeiro encontro foi no Trader Vic's, em 23 de abril. (Eles deviam colocar uma placa lá para marcar o local.) Stanley ainda estava desfrutando do sucesso de seu último filme, *Dr. Fantástico*, e estava procurando um tema ainda mais ambicioso. Ele queria fazer um filme sobre o lugar do homem no universo – um projeto que provavelmente provocaria um enfarte em qualquer chefe de estúdio da velha guarda – ou, pensando bem, da nova também.

Stanley – que se torna um especialista instantâneo em qualquer assunto que seja de seu interesse – já havia devorado diversas bibliotecas de ciência e ficção científica. Ele também havia adquirido os direitos de uma obra com o intrigante título *Shadow on the Sun*; não me lembro de nada a respeito disso e até esqueci o nome do autor, então provavelmente ele não era um dos regulares da FC. Fosse ele quem fosse, espero que nunca saiba que sabotei sua carreira, porque Kubrick foi prontamente informado de que Clarke *não estava* interessado em desenvolver ideias de outras pessoas. (Leiam o epílogo de *Rama II* para a curiosa série de acontecimentos que provocou uma mudança dessa política com *O Berço dos Super-Humanos,* duas décadas mais tarde.) Depois que essa questão foi resolvida, decidimos criar Algo Inteiramente Novo.

Ora, antes de fazer um filme, você tem de ter um roteiro, e antes de ter um roteiro, você precisa ter uma história; embora alguns diretores de vanguarda tenham tentado deixar de lado esse último item, você só vai encontrar a obra deles em cinemas de arte. Eu já tinha dado a Stanley uma lista de meus contos mais curtos, e havíamos decidido que um deles – "A Sentinela" – continha uma ideia básica sobre a qual podíamos construir uma história.

"A Sentinela" foi escrito em uma explosão de energia no Natal de 1948, como minha participação em um concurso de contos da BBC. Esse conto não chegou sequer a ser classificado, e às vezes me perguntava que conto ganhou (provavelmente um épico de angústia em Tunbridge Wells). O conto já entrou em tantas antologias que só preciso dizer que é uma obra emocional sobre a descoberta de um artefato alienígena na Lua – uma espécie de alarme antifurto, esperando para ser disparado com a chegada da humanidade.

Muitas vezes dizem que *2001* foi baseado em "A Sentinela", mas isso é uma simplificação muito grosseira; os dois têm a mesma relação que uma castanha tem com a castanheira. Era necessário muito mais material para fazer o filme, e uma parte dele veio de "Encontro no Alvorecer" (também conhecido como "Expedição à Terra" e publicado na coletânea de mesmo nome) e de quatro outros contos. Mas a maior parte da história era inteiramente nova, e o resultado de meses de *brainstorm* com Stanley – acompanhados por horas solitárias (bem, razoavelmente solitárias) no quarto 1008 do famoso Hotel Chelsea, no 222 West 23rd Street.

Foi ali que a maior parte do romance foi escrita, e o diário desse processo tantas vezes doloroso pode ser encontrado em *Os Mundos Perdidos de 2001*. Mas por que escrever um romance, vocês podem se perguntar, quando nosso objetivo era fazer um filme? É verdade que novelizações (ugh) são, na maioria das vezes, produzidas depois; neste caso, Stanley tinha excelentes motivos para inverter o processo.

Como um roteiro precisa especificar tudo em detalhes excruciantes, ele é quase tão tedioso de ler quanto de escrever. John Fowles definiu muito bem quando disse: "Escrever um romance é como nadar no oceano, escrever um roteiro de cinema é como se debater em melaço". Talvez por Stanley ter percebido que eu tinha baixa tolerância ao tédio, ele sugeriu que antes de embarcarmos na lentidão do roteiro, deixássemos nossa imaginação voar livremente, escrevendo um romance completo, a partir do qual depois derivaríamos o roteiro. (E, com sorte, um pouquinho de dinheiro.)

Foi mais ou menos assim que funcionou, embora, mais para o final, o romance e o roteiro estivessem sendo escritos simultaneamente, com sugestões e comentários em ambas as direções. Assim, reescrevi algumas partes depois de ver os copiões do filme – um método bem caro de criação literária, do qual poucos outros autores puderam desfrutar, embora eu não tenha certeza se "desfrutar" seja a palavra certa.

Para dar o sabor daquela época louca, reproduzo aqui alguns extratos do diário que devo ter escrito apressadamente nas primeiras horas da manhã:

28 de maio de 1964. Sugeri a Stanley que "eles" poderiam ser máquinas que consideram a vida orgânica uma doença horrível. Stanley acha isso engenhoso...

2 de junho. Conseguindo uma média de mil a duas mil palavras por dia. Stanley diz: "Temos um *best-seller* aqui".

11 de julho. Reuni-me com Stanley para discutir o desenvolvimento da trama, mas passamos o tempo quase inteiro discutindo sobre os Grupos Transfinitos de Cantor... Cheguei à conclusão de que ele é um gênio matemático latente.

12 de julho. Agora temos tudo – menos a trama.

26 de julho. Aniversário de Stanley (36 anos). Fui ao Village e achei um cartão com a inscrição: "Como você pode ter um Feliz Aniversário quando o mundo inteiro pode explodir a qualquer momento?".*

28 de setembro. Sonhei que era um robô sendo reconstruído. Levei dois capítulos a Stanley, que preparou para mim um belo de um filé e fez a seguinte observação: "Joe Levine não faz *isso* para seus escritores"**.

---

* Atualização de 1999: Queria ter guardado um bom estoque desses cartões... [Nota do Autor]

** Produtor de cinema responsável por sucessos como *Uma Ponte Longe Demais*, *O Leão no Inverno* e *A Primeira Noite de Um Homem*, entre muitos outros. [N. do T.]

17 de outubro. Stanley inventou a ideia louca de robôs ligeiramente efeminados que criam um ambiente vitoriano para deixarem nossos heróis à vontade.

28 de novembro. Liguei para Isaac Asimov para discutir a bioquímica de transformar vegetarianos em carnívoros.

10 de dezembro. Stanley liga depois de assistir a *Daqui a Cem Anos*, de H. G. Wells, e diz que *nunca* mais vai ver outro filme que eu recomendar.

24 de dezembro. Brincando lentamente com as últimas páginas, para poder dá-las de presente de Natal a Stanley.

Esta entrada registra minha esperança de que o romance agora estivesse essencialmente completo; na verdade, tudo o que tínhamos era meramente um rascunho dos primeiros dois terços, parando no ponto mais empolgante – porque não tínhamos a menor ideia do que aconteceria depois. Mas era o suficiente para permitir que Stanley fechasse o contrato com a MGM e a Cinerama para o que foi originalmente anunciado aos quatro ventos como *Journey Beyond the Stars* [*Jornada Além das Estrelas*, numa tradução literal]. (Outra variante: *How The Solar System Was Won*. Não era um título ruim – e agora pode ser uma época propícia para ele. Mas não me ligue, e eu não ligarei para você.)

Ao longo do ano de 1965, Stanley esteve envolvido nas incrivelmente complexas atividades de pós-produção – dificultadas ainda mais pelo fato de que o filme seria rodado na Inglaterra enquanto ele ainda estava em Nova York, e em nenhuma circunstância ele viajava de avião. Não sou ninguém para criticar: Stanley aprendeu a não viajar da maneira mais difícil: ao obter seu brevê de piloto. Por motivos semelhantes, nunca mais estive atrás de um volante desde o dia em que (mal) passei no meu teste de direção em Sydney, Austrália, em 1956. Eu também me curei para o resto da vida de uma experiência traumática.

Enquanto Stanley estava fazendo o filme, eu estava tentando completar a última, última versão do romance, que naturalmente tinha de receber a bênção dele antes de ser publicada. Isso acabou sendo extremamente difícil de se conseguir, em parte porque ele estava tão ocupado no estúdio que nunca tinha tempo de voltar sua atenção para as muitas versões do manuscrito. Ele jurava que não estava fazendo corpo mole, para garantir que o filme fosse lançado antes do livro. O que aconteceu – por questão de meses – na primavera de 1968.

Considerando sua complexa e agonizante gestação, não é de surpreender que o romance seja diferente do filme em diversos aspectos. O mais importante – e que sorte que nunca poderíamos ter adivinhado isso na época – é que Stanley decidiu por um encontro com Júpiter, ao passo que no romance a espaçonave *Discovery* voou até Saturno, utilizando, no caminho, o campo gravitacional de Júpiter para impulsioná-la.

Precisamente essa "manobra de perturbação" foi utilizada pela espaçonave *Voyager*, onze anos depois.

Por que a mudança de Saturno para Júpiter? Bem, ela fornecia uma trama mais direta – e, o mais importante, o departamento de efeitos especiais não conseguia produzir um Saturno que Stanley achasse convincente. Se ele tivesse feito isso, o filme estaria agora bastante datado, já que as missões da *Voyager* mostraram que os anéis de Saturno são bem mais implausíveis do que qualquer pessoa jamais havia sonhado.

Por mais de uma década após a publicação do romance (julho de 1968), neguei indignado que qualquer sequência fosse possível ou que eu tivesse alguma intenção de escrever uma. Mas o brilhante sucesso das missões *Voyager* me fez mudar de ideia; mundos distantes sobre os quais não se sabia absolutamente nada quando Stanley e eu iniciamos nossa colaboração subitamente se tornaram lugares de verdade, com condições fantásticas de superfície. Quem jamais teria imaginado satélites inteiramente cobertos por banquisas de gelo, ou vulcões espirrando enxofre cem quilômetros espaço acima? A ficção científica podia agora se tornar mais convincente pelo fato científico. *2010: Uma Odisseia no Espaço II* tratava do *verdadeiro* sistema joviano.

Existe ainda outra profunda distinção entre os dois livros. *2001* foi escrito em uma época que agora está além de um dos grandes marcos divisórios da história humana; estamos separados dela para sempre pelo momento em que Neil Armstrong e Buzz Aldrin pisaram no Mar da Tranquilidade. Agora, história e ficção se tornaram inextricavelmente interligadas; os astronautas da *Apollo* já tinham visto o filme quando partiram para a Lua. Os membros da tripulação da *Apollo 8*, que no Natal de 1968 se tornaram os primeiros homens a pôr os olhos no outro lado da Lua, me disseram que se sentiram tentados a transmitir por rádio a descoberta de um grande monolito preto. Infelizmente, a discrição prevaleceu.

A missão da *Apollo 13*, entretanto, tem uma ligação sinistra com *2001*. Quando o computador HAL reportou a "falha" da Unidade AE 35, a frase que ele usou foi "Lamento interromper as festividades, mas temos um problema".

Bem, o módulo de comando da *Apollo 13* foi batizado de *Odyssey*, e a tripulação havia acabado uma transmissão de TV com o famoso tema de *Zaratustra* do filme, quando um tanque de oxigênio explodiu. Suas primeiras palavras para a Terra foram: "Houston, temos um problema"

Por uma improvisação brilhante – usando o módulo lunar como "bote salva-vidas" – os astronautas foram trazidos de volta em segurança a bordo do *Odyssey*. Quando Tom Paine, administrador da NASA, me enviou o relatório da missão, escreveu na capa: "Exatamente como você sempre disse que ia ser, Arthur."

E aconteceram muitas outras ressonâncias, sendo as mais notáveis as sagas dos satélites de comunicações Westar VI e Palapa B-2 que, em fevereiro de 1984, haviam sido lançados em órbitas inúteis por foguetes com erros nos disparos.

Ora, em um rascunho anterior do romance, David Bowman precisa executar uma AEV* em um dos módulos espaciais da *Discovery* e correr atrás do sistema de antena de comunicações perdido. (O episódio pode ser encontrado no Capítulo 26 de *Os Mundos Perdidos de 2001*.) Ele o alcança, mas é incapaz de verificar sua rotação lenta e de levá-lo de volta para a *Discovery*.

Em novembro de 1984, o astronauta Joe Allen deixou o ônibus espacial *Discovery* (não, eu não estou inventando isso!) e usou sua unidade de manobras para encontrar o Palapa. Ao contrário de Bowman, ele foi capaz de verificar sua rotação através de pequenos jatos dos propulsores de nitrogênio de sua mochila. O satélite foi levado de volta para dentro do setor de carga da *Discovery* e dois dias depois o Westar também foi recuperado. Ambos foram devolvidos em segurança à Terra para reparos e relançamento, depois de uma das mais notáveis e bem-sucedidas missões já realizadas pelos ônibus espaciais.

E ainda não terminei. Exatamente na época em que Joe estava fazendo tudo isso, recebi um exemplar de seu belo livro *Entering Space: An Astronaut's Odyssey*, com uma carta que dizia: "Querido Arthur, quando criança você me infectou tanto com o vírus da escrita quanto com o vírus do espaço, mas esqueceu de me dizer como as duas coisas podem ser difíceis".

Eu nem precisaria dizer que esse tipo de tributo me dá um brilho caloroso de satisfação, mas também me faz sentir um contemporâneo dos irmãos Wright.

O romance que você está prestes a ler foi criticado algumas vezes por dar explicações demais, e assim destruir parte do mistério do filme. (Rock Hudson saiu irritado da estreia reclamando: "Alguém pode me explicar o que diabos foi aquilo tudo?") Mas eu não

---

* Sigla para atividade extraveicular; do inglês, EVA, *extra-vehicular activity*. [N. do T.]

me arrependo: o texto impresso tem de dar muito mais detalhes do que o que se pode mostrar na tela. E eu completei o crime escrevendo *2010* (que também foi transformado num excelente filme sob a direção de Peter Hyams), *2061* e *3001*.

Nenhuma trilogia deve ter mais de quatro volumes, então prometo que *3001* é de fato a Odisseia Final!

PREFÁCIO

Por trás de cada homem vivo hoje estão trinta fantasmas, pois essa é a proporção pela qual os mortos superam os vivos. Desde a aurora do tempo, aproximadamente cem bilhões de seres humanos já caminharam pelo planeta Terra.

Ora, esse é um número interessante, pois, por uma curiosa coincidência, existem aproximadamente cem bilhões de estrelas em nosso Universo local, a Via Láctea. Então, para cada homem que já viveu, brilha uma estrela nesse Universo.

Mas cada uma dessas estrelas é um sol, muitas vezes bem mais brilhante e glorioso do que a pequena estrela próxima que, para nós, é *o* Sol. E muitos – talvez a maioria – desses sóis alienígenas têm planetas girando ao redor deles. Então, quase certamente existe Terra suficiente no céu para dar a cada membro da espécie humana, desde o primeiro homem-macaco, seu próprio paraíso – ou inferno – do tamanho de um mundo.

Quantos desses paraísos ou infernos em potencial são hoje habitados, e por quais espécies de criaturas, não temos como saber. O mais próximo fica um milhão de vezes mais distante do que Marte ou Vênus, estes objetivos ainda remotos da próxima geração. Mas as barreiras da distância estão desmoronando; um dia encontraremos nossos iguais, ou nossos senhores, entre as estrelas.

Os homens têm levado muito tempo para encarar essa perspectiva; alguns ainda esperam que ela jamais venha a se tornar realidade. Cada vez mais pessoas, entretanto, estão se perguntando: "Por que esses encontros ainda não aconteceram, já que nós mesmos estamos prestes a nos aventurar no espaço?"

Realmente, por que não? Eis aqui uma possível resposta a essa pergunta muito sensata. Mas, por favor, lembrem-se: esta é apenas uma obra de ficção.

A verdade, como sempre, será muito mais estranha.

A. C. C.

2001
UMA ODISSEIA NO ESPAÇO

I

NOITE PRIMITIVA

1

O CAMINHO PARA A EXTINÇÃO

A seca já durava dez milhões de anos, e o reinado dos terríveis lagartos há muito havia terminado. Ali no equador, no continente que um dia seria conhecido como África, a luta pela existência chegara a um novo clímax de ferocidade, e ainda não se sabia quem seria o vencedor. Naquela terra deserta e árida apenas os pequenos, os velozes e os ferozes conseguiam prosperar, ou sequer esperar sobreviver.

Os homens-macacos da estepe não eram nenhuma dessas coisas e não estavam prosperando; na verdade, já estavam bem adiantados no caminho para a extinção racial. Cerca de cinquenta deles ocupavam um grupo de cavernas que dava para um pequeno vale ressecado, dividido por um riacho vagaroso, alimentado pelas neves das montanhas mais de trezentos quilômetros ao norte. Nos tempos difíceis esse riacho sumia por completo, e a tribo vivia com o fantasma da sede.

Famintos sempre estiveram, mas agora morriam de fome. Quando o primeiro brilho fraco da aurora se insinuou até o interior da caverna, Aquele-que-Vigia-a-Lua viu que seu pai havia morrido à noite. Ele não sabia que o Velho era seu pai, pois esse tipo de relação estava absolutamente além de sua compreensão, mas, ao olhar para o corpo emaciado, sentiu uma vaga inquietação, que era a ancestral da tristeza.

Os dois bebês já estavam choramingando por comida, mas se calaram quando Aquele-que-Vigia-a-Lua rosnou para eles. Uma das mães, defendendo a criança que não tinha condições de alimentar adequadamente, retrucou-lhe com um grunhido zangado; ele não tinha energia sequer para dar uma bofetada nela por sua presunção. Agora o dia estava claro o suficiente para sair. Aquele-que-Vigia-a-Lua apanhou o cadáver murcho e o arrastou atrás de si, curvando-se para passar pela entrada rebaixada da caverna. Assim que chegou ao lado de fora, jogou o corpo por cima do ombro e ficou ereto – o único animal em todo aquele mundo capaz de fazer isso. Entre sua espécie, Aquele-que-Vigia-a-Lua era quase um gigante. Tinha quase um metro e cinquenta de altura e, embora fosse bastante subnutrido, pesava mais de quarenta e cinco quilos. Seu corpo peludo e musculoso estava no meio do caminho entre macaco e homem, mas sua cabeça já era muito mais próxima do homem que do macaco. A testa era baixa, e havia reentrâncias sobre as órbitas dos olhos, mas ele continha de modo inconfundível em seus genes a promessa de humanidade. Ao observar o mundo hostil do Pleistoceno, já havia alguma coisa em seu olhar além da capacidade de qualquer macaco. Naqueles olhos escuros e profundos havia uma consciência nascente – os primeiros indícios de uma inteligência que talvez ainda não se concretizasse por eras, e em pouco tempo poderia estar extinta para sempre.

Não havia sinal de perigo, então Aquele-que-Vigia-a-Lua começou a descer depressa a encosta quase vertical fora da caverna, e seu progresso era apenas ligeiramente retardado pelo peso que carregava. Como se estivesse aguardando seu sinal, o resto da tribo emergiu de seus próprios lares mais adiante na face da rocha e começou a se apressar na direção das águas lamacentas do riacho para sua bebida matinal.

Aquele-que-Vigia-a-Lua olhou para o outro lado do vale a fim de ver se os Outros estavam por perto, mas não havia sinal deles.

Talvez ainda não tivessem deixado suas cavernas, ou já estivessem procurando alimento mais além, ao longo da encosta. Já que não podia vê-los em parte alguma, Aquele-que-Vigia-a-Lua os esqueceu; era incapaz de se preocupar com mais de uma coisa por vez. Primeiro precisava se livrar do Velho, mas esse era um problema que exigia pouco raciocínio. Muitas mortes ocorreram naquela estação, uma delas em sua própria caverna; tinha apenas que colocar o cadáver onde havia deixado o bebê novo no último quarto da Lua, e as hienas fariam o resto.

Elas já estavam esperando, onde o pequeno vale se transformava em savana, quase como se soubessem que ele estava chegando. Aquele-que-Vigia-a-Lua deixou o corpo embaixo de um pequeno arbusto – todos os ossos anteriores já haviam desaparecido – e voltou correndo para se juntar à tribo novamente. Nunca mais pensou em seu pai.

Suas duas parceiras, os adultos da outra caverna e a maioria dos jovens estavam coletando alimentos entre as árvores atrofiadas pela seca, mais acima no vale, procurando frutinhas, raízes e folhas suculentas e eventuais presentes inesperados, como pequenos lagartos ou roedores. Só os bebês e os velhos mais fracos eram deixados nas cavernas; se sobrasse comida no fim da busca de um dia, eles poderiam ser alimentados. Se não, em breve as hienas teriam sorte mais uma vez.

Mas aquele dia foi bom – embora Aquele-que-Vigia-a-Lua, por lhe faltar a real capacidade de recordar o passado, não pudesse comparar uma época com outra. Ele havia encontrado a colmeia de abelhas no toco de uma árvore morta, e assim desfrutou da maior guloseima que seu povo jamais poderia conhecer; ainda lambia os dedos de vez em quando ao liderar seu grupo para casa no fim da tarde. Naturalmente, também havia colecionado um bom número de picadas, mas praticamente nem notou. Estava agora mais perto da felicidade do que provavelmente jamais estaria porque, embora ainda sentisse fome, não estava realmente fraco de fome. Isso era o máximo a que qualquer homem-macaco poderia aspirar.

Seu contentamento desapareceu quando chegou ao riacho. Os Outros estavam lá. Eles estavam lá todos os dias, mas isso não tornava a coisa menos irritante.

Eram cerca de trinta, e não havia como diferenciá-los dos membros da própria tribo d'Aquele-que-Vigia-a-Lua. Quando o viram chegando, começaram a dançar, balançar os braços e gritar do seu lado do riacho, e seu próprio povo retribuiu da mesma forma.

E isso foi tudo o que aconteceu. Embora os homens-macacos frequentemente brigassem e lutassem fisicamente entre si, suas disputas raramente resultavam em ferimentos sérios. Como não tinham garras nem caninos para luta, e eram bem protegidos por pelos, não podiam infligir muitos danos uns aos outros. De qualquer maneira, tinham pouca energia de reserva para um comportamento tão improdutivo; rosnar e ameaçar era uma forma bem mais eficiente de afirmar seus pontos de vista.

O confronto durou cerca de cinco minutos. Então, a exibição acabou tão rapidamente quanto havia começado, e todos beberam seu quinhão da água lamacenta. A honra foi satisfeita; cada grupo reafirmou a posse de seu próprio território. Resolvido esse assunto importante, a tribo se deslocou ao longo do seu lado do rio. A pastagem mais próxima que valia a pena ficava agora a quase dois quilômetros das cavernas, e eles tinham que dividi-la com uma manada de feras grandes, semelhantes a antílopes, que mal toleravam a presença deles. Elas não podiam ser expulsas, pois estavam armadas com adagas ferozes em suas testas – as armas naturais que os homens-macacos não possuíam.

Então Aquele-que-Vigia-a-Lua e seus companheiros mastigavam bagas, frutas e folhas, e lutavam contra as aflições da fome – enquanto ao redor deles, competindo pelo mesmo alimento, havia uma fonte potencial de mais comida do que jamais poderiam esperar comer. E, no entanto, os milhares de toneladas de carne suculenta que percorriam a savana não estavam somente além de seu alcance; estavam além de sua imaginação. No meio da fartura, eles lentamente morriam de fome.

A tribo retornou à sua caverna sem incidentes, com a última luz do dia. A fêmea ferida que tinha ficado na caverna arrulhou de prazer quando Aquele-que-Vigia-a-Lua lhe deu um galho coberto de bagas que havia trazido, e começou a atacá-lo vorazmente. Não havia nada muito nutritivo ali, mas aquilo a ajudaria a sobreviver até que a ferida causada pelo leopardo tivesse curado, e ela pudesse coletar comida para si mesma novamente.

Sobre o vale, uma lua cheia estava nascendo, e um vento frio soprava das montanhas distantes. Faria muito frio essa noite – mas o frio, assim como a fome, não era caso para nenhuma preocupação real; apenas fazia parte do pano de fundo da vida.

Aquele-que-Vigia-a-Lua mal se mexeu quando os guinchos e os berros ecoaram encosta acima, vindos de uma das cavernas inferiores, e não precisou ouvir o grunhido ocasional do leopardo para saber exatamente o que estava acontecendo. Lá embaixo, na escuridão, o velho Cabelo Branco e sua família estavam lutando e morrendo, e a ideia de que ele poderia de algum modo ajudar nunca passou pela cabeça d'Aquele-que-Vigia-a-Lua. A lógica cruel da sobrevivência eliminava essas extravagâncias, e nenhuma voz se elevou em protesto dos que ouviam na encosta. Todas as cavernas estavam em silêncio, para não atrair o desastre.

O tumulto cessou, e agora Aquele-que-Vigia-a-Lua podia ouvir o som de um corpo sendo arrastado sobre rochas. Isso durou apenas alguns segundos; então o leopardo abocanhou bem a sua presa. Não fez mais barulho ao se afastar em silêncio, carregando sua vítima sem esforço entre as mandíbulas.

Por um dia ou dois não haveria mais perigo ali, mas poderia haver outros inimigos por perto, aproveitando aquele Pequeno Sol frio que só brilhava de noite. Se houvesse aviso suficiente, os predadores menores às vezes eram afugentados por gritos e berros. Aquele-que-Vigia-a-Lua se arrastou para fora da caverna, subiu numa grande pedra ao lado da entrada e ficou ali agachado para inspecionar o vale.

De todas as criaturas que já haviam caminhado sobre a Terra, os homens-macacos foram os primeiros a olhar atentamente para a Lua. E, embora não conseguisse se lembrar disso, quando era muito jovem Aquele-que-Vigia-a-Lua às vezes esticava o braço e tentava tocar aquele rosto fantasmagórico que surgia por entre as colinas. Ele nunca conseguiu, e agora era velho o bastante para entender o motivo. Porque primeiro, é claro, precisava encontrar uma árvore suficientemente alta para subir.

Às vezes vigiava o vale, e às vezes vigiava a Lua, mas sempre escutava. Uma ou duas vezes cochilou, mas dormia em alerta máximo, e o menor som o teria despertado. Com a avançada idade de vinte e cinco anos, ainda estava em plena posse de suas faculdades mentais; se sua sorte continuasse, e ele evitasse acidentes, doenças, predadores e fome, poderia sobreviver por pelo menos mais dez anos.

A noite prosseguiu, fria e límpida, sem mais alarmes, e a Lua subiu lentamente entre constelações equatoriais que olho humano algum jamais veria. Nas cavernas, entre cochilos intermitentes e uma espera amedrontada, nasciam os pesadelos de gerações vindouras.

E por duas vezes passou lentamente pelo céu, subindo até o zênite e descendo na direção leste, um ponto estonteante de luz mais brilhante do que qualquer estrela.

2

A NOVA ROCHA

Mais tarde naquela noite, Aquele-que-Vigia-a-Lua acordou de repente. Cansado pelos esforços e os desastres do dia, havia dormido um sono mais profundo do que de costume, mas ficou instantaneamente alerta aos primeiros sons vagos de algo escarafunchando no fundo do vale. Sentou-se na escuridão fétida da caverna, concentrando seus sentidos na noite lá fora, e o medo entranhou-se lentamente em sua alma. Nunca em sua vida – já duas vezes mais longa do que a maioria dos membros de sua espécie podia esperar – tinha ouvido um som como aquele. Os grandes felinos se aproximavam em silêncio, e a única coisa que os traía era um raro deslizamento de terra, ou a quebra ocasional de um graveto. Mas aquele era um ruído contínuo de esmigalhamento que ia ficando cada vez mais alto. Parecia que algum bicho enorme se movia pela noite, sem tentar se esconder e ignorando todos os obstáculos. De repente Aquele-que-Vigia-a-Lua ouviu o som inconfundível de um arbusto sendo arrancado pelas raízes; os elefantes e os dinotérios faziam isso com bastante frequência, mas normalmente se moviam com o silêncio dos felinos.

E então houve um som que Aquele-que-Vigia-a-Lua não poderia ter identificado, pois nunca fora ouvido antes na história do mundo. Era o clangor de metal sobre pedra.

* * *

Aquele-que-Vigia-a-Lua ficou face a face com a Nova Rocha quando levou a tribo até o rio na primeira luz da manhã. Quase havia esquecido os terrores da noite porque nada havia acontecido após aquele ruído inicial, então não associou aquela estranha coisa a perigo ou medo. Afinal de contas, não havia nada de alarmante nela.

Era uma placa retangular, três vezes a sua altura, mas estreita o bastante para abarcar com seus braços, e era feita de um material completamente transparente; na verdade, não era fácil de ver, a não ser quando o sol nascente reluzia em suas bordas. Como Aquele-que-Vigia-a-Lua nunca tivera contato com gelo, ou sequer com água cristalina, não havia nenhum objeto natural com o qual pudesse comparar aquela aparição. Era decerto um tanto atraente e, embora tivesse uma cautela sensata com relação à maioria das coisas novas que encontrava, não hesitou muito tempo para se aproximar dela. Como nada aconteceu, estendeu a mão e sentiu uma superfície dura e fria.

Depois de pensar por vários minutos, chegou a uma explicação brilhante. Era uma rocha, é claro, e ela devia ter crescido durante a noite. Havia muitas plantas que faziam isso – coisas brancas e esponjosas em forma de pedras, que pareciam brotar durante as horas de escuridão. É verdade que aquelas eram pequenas e redondas, ao passo que esta era grande e de bordas afiadas; mas filósofos mais importantes e posteriores a Aquele-que-Vigia-a-Lua estariam prontos a ignorar exceções igualmente impressionantes às suas teorias.

O soberbo pensamento abstrato levou Aquele-que-Vigia-a--Lua, em apenas três ou quatro minutos, a uma dedução que ele testou imediatamente. As plantas-pedras brancas e redondas eram muito saborosas (embora algumas produzissem um mal-estar violento), talvez aquela grande...?

Umas poucas lambidas e mordiscadas rapidamente o desiludiram. Ali não havia alimento; então, como um homem-macaco sensato, continuou no seu caminho para o rio e esqueceu completamente o monolito cristalino durante sua rotina diária de gritar com os Outros.

Hoje a coleta estava muito ruim, e a tribo teve de viajar vários quilômetros para encontrar algum tipo de comida. Durante o calor implacável do meio-dia, uma das fêmeas mais fracas desmaiou, longe de qualquer abrigo possível. Seus companheiros se reuniram ao redor dela, murmurando e chorando em solidariedade, mas não havia nada que pudessem fazer. Se estivessem menos exaustos, poderiam tê-la carregado com eles, mas não havia energia extra para tais atos de bondade. Ela tinha de ser deixada para trás, para se recuperar ou não com seus próprios recursos.

À noite, na jornada de volta para casa, passaram pelo mesmo local; não viram um osso sequer.

À última luz do dia, olhando ansiosos ao redor em busca dos primeiros caçadores, beberam apressados do riacho e começaram a subir até suas cavernas. Ainda estavam a cem metros da Nova Rocha quando o som começou.

Era quase inaudível, mas, mesmo assim, deixou-os inertes, de modo que ficaram paralisados no meio do caminho, de queixo frouxo e caído. Uma vibração simples, repetitiva e enlouquecedora pulsava do cristal e hipnotizava todos que chegavam perto de seu feitiço. Pela primeira vez – e última, por três milhões de anos – o som de tambores foi ouvido na África.

O pulsar foi ficando mais alto, mais insistente. Logo os homens-macacos começaram a avançar como sonâmbulos na direção da fonte daquele som compulsivo. Às vezes davam passinhos de dança, pois seu sangue reagia a ritmos que seus descendentes levariam eras para criar. Totalmente em transe, juntaram-se ao redor do monolito, esquecendo as dificuldades do dia, os perigos do crepúsculo que se aproximava e a fome em suas barrigas.

O som de tambores ficou mais alto, a noite mais escura. E, com o escurecer das sombras, e a luz sumindo do céu, o cristal começou a brilhar.

Primeiro perdeu sua transparência e começou a ser envolto por uma luminescência pálida e leitosa. Fantasmas irresistíveis e indefinidos se moveram por sua superfície e em suas profundezas. Fundiram-se em barras de luz e sombra, e depois formaram aros entrelaçados que começaram a girar lentamente.

As rodas de luz giravam cada vez mais rápido, e o pulsar dos tambores acelerou com elas. Agora profundamente hipnotizados, os homens-macacos só podiam olhar boquiabertos para aquela impressionante exibição pirotécnica. Já haviam esquecido os instintos de seus antepassados e as lições de uma vida inteira; nenhum deles, normalmente, teria ficado tão longe de sua caverna, tão tarde da noite. Entretanto, o mato ao redor estava cheio de formas paralisadas e olhos fixos, pois as criaturas noturnas suspenderam suas atividades para ver o que aconteceria a seguir.

Agora as rodas de luz começaram a se fundir, e os aros se mesclaram em barras luminosas que lentamente sumiam na distância, enquanto giravam em seus eixos. Dividiram-se em pares, e os conjuntos de linhas resultantes começaram a oscilar uns contra os outros, mudando lentamente seus ângulos de interseção. Formas geométricas fantásticas e fugidias apareciam e desapareciam, enquanto as grades reluzentes se entrelaçavam e desentrelaçavam; e os homens-macacos observavam, cativos mesmerizados do cristal reluzente.

Jamais poderiam imaginar que suas mentes estavam sendo sondadas, seus corpos mapeados, suas reações estudadas, seus potenciais avaliados. No começo, toda a tribo permaneceu semiagachada num quadro vivo imóvel, como que petrificada. Então o homem-macaco mais próximo da placa subitamente voltou à vida.

Ele não se moveu de onde estava, mas seu corpo perdeu a rigidez do transe e se tornou animado como que fosse uma marionete controlada por cordéis invisíveis. A cabeça virava para um lado e para o outro; a boca se abria e se fechava silenciosamente; as mãos se cerravam em punhos e afrouxavam. Então ele se abaixou, arrancou um talo comprido de grama e tentou fazer um nó nele com seus dedos desajeitados.

Ele parecia ser uma coisa possuída, lutando contra algum espírito ou demônio que tivesse assumido o controle de seu corpo. A respiração era ofegante, e os olhos estavam cheios de terror, enquanto ele tentava forçar os dedos a fazer movimentos mais complexos do que jamais haviam tentado antes.

Apesar de todos os seus esforços, só conseguiu quebrar o talo em pedaços. Quando os fragmentos caíram ao chão, a influência controladora o abandonou, e ele retornou à imobilidade.

Outro homem-macaco voltou à vida e passou pelo mesmo exercício. Esse era um espécime mais jovem e mais adaptável: foi bem-sucedido onde o mais velho fracassara. No planeta Terra, o primeiro nó tosco havia sido atado...

Outros fizeram coisas mais estranhas e com ainda menos sentido. Uns ergueram seus braços até o fim e tentaram tocar as pontas dos dedos – primeiro com ambos os olhos abertos, depois com um deles fechado. Uns foram levados a encarar formas traçadas no cristal, que foram se tornando cada vez mais divididas até se fundirem num borrão cinza. E todos ouviram sons únicos e simples, de tom variável, que rapidamente caíam abaixo do nível de audição.

Quando chegou a vez de Aquele-que-Vigia-a-Lua, ele sentiu muito pouco medo. Sua principal sensação foi um ressentimento leve, pois seus músculos se contorciam e seus braços e pernas se moviam sob ordens que não eram inteiramente suas.

Sem saber por que, abaixou-se e pegou uma pedrinha. Quando se levantou, viu que havia uma nova imagem na placa de cristal.

As grades e as formas dançantes tinham sumido. Em seu lugar havia uma série de círculos concêntricos, cercando um pequeno disco preto.

Obedecendo a ordens silenciosas em seu cérebro, ele jogou a pedra com um arremesso desajeitado e exagerado. Errou o alvo por vários metros.

Tente novamente, disse a ordem. Ele procurou ao redor até encontrar outra pedrinha. Desta vez ela atingiu a placa com um tom semelhante ao de um sino. Ainda faltava muito, mas sua pontaria estava melhorando.

Na quarta tentativa, ficou a centímetros do alvo. Uma sensação de prazer indescritível, de intensidade quase sexual, inundou sua mente. Então o controle relaxou; ele não sentiu impulso de fazer nada, a não ser ficar parado e aguardar.

Um a um, cada membro da tribo foi brevemente possuído. Alguns foram bem-sucedidos, mas a maioria fracassou nas tarefas a que haviam sido submetidos, e todos foram apropriadamente recompensados por espasmos de prazer ou de dor.

Agora havia apenas um brilho uniforme e indistinto na grande placa, de forma que ela se destacava como um bloco de luz superposto na escuridão ao redor. Como se despertasse de um sonho, os homens-macacos balançaram as cabeças e começaram a subir a trilha para seus abrigos. Eles não olharam para trás, nem ficaram intrigados com a estranha luz que os guiava a seus lares – e a um futuro desconhecido, ainda, até mesmo para as estrelas.

3

ACADEMIA

Aquele-que-Vigia-a-Lua e seus companheiros não se lembravam do que tinham visto depois que o cristal cessou de lançar sua magia hipnótica sobre suas mentes e fazer experiências com seus corpos. No dia seguinte, quando saíram para coletar, passaram por ele praticamente sem pensar duas vezes: agora fazia parte do pano de fundo ignorado de suas vidas. Não podiam comê-lo, e ele não podia comê-los; logo, não era importante. Lá embaixo no rio, os Outros faziam suas costumeiras ameaças ineficazes. O líder deles, um homem-macaco de uma orelha só e do mesmo tamanho e idade que Aquele-que-Vigia-a-Lua, mas em condições piores, chegou até a fazer uma rápida incursão ao território da tribo, gritando alto e balançando os braços numa tentativa de apavorar a oposição e de estimular a própria coragem. A água do riacho não passava de trinta centímetros de profundidade, mas quanto mais Uma-Orelha avançava para dentro dele, mais inseguro e infeliz ficava. Em pouco tempo reduziu a velocidade e parou, e então recuou, com exagerada dignidade, para se juntar aos seus companheiros.

De resto, não houve mudança na rotina normal. A tribo conseguiu alimento apenas suficiente para sobreviver por mais um dia, e ninguém morreu.

E naquela noite o cristal ainda esperava, envolto em sua aura pulsante de luz e som. O programa que ele havia acionado, entretanto, era agora sutilmente diferente.

Alguns dos homens-macacos foram completamente ignorados, como se o cristal estivesse se concentrando nas cobaias mais promissoras. Uma delas era Aquele-que-Vigia-a-Lua; uma vez mais ele sentiu tentáculos inquisitivos descendo pelas passagens não utilizadas de seu cérebro. E naquele instante começou a ter visões.

Poderiam estar dentro do bloco de cristal; poderiam estar inteiramente dentro de sua mente. De qualquer maneira, para Aquele--que-Vigia-a-Lua, eram completamente reais. E, no entanto, de algum modo o costumeiro impulso automático de afastar invasores de seu território tinha sido apaziguado.

Estava olhando para um tranquilo grupo familiar, que diferia em apenas um aspecto das cenas que ele conhecia. O macho, a fêmea e as duas crianças que, misteriosamente, tinham aparecido à sua frente estavam fartos e saciados, com pelos lisos e brilhantes – e essa era uma condição de vida que Aquele-que-Vigia-a-Lua nunca imaginara. Inconscientemente, passou as mãos pelas próprias costelas protuberantes; as costelas *daquelas* criaturas estavam ocultas por rolos de gordura. De tempos em tempos elas se mexiam preguiçosas, enquanto descansavam perto da entrada de uma caverna, aparentemente em paz com o mundo. Ocasionalmente o grande macho emitia um arroto monumental de contentamento.

Não havia nenhuma outra atividade, e depois de cinco minutos a cena subitamente desapareceu. O cristal não era mais do que um contorno reluzente na escuridão. Aquele-que-Vigia-a-Lua se sacudiu como se despertasse de um sonho, e abruptamente percebeu onde estava e levou a tribo de volta para as cavernas.

Ele não tinha lembrança consciente do que tinha visto, mas, naquela noite, ao se sentar inquieto na entrada de seu antro, os ouvidos sintonizados nos ruídos do mundo ao redor, Aquele-que-Vigia-a-Lua sentiu as primeiras pontadas leves de uma nova e poderosa emoção. Era uma vaga e difusa sensação de inveja – de insatisfação com sua vida. Ele não tinha ideia da causa, e menos ainda da cura, mas o descontentamento se instalara em sua alma, e ele tinha dado um pequeno passo na direção da humanidade.

Noite após noite, o espetáculo daqueles quatro homens-macacos gordinhos se repetiu, até se tornar uma fonte de exasperação fascinada, que servia para aumentar a fome eterna e torturante d'Aquele-que-Vigia-a-Lua. A evidência diante de seus olhos não poderia ter produzido aquele efeito; ela precisava de reforço psicológico. Agora havia lacunas na vida d'Aquele-que-Vigia-a-Lua que ele jamais recordaria, já que os próprios átomos de seu cérebro estavam sendo retorcidos em novos padrões. Se ele sobrevivesse, esses padrões se tornariam eternos, pois seus genes os transmitiriam para as futuras gerações.

Era um processo lento e tedioso, mas o monolito de cristal era paciente. Nem ele, nem suas réplicas espalhadas por metade do mundo esperavam obter sucesso com todas as dezenas de grupos envolvidos na experiência. Uma centena de fracassos não teria importância, uma vez que um único sucesso poderia mudar o destino do mundo.

Quando a lua nova seguinte chegou, a tribo tinha visto um nascimento e duas mortes. Uma destas havia se dado por fome; a outra ocorrera durante o ritual noturno, quando um homem-macaco subitamente desmaiara depois de tentar bater dois pedaços de pedra delicadamente um contra o outro. No mesmo instante o cristal havia escurecido, e a tribo liberada do encanto. Mas o homem-macaco caído não se movera; e, pela manhã, é claro, o corpo havia sumido.

Na noite seguinte não houve espetáculo; o cristal ainda analisava seu erro. A tribo passou por ele no crepúsculo que se adensava, ignorando por completo sua presença. Na noite depois dessa, estava pronto para eles mais uma vez.

Os quatro homens-macacos gordinhos ainda estavam lá, e agora faziam coisas extraordinárias. Aquele-que-Vigia-a-Lua começou a tremer de modo incontrolável; sentia como se seu cérebro fosse explodir e queria desviar os olhos. Mas o controle mental implacável não reduziu a força; ele foi obrigado a seguir a lição até o fim, embora todos os seus instintos se revoltassem contra ela.

Aqueles instintos tinham servido bem aos seus ancestrais, nos dias das chuvas quentes e da fertilidade luxuriante, quando havia comida em toda parte, pronta para ser coletada. Agora os tempos haviam mudado, e a sabedoria herdada do passado tornara-se uma tolice. Os homens-macacos tinham de se adaptar, ou morreriam – como as feras maiores que desapareceram antes deles, e cujos ossos agora jaziam selados no interior das colinas de calcário.

Então Aquele-que-Vigia-a-Lua ficou encarando o monolito de cristal sem piscar, enquanto seu cérebro se abria para manipulações ainda incertas. Muitas vezes sentia náusea, mas sempre sentia fome; e, de tempos em tempos, suas mãos se fechavam inconscientemente em padrões que determinariam seu novo modo de viver.

* * *

Quando a fileira de javalis passou fungando e farejando ao longo da trilha, Aquele-que-Vigia-a-Lua parou subitamente. Porcos e homens-macacos sempre se ignoraram, pois não havia conflito de interesses entre eles. Assim como a maioria dos animais que não competiam pela mesma comida, eles simplesmente mantinham distância uns dos outros.

Mas agora Aquele-que-Vigia-a-Lua ficou ali parado olhando para eles, oscilando para a frente e para trás, inseguro, pois estava sendo levado por impulsos que não compreendia. Então, como num sonho, começou a vascular o chão – embora à procura de quê ele não poderia explicar, mesmo que tivesse o poder da fala. Ele reconheceria quando visse.

Era uma pedra pesada e pontuda com cerca de quinze centímetros de comprimento, e embora não se encaixasse perfeitamente na mão, serviria. Ao girar sua mão, intrigado pelo seu súbito aumento de peso, sentiu uma agradável sensação de poder e autoridade. Começou a se mover na direção do porco mais próximo.

Era um animal jovem e tolo, até mesmo para os padrões não exigentes da inteligência dos javalis. Embora ele o observasse pelo canto do olho, não o levou muito a sério até ser tarde demais. Por que deveria suspeitar que aquelas criaturas inofensivas tivessem alguma intenção malévola? Continuou pastando grama até a pedra d'Aquele-que-Vigia-a-Lua obliterar sua parca consciência. O resto da manada continuou pastando sem alarme, pois o assassinato havia sido rápido e silencioso.

Todos os outros homens-macacos do grupo tinham parado para observar, e agora se aglomeravam ao redor d'Aquele-que-Vigia-a-Lua e sua vítima, intrigados e admirados. Logo um deles pegou a arma suja de sangue e começou a bater no porco morto. Outros se juntaram a ele com todos os paus e pedras que conseguiram reunir, até seu alvo se tornar uma massa desintegrada.

Então ficaram entediados; uns se afastaram, enquanto outros ficaram parados, hesitantes, ao redor do cadáver irreconhecível – o futuro de um mundo esperava pela decisão deles. Passou-se um tempo surpreendentemente longo até que uma das fêmeas que amamentava começasse a lamber a pedra cheia de sangue e vísceras que segurava nas patas.

E um tempo mais longo ainda até que Aquele-que-Vigia-a-Lua, apesar do que lhe havia sido mostrado, realmente compreendesse que nunca mais precisaria passar fome.

4

O LEOPARDO

As ferramentas que eles foram programados para usar eram bastante simples, mas podiam mudar aquele mundo e tornar os homens-macacos seus senhores. A mais primitiva era a pedra de mão, que multiplicava o poder de um golpe em muitas vezes. Depois havia o porrete de osso, que estendia o alcance e fornecia um escudo contra as presas ou as garras de animais furiosos. Com essas armas, a comida ilimitada que percorria as savanas era toda deles para capturar quando quisessem.

Mas precisavam de outros auxílios, pois seus dentes e unhas não conseguiam desmembrar prontamente nada maior do que um coelho. Por sorte, a Natureza havia fornecido as ferramentas perfeitas, exigindo somente a inteligência para que eles as apanhassem.

Primeiro, havia uma rústica, mas eficiente faca ou serra de um modelo que serviria muito bem pelos próximos três milhões de anos. Era simplesmente o osso do maxilar inferior de um antílope, com os dentes ainda no lugar; não haveria aperfeiçoamento substancial até a chegada do aço. Depois havia uma sovela ou adaga na forma de um chifre de gazela e, por fim, uma ferramenta de raspagem feita a partir do maxilar completo de praticamente todo animal pequeno.

O porrete de pedra, a serra dentada, a adaga de chifre, o raspador de osso – essas eram as maravilhosas invenções das quais os homens-macacos precisavam para sobreviver. Em breve, eles as reconheceriam como os símbolos de poder que eram, mas muitos meses passariam até que seus dedos desajeitados adquirissem a habilidade – ou o desejo – de usá-las.

Talvez, com o tempo, pudessem ter chegado, por esforço próprio, ao fantástico e brilhante conceito de usar armas naturais como ferramentas artificiais. Mas as chances estavam todas contra eles e, mesmo agora, havia infinitas oportunidades de fracasso nas eras que viriam.

Os homens-macacos haviam recebido sua primeira chance. Não haveria segunda; o futuro estava, muito literalmente, em suas mãos.

* * *

As luas minguavam e cresciam; bebês nasciam e às vezes viviam; velhos frágeis e desdentados de trinta anos de idade morriam; o leopardo cobrava seu preço à noite; os Outros ameaçavam diariamente do outro lado do rio – e a tribo prosperava. No decorrer de um único ano, Aquele-que-Vigia-a-Lua e seus companheiros haviam mudado quase ao ponto de estarem irreconhecíveis.

Haviam aprendido bem suas lições; agora sabiam lidar com todas as ferramentas que lhes haviam sido reveladas. A própria memória da fome estava desaparecendo de suas mentes; e, embora os javalis estivessem ficando arredios, havia gazelas, antílopes e zebras aos milhares nas planícies. Todos aqueles animais, e outros, haviam se tornado presas dos aprendizes de caçadores.

Agora que não estavam mais semientorpecidos pela inanição, tinham tempo tanto para o lazer como para os primeiros rudimentos de raciocínio. Seu novo modo de viver era agora aceito de modo casual, e eles não o associavam em absoluto ao monolito que ainda estava em pé ao lado da trilha que levava ao rio. Se tivessem parado para avaliar o assunto, talvez se vangloriassem de ter melhorado seu *status* por seus próprios meios; na verdade, já tinham esquecido qualquer outro modo de existência.

Mas nenhuma Utopia é perfeita, e aquela tinha dois defeitos. O primeiro eram os ataques do leopardo, cuja paixão por homens-macacos parecia ter se intensificado, agora que estavam mais bem nutridos. O segundo era a tribo do outro lado do rio; pois, de algum modo, os Outros tinham sobrevivido e teimosamente se recusado a morrer de inanição.

O problema do leopardo foi resolvido em parte pelo acaso, em parte graças a um sério – na verdade quase fatal – erro d'Aquele-que-Vigia-a-Lua. Mas, na época, sua ideia parecera tão brilhante que ele tinha dançado de alegria, e talvez mal se pudesse culpá-lo por desprezar as consequências.

A tribo de vez em quando ainda vivenciava dias ruins, embora estes não mais ameaçassem sua própria sobrevivência. Perto do crepúsculo, ela não havia conseguido matar nenhum animal; suas cavernas já estavam à vista enquanto Aquele-que-Vigia-a-Lua levava seus companheiros cansados e descontentes de volta ao abrigo. E lá, no seu próprio limiar, encontraram um raro presente da Natureza.

Um antílope adulto estava caído na trilha. Sua pata dianteira estava quebrada, mas ele ainda tinha muita força para lutar, e os chacais que o cercavam mantinham uma distância respeitosa de seus chifres em forma de adagas. Eles podiam se dar ao luxo de esperar; sabiam que só tinham de aguardar o momento propício.

Mas haviam esquecido a concorrência, e recuaram arreganhando os dentes de raiva quando os homens-macacos chegaram. Eles também cercaram o antílope, cautelosos, mantendo-se fora do alcance dos chifres perigosos; então partiram para o ataque com porretes e pedras.

Não foi um ataque muito eficiente nem coordenado: quando o infeliz animal recebeu o golpe final, a luz havia quase acabado e os chacais estavam recuperando a coragem. Aquele-que-Vigia-a-Lua, dividido entre o medo e a fome, lentamente percebeu que todo aquele esforço poderia ter sido em vão. Era perigoso demais ficar ali por mais tempo.

Então, não pela primeira nem pela última vez, ele provou ser um gênio. Com um esforço imenso de imaginação, visualizou o antílope morto *na segurança de sua própria caverna.* Começou a arrastá-lo na direção da face da encosta; num instante, os outros entenderam sua intenção e começaram a ajudá-lo.

Se soubesse como a tarefa seria difícil, jamais teria tentado. Apenas sua grande força, e a agilidade herdada de seus ancestrais arbóreos, lhe permitiu erguer a carcaça pela encosta íngreme acima. Por diversas vezes, chorando de frustração, quase abandonou seu prêmio, mas uma teimosia tão profunda quanto sua fome o levou em frente. Às vezes os outros o ajudavam, às vezes atrapalhavam; muitas vezes, eles simplesmente ficavam no caminho. Mas, por fim, foi feito: o antílope abatido foi arrastado até a beira da caverna, enquanto os últimos tons de luz solar se desvaneciam no céu, e o banquete começou.

Horas depois, saciado até não poder mais, Aquele-que-Vigia-a--Lua acordou. Sem saber por que, sentou-se na escuridão entre os corpos esparramados de seus companheiros igualmente saciados e forçou os ouvidos para escutar a noite.

Não havia nenhum som, exceto a respiração pesada ao seu redor; o mundo inteiro parecia dormir. As rochas além da boca da caverna estavam brancas como ossos à luz brilhante da Lua, agora bem alta no céu. Qualquer ideia de perigo parecia infinitamente remota.

Então, de uma longa distância, veio o som de uma pedra caindo. Com medo, mas intrigado, Aquele-que-Vigia-a-Lua se arrastou até a boca da caverna e olhou para baixo, na face na encosta.

O que viu deixou-o tão paralisado de medo que por longos segundos foi incapaz de se mover. Apenas dez metros abaixo, dois olhos dourados reluzentes o encararam e deixaram-no tão hipnotizado de medo que ele mal percebeu o corpo ágil e estriado atrás deles, fluindo de modo suave e silencioso de uma rocha para outra.

Nunca antes o leopardo havia subido tão alto. Tinha ignorado as cavernas inferiores, embora provavelmente tivesse plena consciência de seus habitantes. Agora estava atrás de outra caça; estava seguindo o rastro de sangue, sobre a face enluarada da encosta.

Segundos depois, a noite se tornou apavorante pelos gritos de alarme dos homens-macacos na caverna acima. O leopardo soltou um rugido de fúria, ao perceber que havia perdido o elemento-surpresa. Mas não deixou de avançar, pois sabia que não tinha nada a temer.

Ele alcançou a borda e repousou por um momento no estreito espaço aberto. O cheiro de sangue estava por todo lugar, preenchendo sua mente feroz e minúscula com um desejo incontrolável. Sem hesitação, entrou silenciosamente na caverna.

E ali ele cometeu seu primeiro erro, pois, ao sair do luar, até seus olhos soberbamente adaptados para a noite ficaram numa desvantagem momentânea. Os homens-macacos podiam ver sua silhueta contra a abertura da caverna com mais clareza do que ele podia vê-los. Estavam aterrorizados, mas não mais completamente indefesos.

Rosnando e chicoteando a cauda, numa confiança arrogante, o leopardo avançou em busca da comida macia que desejava. Tivesse encontrado sua presa ao ar livre, não teria tido problema; mas agora que os homens-macacos estavam encurralados, o desespero lhes dera coragem para tentar o impossível. E, pela primeira vez, tinham os meios para conseguir.

O leopardo soube que havia algo errado quando sentiu um golpe atordoante na cabeça. Atacou com a pata dianteira e ouviu um guincho de agonia quando suas garras talharam carne macia. Então sentiu uma dor lancinante quando algo pontudo se enfiou em seus flancos – uma, duas, e ainda uma terceira vez. Girou para atacar as sombras que gritavam e dançavam por todos os lados.

Mais uma vez houve um golpe violento quando alguma coisa atingiu seu focinho. Seus dentes tentaram morder um borrão branco e rápido, mas só rasparam inutilmente osso morto. E agora, numa última, inacreditável indignidade, estava sendo arrastado pela cauda. Ele girou, jogando seu algoz loucamente ousado contra a parede da caverna. Mas, fizesse o que fizesse, não conseguia escapar da chuva de golpes, infligidos sobre ele por armas rústicas brandidas por mãos desajeitadas, mas poderosas. Seus rugidos passaram de dor a alarme, de alarme a puro terror. O caçador implacável era agora a vítima, e estava tentando desesperadamente recuar.

E então cometeu o segundo erro, pois em sua surpresa e medo se esquecera de onde estava. Ou talvez tivesse ficado zonzo e cego pelos golpes que choviam em sua cabeça. Qualquer que fosse o motivo, ele disparou abruptamente para fora da caverna. E deu um grito horrível ao despencar pelo espaço. Eras mais tarde, essa foi a impressão, ouviu-se um som seco de impacto quando ele bateu num afloramento de rocha a meio caminho da descida da encosta; depois disso, o único som foi o deslizamento de pedras soltas, que rapidamente morreu na noite.

Por um longo tempo, inebriado pela vitória, Aquele-que-Vigia-a-Lua ficou dançando e balbuciando na entrada da caverna. Sentiu corretamente que seu mundo inteiro havia mudado, e que ele não era mais uma vítima indefesa das forças ao seu redor.

Então voltou à caverna e, pela primeira vez na vida, teve uma noite de sono ininterrupta.

* * *

Pela manhã encontraram o corpo do leopardo no pé da encosta. Mesmo depois de morto, levou algum tempo até que alguém se atrevesse a se aproximar do monstro derrotado, mas logo o cercaram com suas facas e serras de osso.

Foi um trabalho muito duro, e eles não caçaram naquele dia.

5

ENCONTRO NO ALVORECER

Ao conduzir a tribo até o rio à luz mortiça do alvorecer, Aquele-que-Vigia-a-Lua parou inseguro em um ponto familiar. Sabia que estava faltando alguma coisa, mas não conseguia lembrar o que era. Não desperdiçou esforço mental no problema, pois naquela manhã tinha assuntos mais importantes em mente.

Como raios e trovões e nuvens e eclipses, o grande bloco de cristal partira de modo tão misterioso quanto chegara. Tendo desaparecido para o passado inexistente, ele nunca mais voltou a perturbar os pensamentos d'Aquele-que-Vigia-a-Lua.

Jamais saberia o que o monolito havia feito a ele; e nenhum de seus companheiros se perguntou, quando se reuniram ao seu redor na neblina da manhã, por que ele havia parado ali por um momento a caminho do rio.

* * *

Do seu lado do riacho, na segurança jamais violada de seu próprio território, os Outros viram primeiro Aquele-que-Vigia-a-Lua e uma dúzia de machos de sua tribo como um friso se movendo contra o céu da aurora. Imediatamente começaram a gritar seu desafio diário, mas dessa vez não houve resposta.

Firmemente, sem hesitação – e, acima de tudo, *silenciosamente* –, Aquele-que-Vigia-a-Lua e seu bando desceram o morro baixo que dava para o rio; e, ao se aproximarem, os Outros calaram-se subitamente. Sua raiva ritual se abrandou e foi substituída por um medo cada vez maior. Tinham uma vaga consciência de que alguma coisa havia acontecido, e que aquele encontro seria diferente de todos os outros que já haviam ocorrido antes. Os porretes de osso e as facas que o grupo d'Aquele-que-Vigia-a-Lua carregavam não os alarmavam, pois não compreendiam o propósito daquilo. Só sabiam que os movimentos de seus rivais estavam agora cheios de determinação e de ameaça.

O grupo parou à beira d'água, e por um instante a coragem dos Outros se reacendeu. Liderados por Uma-Orelha, retomaram seu cântico de batalha sem muita animação. Isso durou apenas alguns segundos, antes que uma visão aterrorizante os deixasse mudos.

Aquele-que-Vigia-a-Lua levantou os braços bem alto no ar, revelando o fardo que até agora estava escondido pelos corpos hirsutos de seus companheiros. Ele segurava um galho grosso e, empalada nele, estava a cabeça ensanguentada do leopardo. A boca era mantida aberta com um pedaço de pau, e os grandes dentes caninos reluziram com um branco fantasmagórico aos primeiros raios do sol nascente.

A maioria dos Outros estava paralisada demais de medo para se mover, mas alguns começaram uma lenta retirada, aos tropeços. Esse era todo o incentivo de que Aquele-que-Vigia-a-Lua precisava. Ainda segurando o troféu mutilado sobre a cabeça, começou a atravessar o riacho. Após um instante de hesitação, seus companheiros chapinharam atrás dele.

Quando Aquele-que-Vigia-a-Lua chegou ao outro lado, Uma--Orelha ainda estava parado no mesmo lugar. Talvez fosse muito corajoso ou burro demais para fugir; talvez não conseguisse acreditar que aquele ultraje estivesse de fato acontecendo. Covarde ou herói, não fez diferença no fim, pois o rugido congelado da morte abateu-se sobre sua cabeça que nada entendia.

Gritando de pavor, os Outros saíram correndo, dispersando-se no mato; mas logo voltariam, e em breve esqueceriam seu líder perdido.

Por alguns segundos, Aquele-que-Vigia-a-Lua ficou parado sobre sua nova vítima, sem ter certeza do que fazer, tentando apreender o estranho e maravilhoso fato de que o leopardo morto podia matar novamente. Agora, ele era senhor do mundo, e não sabia bem o que fazer a seguir.

Mas pensaria em algo.

6

ASCENSÃO DO HOMEM

Um novo animal caminhava sobre o planeta, espalhando-se lentamente a partir do coração do continente africano. Ele ainda era tão raro que um censo apressado poderia tê-lo ignorado, entre os bilhões de criaturas fervilhantes que percorriam terra e mar. Ainda não havia evidências de que ele iria prosperar ou mesmo sobreviver: naquele mundo, onde tantas feras mais poderosas tinham se extinguido, seu destino ainda estava pendente.

Nos cem mil anos desde que os cristais desceram sobre a África, os homens-macacos não tinham inventado nada. Mas começaram a mudar, desenvolvendo habilidades que nenhum outro animal possuía. Seus porretes de osso aumentaram seu alcance e multiplicaram sua força; eles não estavam mais indefesos contra os predadores com os quais tinham de competir. Os carnívoros menores eles expulsavam de perto dos animais que abatiam na caça; os maiores, conseguiam ao menos intimidar, e às vezes pôr para correr.

Seus dentes enormes estavam ficando menores, pois não eram mais fundamentais. As pedras de pontas afiadas que podiam ser usadas para desenterrar raízes, ou cortar e serrar carne e fibras duras começaram a substituí-los, com consequências incomensuráveis. Nunca mais os homens-macacos tiveram de enfrentar a inanição quando seus dentes ficavam danificados ou gastos; até as ferramentas mais rústicas poderiam acrescentar muitos anos às suas vidas. E, com a diminuição dos dentes caninos, o formato de seus rostos começou a se alterar; o focinho retrocedeu, o pesado maxilar tornou-se mais delicado, a boca passou a ser capaz de emitir sons mais sutis. A fala ainda estava a um milhão de anos de distância, mas os primeiros passos em sua direção haviam sido dados.

E então o mundo começou a mudar. Em quatro grandes ondas, com duzentos mil anos entre seus ápices, as Eras Glaciais passaram, deixando seu rastro por todo o globo. Fora dos trópicos, as geleiras mataram aqueles que prematuramente deixavam seu lar ancestral; e, por toda parte, eliminaram as criaturas que não conseguiram se adaptar.

Quando o gelo passou, grande parte das primeiras formas de vida do planeta foi junto – inclusive os homens-macacos. Mas, ao contrário de tantas outras, eles haviam deixado descendentes; não tinham meramente se extinguido: tinham sido transformados. Os fabricantes de ferramentas foram recriados por suas próprias ferramentas.

Pois, ao usar porretes e pederneiras, suas mãos desenvolveram uma destreza que não se encontrava em parte alguma do reino animal, permitindo-lhes fabricar ferramentas ainda melhores, o que, por sua vez, desenvolveu seus membros e cérebros ainda mais. Era um processo crescente e cumulativo; e, no final, estava o Homem.

Os primeiros homens de verdade tinham ferramentas e armas apenas um pouco melhores do que as de seus ancestrais um milhão de anos antes, mas eles sabiam usá-las com uma habilidade muito maior. E em algum ponto nos séculos sombrios que se passaram antes, tinham inventado a mais essencial ferramenta de todas, embora não se pudesse vê-la nem tocá-la. Eles tinham aprendido a falar, e assim obtiveram sua primeira grande vitória contra o Tempo. Agora, o conhecimento de uma geração podia ser transmitido para a seguinte, de forma que cada geração poderia tirar proveito das gerações anteriores.

Ao contrário dos animais, que só conheciam o presente, o Homem havia adquirido um passado; e começava a tatear na direção de um futuro.

Ele também estava aprendendo a dominar as forças da natureza; com o controle do fogo, lançara as bases da tecnologia, deixando muito para trás suas origens animais. A pedra deu lugar ao bronze, e depois ao ferro. A caça foi sucedida pela agricultura. A tribo cresceu e se tornou aldeia; a aldeia virou cidade. A fala se eternizou, graças a certas marcas na pedra, na argila e no papiro. Logo inventou a filosofia e a religião. E, de forma não de todo imprecisa, habitou o céu com deuses.

À medida que seu corpo se tornava cada vez mais indefeso, seus meios de ataque se tornaram cada vez mais assustadores. Com pedra, bronze, ferro e aço, percorreu todo o espectro de coisas que podiam perfurar e cortar, e bem cedo no decorrer do tempo aprendera a atingir seus inimigos a distância. A lança, a flecha, a arma de fogo e, finalmente, o míssil teleguiado lhe deram armas de alcance infinito e poder quase infinito.

Sem essas armas, muito embora as tivesse usado várias vezes contra si mesmo, o Homem jamais teria conquistado seu mundo. Nelas pôs o coração e a alma, e por muitas eras elas lhe serviram bem.

Mas agora, enquanto elas existissem, os dias do Homem estavam contados.

II

A.M.T.-1

7

VOO ESPECIAL

"Não importa quantas vezes você deixe a Terra", o dr. Heywood Floyd disse a si mesmo, "no fundo a empolgação nunca passa." Estivera em Marte uma vez, na Lua três, e nas diversas estações espaciais mais vezes do que conseguia se lembrar. E, no entanto, quando o momento da decolagem se aproximava, percebia um aumento de tensão, uma sensação de maravilhamento e espanto – sim, e de nervosismo – que o punha no mesmo nível de qualquer terráqueo de primeira viagem, prestes a receber seu batismo de espaço.

O jato que o levara velozmente de Washington até ali, depois daquela reunião à meia-noite com o Presidente, descia agora numa das paisagens mais familiares, mas ainda assim mais empolgantes, de todo o planeta. Ali estavam as duas primeiras gerações da Era Espacial, abrangendo trinta quilômetros da costa da Flórida. Ao sul, demarcadas por luzes de alerta vermelhas e piscantes, ficavam as gigantescas torres de lançamento dos *Saturn* e *Neptune* que haviam colocado os homens no caminho dos planetas, e tinham agora entrado para a história. Perto da linha do horizonte, numa torre de prata reluzente banhada pelas luzes de refletores, ficava o último dos *Saturn V*, por quase vinte anos um monumento nacional e lugar de peregrinação. Não muito distante, destacando-se contra o céu como uma montanha feita pelo homem, estava a massa incrível do Vertical Assembly Building, ainda a maior edificação individual da Terra.

Mas essas coisas agora pertenciam ao passado, e ele estava voando em direção ao futuro. Quando o jato manobrou, o dr. Floyd viu lá embaixo um labirinto de edifícios, depois uma grande pista aérea, e depois uma ampla cicatriz reta que cruzava aquela paisagem vasta da Flórida – os múltiplos trilhos de uma gigantesca pista de lançamento. Em sua extremidade, cercado por veículos e torres de lançamento, um avião espacial brilhava numa poça de luz, sendo preparado para seu salto para as estrelas. Numa súbita falha de perspectiva, provocada por suas rápidas mudanças de velocidade e altura, pareceu a Floyd que ele estava vendo uma pequena mariposa prateada lá embaixo, capturada no feixe de uma lanterna.

Então as diminutas figuras que corriam no chão voltaram a colocar em sua perspectiva o verdadeiro tamanho da espaçonave; ela devia ter uns sessenta metros ao longo do "V" estreito de suas asas. "E esse veículo enorme", Floyd disse a si mesmo com certa incredulidade – mas também com certo orgulho –, "está esperando por *mim*". Até onde ele sabia, era a primeira vez que uma missão inteira havia sido preparada para levar um único homem à Lua.

Embora fossem duas da manhã, um grupo de repórteres e cinegrafistas o interceptou no caminho para a espaçonave *Orion III,* toda iluminada. Ele conhecia vários deles de vista, pois, como presidente do Conselho Nacional de Astronáutica, entrevistas coletivas faziam parte de seu estilo de vida. Aquilo não era hora nem lugar para uma delas, e ele não tinha nada a dizer; mas era importante não ofender os cavalheiros dos meios de comunicação.

– Dr. Floyd? Jim Forster, Associated News. Pode nos dizer algumas palavras sobre esse seu voo?

– Lamento muito... não posso dizer nada.

– Mas o senhor se *reuniu* com o Presidente esta noite? – perguntou uma voz familiar.

– Oh... olá, Mike. Receio que tenham tirado você da cama por nada. Definitivamente sem comentários.

– O senhor poderia pelo menos confirmar ou negar se algum tipo de epidemia foi disseminado na Lua? – perguntou um repórter de TV, conseguindo correr ao lado de Floyd para mantê-lo adequadamente enquadrado em sua câmera de TV em miniatura.

– Desculpe – disse Floyd, balançando a cabeça.

– E quanto à quarentena? – perguntou outro repórter. – Por quanto tempo será mantida?

– Ainda sem comentários.

– Dr. Floyd – exigiu uma bem baixinha e determinada senhora da imprensa –, que justificativa possível pode haver para esse total blecaute de notícias sobre a Lua? Isso tem alguma coisa a ver com a situação política?

– *Que* situação política? – Floyd perguntou seco. Ouviram-se algumas risadas, e alguém gritou "Boa viagem, doutor!" quando ele entrou no refúgio da área de embarque da torre de lançamento.

Até onde se lembrava, não era bem uma "situação", mas uma crise permanente. Desde os anos 1970, o mundo havia sido dominado por dois problemas que, ironicamente, tendiam a se anular mutuamente.

Embora o controle de natalidade fosse barato, confiável e tivesse o apoio de todas as principais religiões, havia chegado tarde demais; a população do mundo era agora de seis bilhões – um terço deles no Império Chinês. Aprovaram-se leis em algumas sociedades autoritárias limitando as famílias a dois filhos, mas seu cumprimento se mostrara impraticável. Como consequência, havia falta de comida em todos os países; até mesmo os Estados Unidos tinham dias sem carne, e previa-se uma fome generalizada em quinze anos, apesar dos esforços heroicos para cultivar fazendas no mar e desenvolver alimentos sintéticos.

Com a necessidade de cooperação internacional mais urgente do que nunca, ainda havia tantas fronteiras quanto em qualquer era anterior. Em um milhão de anos, a raça humana perdera poucos de seus instintos agressivos; ao longo de linhas simbólicas visíveis apenas para políticos, as trinta e oito potências nucleares observavam umas às outras com ansiedade beligerante. Combinadas, elas possuíam megatons suficientes para remover toda a crosta da superfície do planeta. Embora – milagrosamente – não tivesse havido uso de armas atômicas, essa situação dificilmente poderia durar para sempre.

E agora, por suas próprias razões inescrutáveis, os chineses ofereciam às menores nações despossuídas uma capacidade nuclear completa de cinquenta ogivas e sistemas de lançamento. O custo era inferior a duzentos milhões de dólares, e a negociação podia ser facilitada.

Talvez estivessem apenas tentando melhorar sua economia em queda, transformando sistemas de armamento obsoletos em dinheiro vivo, como haviam sugerido alguns observadores. Ou talvez tivessem descoberto métodos de guerra tão avançados que não tinham mais necessidade desse tipo de brinquedo; falava-se de rádio-hipnose através de transmissores via satélite, vírus de compulsão e chantagem por doenças sintéticas para as quais somente eles possuíam os antídotos. Essas ideias fascinantes eram quase certamente propaganda política ou pura fantasia, mas não era seguro desprezar nenhuma delas. Todas as vezes que Floyd decolava da Terra, ele se perguntava se ela ainda estaria lá quando chegasse a hora de seu retorno.

A elegante comissária de bordo o cumprimentou quando ele entrou na cabine.

– Bom dia, dr. Floyd. Eu sou a srta. Simmons. Gostaria de lhe dar as boas-vindas a bordo em nome do Capitão Tynes e do nosso copiloto, o Primeiro Oficial Ballard.

– Obrigado – disse Floyd com um sorriso, perguntando-se por que aeromoças sempre tinham de soar como guias de turismo robôs.

– Decolagem em cinco minutos – ela disse, fazendo um gesto para a cabine vazia com capacidade para vinte passageiros. – O senhor pode se sentar onde quiser, mas o Capitão Tynes recomenda a primeira janela à esquerda, se desejar ver as operações de acoplamento.

– Farei isso – ele respondeu, indo na direção do assento indicado. A comissária se ocupou dele durante um tempo e depois seguiu para seu cubículo na parte traseira da cabine.

Floyd se acomodou em sua poltrona, ajustou o cinto de segurança em torno da cintura e dos ombros e prendeu sua pasta à poltrona adjacente. Logo em seguida o alto-falante anunciou, com um estalido suave:

– Bom dia – disse a voz da srta. Simmons. – Este é o Voo Especial 3, Kennedy até a Estação Espacial 1.

Ela parecia determinada a seguir a rotina inteira para seu passageiro solitário, e Floyd não pôde resistir a um sorriso enquanto ela continuava inexoravelmente:

– Nosso tempo de traslado será de cinquenta e cinco minutos. A aceleração máxima será de dois *g*, e ficaremos sem peso por trinta minutos. Por favor, não deixe sua poltrona até que a luz de segurança esteja acesa.

Floyd olhou para trás e disse:

– Obrigado. – Captou o vislumbre de um sorriso ligeiramente envergonhado, porém charmoso.

Voltou a se recostar na poltrona e relaxou. Aquela viagem, calculou, iria custar aos contribuintes pouco mais de um milhão de dólares. Se não fosse justificada, ele perderia o emprego, mas sempre poderia voltar à universidade e aos seus estudos interrompidos sobre formação planetária.

– Procedimentos de contagem regressiva automática autorizados – a voz do Capitão soou no alto-falante, com o tom suave meio cantado usado em conversas via radiotransmissão.

– Decolagem em um minuto.

Como sempre, pareceu mais uma hora do que um minuto. Floyd teve uma aguda percepção das forças gigantescas serpenteando à sua volta, aguardando para serem liberadas. Nos tanques de combustível das duas espaçonaves, e no sistema de armazenamento de energia da pista de lançamento, estava contida a energia de uma bomba nuclear. E tudo isso seria utilizado para levá-lo a meros trezentos e vinte quilômetros da Terra.

Não havia nada daquele velho CINCO-QUATRO-TRÊS-DOIS--UM-ZERO, tão difícil para o sistema nervoso humano.

– Lançamento em quinze segundos. Você ficará mais confortável se começar a respirar fundo.

Boa psicologia e boa fisiologia. Floyd se sentiu bem carregado de oxigênio e pronto para enfrentar qualquer situação, quando a pista de lançamento começou a lançar sua carga de mil toneladas sobre o Atlântico.

Foi difícil dizer quando deixaram a pista e decolaram, mas quando o rugido dos foguetes subitamente duplicou sua fúria e Floyd se viu afundando cada vez mais no estofamento da poltrona, percebeu que os motores de primeiro estágio haviam assumido o controle. Queria poder olhar pela janela, mas até virar a cabeça era um esforço muito grande. E, no entanto, não havia nenhum desconforto; de fato, a pressão da aceleração e o rugido tonitruante dos motores produziam uma euforia extraordinária. Com as orelhas zunindo, o sangue pulsando nas veias, Floyd não se sentia tão vivo há anos. Ele era jovem novamente, queria cantar bem alto – e isso certamente não era problema, já que ninguém poderia ouvi-lo.

Esse estado de espírito passou rápido, quando subitamente percebeu que estava deixando a Terra, e tudo o que já havia amado na vida. Lá embaixo estavam seus três filhos, sem mãe desde que sua esposa pegara aquele voo fatal para a Europa dez anos atrás (*Dez anos? Impossível! Mas era verdade...*) Talvez, por causa deles, ele devesse ter se casado novamente...

Quase havia perdido a sensação de tempo quando a pressão e o ruído diminuíram bruscamente, e o alto-falante da cabine anunciou: – Preparar para separação do estágio inferior. Lá vamos nós.

Houve um leve sacolejo, e subitamente Floyd se lembrou de uma citação de Leonardo da Vinci que ele um dia tinha visto exibida num escritório da NASA:

O Grande Pássaro alçará seu voo nas costas do grande pássaro, trazendo glória ao ninho onde nasceu.

Bem, o Grande Pássaro estava voando agora, além de todos os sonhos de Da Vinci, e seu companheiro exaurido estava voando de volta para a Terra. Num arco de dezesseis mil quilômetros, o estágio inferior vazio planaria de volta para a atmosfera, trocando velocidade por distância ao se aproximar do Cabo Kennedy. Em poucas horas, atendido e reabastecido, estaria pronto novamente para erguer mais um companheiro na direção do silêncio reluzente que jamais poderia alcançar.

Agora, pensou Floyd, estamos por conta própria, mais de metade do caminho na direção da órbita. Quando a aceleração retornou, com os disparos dos foguetes do estágio superior, o impulso foi muito mais suave; de fato, ele não sentiu mais do que a gravidade normal. Mas teria sido impossível caminhar, uma vez que o lado de "cima" ficava bem na direção da parte da frente da cabine. Se ele fosse tolo o bastante para sair de sua poltrona, teria se esborrachado na parede traseira no mesmo instante.

Esse efeito era um pouco desconcertante, pois parecia que a nave estava em pé sobre a cauda. Para Floyd, que estava na extremidade dianteira da cabine, todas as poltronas pareciam estar fixas em uma parede caindo verticalmente abaixo dele. Estava dando o melhor de si para ignorar essa ilusão desconfortável quando a aurora explodiu do lado de fora da nave.

Em segundos eles dispararam por entre véus de carmim, rosa, ouro e azul para dentro do branco dilacerante do dia. Embora as janelas estivessem fortemente escurecidas para reduzir o clarão, os raios de sol que agora se esgueiravam lentamente pela cabine deixaram Floyd meio cego por vários minutos. Ele estava no espaço, mas sem dúvida não seria capaz de ver as estrelas.

Protegeu os olhos com as mãos e tentou olhar pela janela ao seu lado. Lá fora a asa em delta da nave emitia um brilho branco de metal incandescente ao refletir a luz do sol; à sua volta, a mais completa escuridão, e essa escuridão devia estar cheia de estrelas – mas era impossível vê-las.

O peso estava diminuindo lentamente; os foguetes estavam sendo desacelerados à medida que a nave ia se posicionando em órbita. O trovejar dos motores decaiu para um rugido abafado, depois para um sibilo suave, e então o silêncio. Se não fosse pelas alças que o prendiam, Floyd teria saído flutuando de sua poltrona; pelo menos a impressão que ele tinha era de que o estômago ia fazer isso de qualquer maneira. Torceu para que as pílulas que lhe haviam dado meia hora e dezesseis mil quilômetros atrás fizessem o efeito especificado. Só tivera enjoo espacial uma vez em sua carreira, e já fora o suficiente.

A voz do piloto estava firme e confiante quando soou no alto-falante da cabine.

– Por favor, observem todas as regras referentes à zero *g*. Vamos atracar na Estação Espacial 1 em quarenta e cinco minutos.

A comissária veio subindo o corredor estreito à direita das poltronas pouco espaçadas. Seus passos eram levemente flutuantes, e seus pés saíam do chão com relutância, quase como se estivessem emaranhados em cola. Ela se mantinha na faixa amarelo-vivo do tapete com velcro que percorria toda a extensão do piso – e do teto. O tapete, e as solas de suas sandálias, estavam cobertos por miríades de minúsculos ganchos, de forma que se agarravam como carrapichos. Esse truque de caminhar em queda livre era imensamente reconfortante para passageiros desorientados.

– O senhor gostaria de café ou chá, dr. Floyd? – perguntou animada.

– Não, obrigado – ele sorriu. Sempre se sentia como um bebê quando tinha que sugar um daqueles tubos plásticos de bebida.

A aeromoça ainda estava por perto, ansiosa, enquanto ele abria sua pasta e se preparava para tirar seus papéis.

– Dr. Floyd, posso lhe fazer uma pergunta?

– Claro – ele respondeu, olhando por cima dos óculos.

– Meu noivo é geólogo em Tycho – disse a srta. Simmons, medindo cuidadosamente as palavras – e não tenho notícias dele há uma semana.

– Lamento saber disso; talvez ele esteja longe de sua base, e fora de contato.

Ela balançou a cabeça.

– Ele sempre me diz quando isso vai acontecer. E o senhor pode imaginar como estou preocupada... com todos esses boatos. É *mesmo* verdade essa história de uma epidemia na Lua?

– Se for, não há motivo para alarme. Lembre-se, aconteceu uma quarentena em 98, com aquele vírus da gripe que sofreu mutação. Muita gente ficou doente... mas ninguém morreu. E isso é realmente tudo o que eu posso dizer – ele concluiu com firmeza.

A srta. Simmons deu um sorriso simpático e se levantou.

– Bem, obrigada mesmo assim, doutor. Desculpe tê-lo incomodado.

– Não é incômodo nenhum – ele disse galante, mas sem muita precisão. Então mergulhou em seus intermináveis relatórios técnicos, num desesperado ataque de última hora aos habituais assuntos pendentes.

Não teria tempo de ler nada quando chegasse à Lua.

8

ENCONTRO ORBITAL

Meia hora mais tarde, o piloto anunciou: – Faremos contato em dez minutos. Por favor, verifiquem seus cintos de segurança. Floyd obedeceu e colocou a papelada de lado. Ler durante o malabarismo celestial que acontecia durante os últimos quinhentos quilômetros era convidar problemas; o melhor era fechar os olhos e relaxar enquanto a espaçonave era empurrada para a frente e para trás com breves rajadas de foguetes.

Alguns minutos depois ele teve seu primeiro vislumbre da Estação Espacial 1, a apenas alguns quilômetros de distância. A luz do sol reluzia e brilhava nas superfícies de metal polido do disco de trezentos metros de diâmetro que girava lentamente. Não muito longe, flutuando na mesma órbita, estava um avião espacial Titov-V, com asas enflechadas, e perto dele um quase esférico Aries-1B, o burro de carga do espaço, com as quatro pernas atarracadas de seus amortecedores de impacto de pouso lunar des pontando de um dos lados.

A espaçonave Orion III estava descendo de uma órbita mais elevada, que colocava a Terra numa vista espetacular atrás da Estação. De sua altitude de trezentos e vinte quilômetros, Floyd podia ver grande parte da África e do Oceano Atlântico. Havia uma considerável cobertura de nuvens, mas ele ainda podia detectar os contornos azul-esverdeados da Costa do Ouro.

O eixo central da Estação Espacial, com seus braços de atracação estendidos, estava agora nadando lentamente na direção deles. Ao contrário da estrutura da qual se projetava, ele não estava girando – ou melhor, estava rodando a uma taxa reversa, contrapondo-se exatamente à própria rotação da estação. Desse modo, uma espaçonave visitante poderia se acoplar nela, para transferência de pessoal ou de carga, sem sair rodopiando desastrosamente pelo espaço.

Com o mais suave dos impactos, nave e Estação fizeram contato. Ouviram-se ruídos metálicos de atrito do lado de fora, e em seguida o rápido sibilo do ar quando as pressões se equalizaram. Alguns segundos depois a comporta de ar se abriu, e um homem trajando as calças leves e justas e a camiseta de mangas curtas que eram quase o uniforme da equipe da Estação Espacial entrou na cabine.

– É um prazer conhecê-lo, dr. Floyd. Eu sou Nick Miller, Segurança da Estação; minha função é cuidar do senhor até a partida do ônibus.

Apertaram as mãos, e então Floyd sorriu para a comissária e disse: – Por favor, transmita meus cumprimentos ao Capitão Tynes, e agradeça a ele pela viagem tranquila. Talvez eu a veja na volta.

Com muito cuidado – fazia mais de um ano desde sua última vez sem peso e seria necessário algum tempo até se acostumar de novo a caminhar assim – ele passou pela comporta andando com uma mão atrás da outra e entrou na grande câmara circular no eixo da Estação Espacial. Era uma sala fortemente acolchoada, com paredes cobertas por alças em nichos recuados. Floyd agarrou uma dessas alças com força quando a câmara inteira começou a girar, até sua rotação coincidir com a da Estação.

À medida que ela ganhava velocidade, tênues e fantasmagóricos dedos gravitacionais começaram a agarrá-lo, e ele flutuou lentamente na direção da parede circular. Agora estava em pé, balançando suavemente para a frente e para trás como uma alga marinha no auge da maré, no que havia magicamente se tornado um piso curvo. A força centrífuga da rotação da Estação o havia capturado; ela era bem fraca ali, tão perto do eixo, mas aumentaria constantemente à medida que ele se movesse para fora.

Da câmara de trânsito central ele acompanhou Miller descendo uma escadaria curva. No começo, seu peso era tão leve que ele quase teve de se forçar para baixo, segurando-se no corrimão. Só ao chegar ao saguão de passageiros, na camada externa do grande disco rotativo, adquiriu peso suficiente para se mover de modo quase normal.

O saguão havia sido redecorado desde sua última visita e contava com várias instalações novas. Além das tradicionais cadeiras e mesinhas, e de restaurante e agência de correios, havia agora uma barbearia, uma drogaria, um cinema e uma loja de suvenires que vendia fotografias e slides de paisagens lunares e planetárias, peças genuínas com garantia de sondas lunares Luniks, Rangers e Surveyors, todas muito bem montadas em plástico e com preços exorbitantes.

– O senhor gostaria de alguma coisa enquanto esperamos? – perguntou Miller. – Vamos embarcar em cerca de trinta minutos.

– Até que uma xícara de café preto cairia bem, com dois torrões de açúcar, e gostaria de ligar para a Terra.

– Certo, doutor, vou pegar o café. Os telefones estão logo ali.

As cabines pitorescas ficavam a poucos metros de uma barreira com duas entradas com os dizeres "BEM-VINDO AO SETOR DOS EUA" e "BEM-VINDO AO SETOR SOVIÉTICO". Sob eles, placas que avisavam, em inglês, russo, chinês, francês, alemão e espanhol:

POR FAVOR, DEIXEM À MÃO OS SEGUINTES DOCUMENTOS:

Passaporte

Visto

Atestado Médico

Permissão de Transporte

Declaração de Peso

Havia um simbolismo um tanto agradável no fato de que, assim que passavam pela barreira, em ambas as direções, os passageiros eram livres para voltar a se misturar. A divisão era puramente para fins administrativos.

Floyd, depois de verificar que o Código de Área para os Estados Unidos ainda era oitenta e um, teclou seu número de doze dígitos para casa, enfiou seu cartão de crédito universal na ranhura de pagamento e realizou a operação em trinta segundos.

Washington ainda estava dormindo, pois faltavam várias horas para o amanhecer, mas ele não iria perturbar ninguém. Sua governanta receberia a mensagem da secretária eletrônica assim que acordasse.

– Srta. Flemming, aqui é o dr. Floyd. Desculpe ter partido com tanta pressa. A senhora quer, por gentileza, ligar para meu escritório e pedir que eles peguem o carro? Ele está no Aeroporto Dulles e a chave está com o sr. Bailey, Chefe do Controle de Voo. Em seguida, a senhora, por favor, ligue para o Chevy Chase Country Club e deixe uma mensagem para a secretária. Eu definitivamente *não poderei* jogar no torneio de tênis no próximo final de semana. Peça desculpas por mim... receio que eles estivessem contando comigo. Depois ligue para a Downtown Electronics e diga a eles que se o vídeo no meu estúdio não estiver consertado até... ahn, quarta-feira, eles podem levar essa droga de volta. – Parou para respirar, e tentou pensar em qualquer outra crise ou problema que pudesse surgir ao longo dos próximos dias.

– Se a senhora ficar sem dinheiro, fale com o escritório; eles podem transmitir mensagens urgentes para mim, mas pode ser que eu esteja ocupado demais para responder. Mande um beijo para as crianças, e diga que volto assim que puder. Ah, droga... vem vindo alguém que eu não queria ver. Ligo da Lua se puder. Adeus.

Floyd tentou sair da cabine sem ser visto, mas era tarde demais; já tinha sido localizado. Quem vinha em sua direção pela saída da Seção Soviética era o dr. Dimitri Moisewitch, da Academia de Ciência da URSS.

Dimitri era um dos melhores amigos de Floyd, e por esse exato motivo ele era a última pessoa com quem queria falar aqui e agora.

9

ÔNIBUS LUNAR

O astrônomo russo era alto, magro e louro, e seu rosto sem rugas não revelava seus cinquenta e cinco anos – cujos últimos dez haviam sido passados construindo o observatório gigante no lado escuro da Lua, onde três mil e duzentos quilômetros de rocha sólida o protegeriam dos ruídos eletrônicos da Terra.

– Ora, Heywood – ele disse, cumprimentando Floyd com um firme aperto de mão –, mas que universo pequeno. Como vai você... e seus filhos lindos?

– Vamos bem – Floyd respondeu calorosamente, mas com ar ligeiramente distraído. – Falamos muito dos ótimos momentos que passamos com você no último verão. – Ele lamentava não poder soar mais sincero; realmente tinham gostado das férias de uma semana em Odessa com Dimitri, durante uma das visitas do russo à Terra.

– E você? Suponho que esteja a caminho lá de cima? – perguntou Dimitri.

– Ahn, sim... meu voo parte em meia hora – respondeu Floyd. – Conhece o sr. Miller?

O Oficial de Segurança havia acabado de se aproximar, e estava parado a uma distância respeitosa, segurando um copinho plástico cheio de café.

– É claro. Mas, *por favor*, ponha isso de lado, sr. Miller. Esta é a última chance de o dr. Floyd tomar uma bebida civilizada. Não vamos desperdiçá-la. Não... eu insisto.

Seguiram Dimitri para fora do saguão principal, até a área de observação, e em pouco tempo estavam sentados a uma mesa sob uma luz fraca, vendo o panorama móvel das estrelas. A Estação Espacial 1 dava uma volta por minuto, e a força centrífuga gerada por essa rotação lenta produzia uma gravidade artificial igual à da Lua. Descobriram que esse era um bom meio-termo entre a gravidade da Terra e gravidade nenhuma; além do mais, dava aos passageiros rumo à Lua uma chance de se aclimatar.

Do lado de fora das janelas quase invisíveis, a Terra e as estrelas marchavam numa procissão silenciosa. No momento, aquele lado da Estação estava inclinado longe do Sol; caso contrário teria sido impossível olhar para fora, pois o saguão teria sido inundado com uma explosão de luz. Mesmo do jeito que estava, o brilho da Terra, preenchendo metade do céu, apagava quase todas as estrelas, exceto as mais brilhantes.

Mas a Terra estava se pondo, enquanto a Estação orbitava na direção do lado noturno do planeta; em alguns minutos ela seria um imenso disco preto, salpicado com as luzes das cidades. E então o céu pertenceria às estrelas.

– Agora – disse Dimitri, depois de engolir rapidamente sua primeira bebida e começar a brincar com a segunda –, que história é essa de epidemia no Setor dos EUA? Eu queria ir lá nessa viagem. "Não, Professor", me disseram. "Lamentamos muito, mas há uma quarentena estrita até segunda ordem." Mexi todos os pauzinhos que pude; de nada adiantou. Agora *você* me diga o que está acontecendo.

Floyd grunhiu por dentro. Lá vamos nós de novo, pensou. Quanto mais rápido eu entrar no ônibus, rumo à Lua, mais feliz ficarei.

– A... ahn... quarentena é puramente uma precaução de segurança – ele disse cautelosamente. – Não temos sequer certeza se é mesmo necessária, mas não queremos correr riscos.

– Mas que doença é essa... quais são os sintomas? Poderia ser extraterrestre? Quer ajuda dos nossos serviços médicos?

– Desculpe, Dimitri. Pediram que não disséssemos *nada* no momento. Obrigado pela oferta, mas podemos dar conta da situação.

– Hmmm – disse Moisewitch, obviamente nem um pouco convencido. – Acho estranho que *você*, um astrônomo, deva ser enviado para a Lua para tratar de uma epidemia.

– Eu sou só um ex-astrônomo; há anos não faço nenhuma pesquisa de verdade. Agora sou um *expert* científico; isso significa que eu não sei nada sobre absolutamente *tudo*.

– Então você sabe o que significa A.M.T.-1?

Miller pareceu prestes a engasgar com sua bebida, mas Floyd era mais inflexível. Olhou para seu amigo bem nos olhos, e disse calmamente: – A.M.T.-1? Que expressão estranha. Onde você a ouviu?

– Deixe para lá – retorquiu o russo. – Você não pode me enganar. Mas se esbarrar em alguma coisa com a qual não consiga lidar, espero que não grite por socorro só quando for tarde demais.

Miller olhou significativamente para seu relógio.

– Embarque em cinco minutos, dr. Floyd – ele disse. – Acho que é melhor irmos andando.

Embora soubesse que ainda tinham uns bons vinte minutos, Floyd se levantou com pressa. Pressa demais, pois havia esquecido a gravidade de um sexto da Terra. Agarrou a mesa a tempo de impedir uma decolagem.

– Foi um prazer encontrar você, Dimitri – ele disse, não com muita segurança. – Espero que tenha uma boa viagem de volta à Terra. Eu te ligo assim que voltar.

Quando saíram do saguão e fizeram o check-in pela barreira de trânsito dos EUA, Floyd observou: – Ufa... essa foi por pouco. Obrigado por me resgatar.

– Sabe, doutor – disse o Oficial de Segurança –, espero que ele não tenha razão.

– A respeito de quê?

– De nós esbarrarmos em algo com que não possamos lidar.

– Isso – Floyd respondeu com determinação – é o que pretendo descobrir.

Quarenta e cinco minutos depois o carregador lunar Aries-1B se destacou da Estação. Não havia nada da força e da fúria de uma decolagem da Terra, apenas um assovio quase inaudível e distante quando os jatos de plasma de baixo impulso sopraram suas correntes eletrificadas no espaço. O impulso suave durou mais de quinze minutos, e a leve aceleração não teria impedido ninguém de se deslocar pela cabine. Mas, quando acabou, a nave não estava mais ligada à Terra, como havia estado quando ainda acompanhava a Estação. Ela havia rompido os vínculos com a gravidade e era agora um planeta livre e independente, circundando o Sol numa órbita própria.

A cabine que Floyd agora tinha só para si havia sido projetada para trinta passageiros. Era estranho, e um tanto solitário, ver todas as poltronas vazias ao seu redor, e ter a atenção exclusiva do comissário e da comissária – para não mencionar o piloto, o copiloto e dois engenheiros. Duvidava que algum homem na história já tivesse recebido um atendimento tão exclusivo, e era muito improvável que isso viesse a se repetir no futuro. Lembrou-se da observação cínica de um dos pontífices de pior reputação: "Agora que temos o papado, vamos aproveitá-lo". Bem, aquela viagem ele iria aproveitar, e a euforia da falta de peso. Com a perda da gravidade ele tinha – pelo menos por um tempo – se livrado da maioria de suas preocupações. Alguém um dia dissera que você pode ficar aterrorizado no espaço, mas não pode ficar preocupado ali. Era a mais perfeita verdade.

Os comissários, ao que parecia, estavam determinados a fazê-lo comer durante todas as vinte e quatro horas da viagem, e ele estava constantemente recusando refeições indesejadas. Comer em gravidade zero não era um grande problema, ao contrário das previsões lúgubres dos primeiros astronautas. Ele se sentou a uma mesa comum, à qual os pratos eram presos com grampos, como a bordo de um navio num mar agitado. Todos os alimentos tinham algum grau de aderência, para que não saíssem voando pela cabine. Assim, uma costeleta ficava grudada no prato por um molho espesso, e uma salada era mantida sob controle por um molho adesivo. Com um pouco de habilidade e cuidado, havia poucos itens que não podiam ser manuseados com segurança; as únicas coisas banidas eram sopas quentes e doces excessivamente farelentos. Bebidas, naturalmente, eram uma outra história; todos os líquidos tinham de ser mantidos em tubos *squeeze* de plástico.

Toda uma geração de heroicos, mas desconhecidos, pesquisadores voluntários havia se dedicado ao projeto do banheiro, e ele era hoje considerado mais ou menos à prova de erros. Floyd o investigou logo após o começo da queda livre. Ele se viu num pequeno cubículo com todos os acessórios de um banheiro comum de aeronave, mas iluminado com uma luz vermelha muito forte e desagradável aos olhos. Um aviso impresso em letras proeminentes anunciava: "MUITO IMPORTANTE! PARA SEU PRÓPRIO CONFORTO, POR FAVOR LEIA ESTAS INSTRUÇÕES COM ATENÇÃO!!!"

Floyd se sentou (era o que se tendia a fazer, mesmo quando sem peso) e leu o aviso várias vezes. Quando teve certeza de que não houve nenhuma modificação desde seu último voo, pressionou o botão INICIAR.

Ali perto um motor elétrico começou a vibrar, e Floyd sentiu um movimento. Como o aviso o aconselhou a fazer, fechou os olhos e aguardou. Após um minuto, uma campainha soou suavemente e ele olhou ao redor.

A luz agora havia mudado para um branco rosado tranquilizador; mas, o mais importante, ele estava sob a gravidade mais uma vez. Apenas a mais fraca vibração revelava que era uma gravidade espúria, provocada pela rotação tipo carrossel de todo o compartimento do banheiro. Floyd apanhou um sabonete e o viu cair em câmera lenta; julgou que a força centrífuga tinha cerca de um quarto da gravidade normal. Mas isso era o bastante; garantiria que tudo iria se mover na direção certa, no único lugar onde isso mais importava.

Apertou o botão PARAR/SAIR e voltou a fechar os olhos. O peso lentamente foi diminuindo com o cessar da rotação, a campainha soou duas vezes e a luz vermelha de alerta voltou. A porta foi então travada na posição certa para deixá-lo sair para a cabine, onde ele aderiu o mais rápido possível ao tapete. Há muito tempo havia se cansado da novidade da ausência de peso, e ficou feliz pelas sandálias de velcro que lhe permitiam caminhar quase normalmente.

Havia muita coisa para ocupar seu tempo, ainda que não fizesse nada a não ser ficar sentado, lendo. Quando se cansou de relatórios oficiais, memorandos e minutas, conectou seu *newspad* do tamanho de uma folha de almaço ao circuito de informações da nave e verificou as últimas notícias da Terra. Um a um, podia conjurar os maiores jornais eletrônicos da Terra; sabia de cor os códigos dos mais importantes e não tinha necessidade de consultar a lista no verso do seu *pad*. Alternando para a memória de curto prazo do monitor da unidade, ele mantinha a primeira página enquanto vasculhava rapidamente as manchetes e anotava os itens que lhe interessavam. Cada qual tinha sua própria referência de dois dígitos; quando ele a digitava, o retângulo do tamanho de um selo expandia até preencher toda a tela, e ele podia ler confortavelmente. Ao acabar, voltava num instante à página completa e selecionava um novo assunto para análise detalhada.

Floyd às vezes se perguntava se o *Newspad*, e a fantástica tecnologia por trás dele, era a última palavra na busca do homem pela comunicação perfeita. Ali estava ele, no espaço distante, afastando-se da Terra a milhares de quilômetros por hora e, no entanto, em milissegundos podia ler as manchetes de qualquer jornal que desejasse. (A própria palavra "jornal", naturalmente, era um resquício anacrônico na era da eletrônica.) O texto era atualizado automaticamente a cada hora; mesmo que alguém lesse somente as versões em inglês, era possível passar uma vida inteira sem fazer mais nada além de absorver o fluxo de informações em constante mutação vindas dos satélites de notícias.

Era difícil imaginar como se poderia aprimorar o sistema ou torná-lo mais prático. Mas, cedo ou tarde, Floyd imaginou, isso passaria e daria lugar a algo tão inimaginável quanto o próprio *Newspad* teria sido para Caxton ou Gutenberg.

Outro pensamento lhe ocorria sempre que varria com os olhos aquelas minúsculas manchetes eletrônicas. Quanto mais maravilhoso o meio de comunicação, mais trivial, medíocre ou deprimente seu conteúdo parecia ser. Acidentes, crimes, desastres naturais ou provocados pelo homem, ameaças de conflito, editoriais sombrios – essas coisas ainda pareciam ser a preocupação principal dos milhões de palavras borrifadas no éter. E, no entanto, Floyd também se perguntava se isso de fato seria ruim; os jornais de Utopia, ele concluíra há muito tempo, seriam terrivelmente chatos.

De vez em quando o capitão e os outros membros da tripulação entravam na cabine a trocavam algumas palavras com ele. Tratavam seu distinto passageiro com admiração, e sem dúvida estavam loucos de curiosidade quanto à sua missão, mas eram educados demais para fazer qualquer pergunta ou mesmo para soltar qualquer indireta.

Apenas a charmosa comissariazinha parecia completamente à vontade em sua presença. Como Floyd rapidamente descobriu, ela era de Bali, e havia trazido para além da atmosfera um pouco da graça e do mistério daquela ilha ainda basicamente intocada. Uma das mais estranhas, e mais encantadoras, lembranças de toda a viagem foi sua demonstração em gravidade zero de alguns movimentos de dança balinesa clássica, com a adorável crescente azul-esverdeada da Terra minguando ao fundo.

Houve um período de sono em que as luzes da cabine principal foram apagadas e Floyd prendeu os braços e as pernas com os lençóis elásticos que o impediam de flutuar para o espaço. Parecia um arranjo rústico, mas ali, na gravidade zero, seu assento sem estofamento era mais confortável do que o colchão mais luxuoso da Terra.

Depois de se amarrar, Floyd cochilou rapidamente, mas acordou uma vez sonolento, semiconsciente, completamente atordoado por se encontrar naquele ambiente tão estranho. Por um momento pensou estar no meio de uma lanterna chinesa mal iluminada; o brilho fraco dos outros cubículos ao seu redor lhe deu essa impressão. Então disse a si mesmo, com firmeza e sucesso: – Vá dormir, rapaz. Isto aqui é só um ônibus lunar comum.

Quando acordou, a Lua havia engolido metade do céu, e as manobras de frenagem estavam prestes a começar. O arco amplo de janelas disposto na parede curva da seção de passageiros agora dava para céu aberto, não para o globo que se aproximava, então ele foi para a cabine de controle. Ali, nas telas de TV da vista traseira, ele podia assistir aos estágios finais da descida.

As montanhas lunares que se aproximavam eram completamente diferentes das da Terra; não tinham os estonteantes picos nevados, os trajes verdes e justos de vegetação, as coroas móveis de nuvens. Não obstante, os fortes contrastes de luz e sombra lhes conferiam uma estranha beleza própria. As leis terrestres da estética não se aplicavam ali; aquele mundo tinha sido formado e moldado por forças diferentes das terrestres, operando ao longo de eras de tempo desconhecidas para a jovem e verdejante Terra, com suas fugazes Eras Glaciais, seus oceanos que rapidamente subiam e desciam, suas cordilheiras se dissolvendo como neblina antes do amanhecer. A idade ali era algo inconcebível, mas não a morte, pois a Lua jamais havia vivido – até agora.

A nave descendente estava posicionada quase sobre a linha que dividia a noite do dia, e diretamente abaixo dela havia um caos de sombras serrilhadas e de picos brilhantes e isolados que captavam a primeira luz da lenta aurora lunar. Aquele seria um lugar temerário para se tentar um pouso, mesmo com todos os possíveis auxílios eletrônicos, mas eles estavam lentamente se afastando dali, na direção do lado noturno da Lua.

Então Floyd viu, quando seus olhos se acostumaram com a iluminação mais fraca, que a noite lunar não era inteiramente escura. Ela brilhava com uma luz fantasmagórica, na qual picos, vales e planícies podiam ser vistos com clareza. A Terra, uma lua gigante da Lua, inundava o terreno abaixo com seu resplendor.

No painel do piloto, luzes piscavam sobre telas de radar e números iam e vinham em monitores de computador, fazendo a contagem regressiva da distância até a Lua que se aproximava. Ainda estavam a mais de mil e quinhentos quilômetros quando o peso retornou com o início da delicada, porém constante, desaceleração dos jatos. Por um tempo que pareceu longuíssimo, a Lua lentamente se expandiu ao longo do céu, o Sol afundou abaixo do horizonte e, por fim, uma única cratera gigante preencheu o campo de visão. O ônibus estava caindo na direção de seus picos centrais, e subitamente Floyd notou que perto de um desses picos uma luz brilhante piscava com um ritmo regular. Poderia ter sido um farol de aeroporto lá na Terra, e ele olhou para aquilo com um nó na garganta. Era prova de que os homens haviam estabelecido mais uma base na Lua.

Agora, a cratera havia se expandido tanto que suas paredes estavam escorregando para baixo do horizonte, e as crateras menores que salpicavam seu interior começavam a revelar seu verdadeiro tamanho. Algumas destas, por menores que tivessem parecido de longe, no espaço, tinham quilômetros de diâmetro, e poderiam ter engolido cidades inteiras.

Sob seus controles automáticos, o ônibus descia no céu estrelado, na direção daquela paisagem desolada, à luz da grande meia-Terra. Agora, uma voz falava em algum lugar acima do assovio dos jatos e dos bipes eletrônicos que iam e vinham por toda a extensão da cabine.

– Controle de Clavius para Especial 14, você está entrando lindamente. Por favor, faça checagem manual de trem de pouso, pressão hidráulica, inflação de balões antichoque.

O piloto apertou vários botões, luzes verdes piscaram, e então ele respondeu:

– Todas as checagens manuais completadas. Trem de pouso, pressão hidráulica, balões antichoque o.k.

– Confirmado – disse a Lua, e a descida continuou sem palavras. Embora a conversa ainda continuasse, ela estava sendo toda realizada por máquinas, piscando pulsos binários uma para outra mil vezes mais rápido que a velocidade com que seus lentos criadores conseguiam se comunicar.

Alguns dos picos de montanhas já estavam assomando acima do ônibus; agora, o chão estava apenas a algumas centenas de metros de distância, e a luz do farol era uma estrela brilhante, piscando constantemente sobre um grupo de edifícios baixos e veículos estranhos. No estágio final da descida, os jatos pareciam estar tocando uma melodia estranha; eles pulsavam, ligando e desligando, fazendo os últimos ajustes finos até o último empuxo.

Abruptamente, uma vertiginosa nuvem de poeira escondeu tudo, os jatos borrifaram uma última vez, e o ônibus balançou bem de leve, como um barco a remo quando uma marola passa. Levou alguns minutos até Floyd realmente aceitar o silêncio que agora o envolvia e a gravidade fraca que agarrava seus braços e pernas.

Ele havia feito, sem o menor incidente e em pouco mais de um dia, a incrível jornada com a qual o homem sonhara por dois mil anos. Depois de um voo normal e rotineiro, havia pousado na Lua.

10

BASE CLAVIUS

Clavius, com duzentos e quarenta quilômetros de diâmetro, é a segunda maior cratera na face visível da Lua e fica no centro das Terras Altas do Sul. É muito antiga; eras de atividade vulcânica e bombardeios do espaço marcaram suas paredes e esburacaram seu chão. Mas desde a última era de formação de crateras, há meio bilhão de anos, quando os destroços do cinturão de asteroides ainda estavam atingindo os planetas interiores, ela passara a conhecer a paz.

Agora, havia novas e estranhas movimentações acima e abaixo de sua superfície, pois ali o Homem estava montando sua primeira cabeça de ponte permanente na Lua. A Base Clavius poderia, numa emergência, ser inteiramente autossuficiente. Todas as necessidades da vida eram produzidas a partir das rochas locais, depois de esmagadas, aquecidas e processadas quimicamente. Hidrogênio, oxigênio, carbono, nitrogênio, fósforo – todos esses elementos, e a maior parte dos outros, podiam ser encontrados dentro da Lua, se alguém soubesse onde procurá-los.

A Base era um sistema fechado, como um modelo minúsculo da própria Terra, reciclando todos os produtos químicos da vida. A atmosfera era purificada em uma vasta "estufa" – um grande aposento circular enterrado logo abaixo da superfície lunar. Sob lâmpadas incandescentes à noite e a luz do sol filtrada de dia, hectares de plantas verdes compactas cresciam numa atmosfera quente e úmida. Eram mutações especiais, projetadas com o objetivo expresso de reabastecer o oxigênio do ar e fornecer comida como subproduto.

Mais comida era produzida por sistemas de processamento químico e culturas de algas. Embora a espuma verde que circulava por metros de tubos de plástico transparente dificilmente atraísse um *gourmet*, os bioquímicos podiam convertê-la em costeletas e bifes que apenas um especialista saberia diferenciar do produto real.

Os mil e cem homens e as seiscentas mulheres que compunham o pessoal da Base eram todos cientistas e técnicos altamente treinados, cuidadosamente selecionados antes de deixarem a Terra. Embora a vida lunar fosse agora algo praticamente livre das privações, desvantagens e eventuais perigos dos primeiros tempos, era algo que ainda exigia grande esforço psicológico, e não era recomendado a quem sofresse de claustrofobia. Como era caro e demorado cortar uma grande base subterrânea em rocha sólida ou lava compactada, o "módulo habitável" padrão para uma pessoa era um único aposento com cerca de um metro e oitenta de largura, três metros de comprimento e dois e meio de altura.

Cada aposento era mobiliado de modo atraente e se parecia bastante com uma boa suíte de hotel, com sofá-cama, TV, um pequeno aparelho de som de alta fidelidade e um visofone. Além disso, por meio de um simples truque de decoração de interiores, a única parede lisa e inteiriça se convertia, apenas apertando um botão, numa convincente paisagem terrestre. Havia um menu de oito opções de vistas.

Esse toque de luxo era típico da Base, embora às vezes fosse difícil explicar sua necessidade para o pessoal na Terra. Cada homem e mulher em Clavius havia custado cem mil dólares em treinamento, transporte e acomodação; valia a pena gastar um pouco mais para manter a sua paz de espírito. Aquilo não era arte pela arte, mas arte pela sanidade.

Uma das atrações da vida na Base – e na Lua como um todo – era sem dúvida a baixa gravidade, que produzia uma sensação geral de bem-estar. Entretanto, tinha seus perigos, e várias semanas se passavam até que um emigrante conseguisse se adaptar a ela. Na Lua, o corpo humano tinha de aprender todo um novo conjunto de reflexos. Ele tinha, pela primeira vez, que distinguir entre massa e peso.

Um homem que pesava oitenta quilos na Terra poderia ficar maravilhado ao descobrir que pesava somente treze quilos na Lua. Contanto que se movesse em linha reta a uma velocidade uniforme, teria uma sensação incrível de flutuação. Mas, assim que tentasse mudar de curso, virar uma esquina, ou parar subitamente, *então* descobriria que todos os seus oitenta quilos de massa, ou inércia, ainda estavam lá, pois isso era fixo e inalterável: a mesma coisa na Terra, na Lua, no Sol ou no espaço. Portanto, antes de alguém conseguir se adaptar à vida lunar, era essencial aprender que todos os objetos eram agora seis vezes mais lentos do que seu mero peso sugeria. Era uma lição normalmente aprendida através de numerosas colisões e impactos desagradáveis, e habitantes lunares experientes mantinham distância dos recém-chegados até eles estarem aclimatados.

Com seu complexo de oficinas, escritórios, armazéns, centro de computação, geradores, garagem, cozinha, laboratórios e usina de processamento de alimentos, a Base Clavius era um mundo em miniatura. E, ironicamente, muitas das habilidades utilizadas para construir aquele império subterrâneo tinham sido desenvolvidas durante o meio século da Guerra Fria.

Qualquer homem que já tivesse trabalhado numa instalação fortificada de mísseis teria se sentido à vontade em Clavius. Ali, na Lua, estavam utilizando os mesmos equipamentos e a mesma ciência da vida subterrânea e de proteção contra um ambiente hostil; mas ali eram aplicados para fins pacíficos. Depois de dez mil anos, o homem finalmente encontrara algo tão empolgante quanto a guerra. Infelizmente, nem todas as nações tinham percebido esse fato ainda.

* * *

As montanhas, tão proeminentes pouco antes do pouso, desapareceram misteriosamente, ocultadas abaixo do horizonte acentuadamente curvo da Lua. Ao redor da espaçonave havia uma planície desolada e cinzenta, brilhantemente iluminada pela luz oblíqua da Terra. Embora o céu fosse, é claro, completamente escuro, viam-se apenas as estrelas e os planetas mais brilhantes, a menos que se protegessem os olhos do brilho da superfície.

Vários veículos muito estranhos dirigiam-se para a espaçonave Aries-1B – gruas, guindastes, caminhões de reparos –, uns automáticos, outros operados por um motorista em uma pequena cabine pressurizada. A maioria deles movia-se sobre pneus-balão, pois aquela planície lisa e nivelada não apresentava nenhuma dificuldade de transporte, mas um caminhão-tanque rolava sobre as peculiares rodas flexíveis que tinham se mostrado, para todos os fins, uma das melhores maneiras de locomoção na Lua. Uma série de placas achatadas dispostas em círculo, cada placa montada e sustentada de modo independente, a roda flexível tinha muitas das vantagens da esteira tipo lagarta, da qual havia evoluído. Ela adaptava sua forma e seu diâmetro ao terreno sobre o qual se movia e, ao contrário de uma esteira tipo lagarta, continuava a funcionar mesmo que faltassem algumas peças.

Um pequeno ônibus com um tubo de extensão parecido com uma tromba curta de elefante estava agora se encaixando carinhosamente na espaçonave. Alguns segundos depois ouviram-se batidas e pancadas do lado de fora, acompanhadas pelo som de ar sibilando, à medida que se faziam conexões e se equalizava a pressão. A porta interior da comporta de ar se abriu, e a delegação de boas-vindas entrou.

Era liderada por Ralph Halvorsen, o Administrador da Província Sul, que abrangia não apenas a Base, mas também quaisquer grupos de exploração que operavam a partir dela. Com ele estavam seu Cientista-Chefe, o dr. Roy Michaels, um geofísico baixinho e grisalho que Floyd conhecia de visitas anteriores, e meia dúzia de cientistas seniores e executivos. Eles o cumprimentaram com um alívio respeitoso; do Administrador para baixo, era óbvio que aguardavam ansiosamente uma chance de desabafar algumas de suas preocupações.

– É um grande prazer tê-lo conosco, dr. Floyd – disse Halvorsen. – O senhor fez boa viagem?

– Excelente – respondeu Floyd. – Não podia ter sido melhor. A tripulação cuidou muito bem de mim.

Tiveram a conversa informal que a cortesia exigia enquanto o ônibus rolava para longe da espaçonave; por um acordo implícito, ninguém mencionou o motivo de sua visita. Depois de percorrerem trezentos metros desde o local do pouso, o ônibus chegou a uma placa grande que dizia:

BEM-VINDO À BASE CLAVIUS
Corpo de Engenharia Astronáutica dos EUA
1994

O veículo então mergulhou numa abertura que rapidamente o levou para baixo do nível térreo. Uma porta imensa se abriu à frente, depois se fechou atrás deles. Isso aconteceu de novo, e depois uma terceira vez. Quando a última porta se fechou ouviu-se um grande rugido de ar, e eles estavam de volta à atmosfera mais uma vez, no ambiente descontraído da Base.

Depois de uma rápida caminhada por um túnel repleto de tubos e cabos, e que ecoava com batidas e pulsações ritmadas, chegaram ao território executivo, e Floyd viu-se de volta ao ambiente familiar de máquinas de escrever, computadores de escritório, secretárias, planilhas nas paredes e telefones tocando. Quando pararam diante de uma porta com a placa "ADMINISTRADOR", Halvorsen disse, diplomaticamente: – O dr. Floyd e eu iremos para a sala de reuniões em alguns minutos.

Os outros assentiram, emitiram sons simpáticos e seguiram pelo corredor. Mas antes que Halvorsen conduzisse Floyd para dentro do escritório, houve uma interrupção. A porta se abriu e uma pequena figura se jogou em cima do Administrador.

– Papai! Você esteve lá Em Cima! E tinha *prometido* me levar!

– Ora, Diana – disse Halvorsen, com um carinho exasperado. – Eu só disse que levaria você se pudesse. Mas estava muito ocupado encontrando o dr. Floyd. Aperte a mão dele. Ele acabou de vir da Terra.

A garotinha – Floyd achou que ela teria cerca de oito anos – estendeu uma mão mole. Seu rosto era vagamente familiar, e Floyd se deu conta de que o Administrador estava olhando para ele com um sorriso curioso. Com o choque do reconhecimento, ele entendeu por quê.

– Não acredito! – exclamou. – Da última vez em que estive aqui, ela era apenas um bebê!

– Ela completou quatro anos semana passada – Halvorsen respondeu orgulhoso. – As crianças crescem rápido nesta gravidade baixa. Mas não envelhecem tão rapidamente... vão viver mais do que nós.

Floyd olhou fascinado a garotinha autoconfiante, notando a postura graciosa e a estrutura óssea excepcionalmente delicada. – É um prazer vê-la novamente, Diana – ele disse. Então alguma coisa, talvez pura curiosidade, talvez educação, o levou a perguntar: – *Você* gostaria de ir à Terra?

Ela arregalou os olhos de espanto; então balançou a cabeça.

– É um lugar feio; você se machuca quando cai. E também tem muita gente.

Então, Floyd disse a si mesmo, eis a primeira geração dos Nascidos no Espaço; mais deles surgiriam nos anos futuros. Embora houvesse tristeza nesse pensamento, havia também uma grande esperança. Quando a Terra estivesse domada e tranquila, e talvez um pouco cansada, ainda haveria lugar para aqueles que amavam a liberdade, para os pioneiros obstinados, os aventureiros incansáveis. Mas suas ferramentas não seriam machado, arma, canoa e vagão; seriam a usina nuclear, o motor de plasma e a fazenda hidropônica. Estava chegando rapidamente o momento em que a Terra, como todas as mães, teria de dar adeus aos seus filhos.

Com uma mistura de ameaças e promessas, Halvorsen conseguiu expulsar sua filha determinada e levou Floyd para o escritório. A suíte do Administrador tinha cerca de cinco metros quadrados apenas, mas conseguia conter todos os objetos e símbolos de *status* do típico chefe de departamento que ganhava cinquenta mil dólares por ano. Fotografias autografadas de políticos importantes – incluindo o presidente dos Estados Unidos e o secretário-geral das Nações Unidas – adornavam uma das paredes, enquanto fotos autografadas de astronautas famosos cobriam a maior parte da outra.

Floyd afundou numa confortável poltrona de couro e aceitou um copo de "xerez", cortesia dos laboratórios bioquímicos lunares.

– Como vão as coisas, Ralph? – Floyd perguntou, provando a bebida com cautela, depois com aprovação.

– Não tão ruins – respondeu Halvorsen. – Entretanto, *há uma coisa* que é melhor você saber antes de entrar lá.

– O que é?

– Bem, acho que dá para descrever como um problema no moral da tropa – suspirou Halvorsen.

– É?

– Ainda não é sério, mas está ficando rapidinho.

– O blecaute de notícias – Floyd disse categoricamente.

– Isso – respondeu Halvorsen. – Meu pessoal está ficando muito irritado com isso. Afinal, a maioria tem família lá na Terra; eles provavelmente acreditam que estão todos mortos por alguma praga lunar.

– Lamento por isso – disse Floyd –, mas ninguém conseguiu pensar numa história melhor, e até agora funcionou. A propósito: encontrei Moisewitch na Estação Espacial, e até *ele* engoliu.

– Bem, isso deve deixar a Segurança feliz.

– Não tão feliz... Ele ouviu falar da A.M.T.-1; os boatos estão começando a vazar. Mas simplesmente não podemos fazer nenhuma declaração até sabermos que diabo é aquela coisa e se nossos amigos chineses estão por trás dela.

– O dr. Michaels acha que tem a resposta. Ele está louco para lhe contar.

Floyd esvaziou seu copo.

– E eu estou louco para ouvir. Vamos lá.

11

ANOMALIA

A reunião aconteceu numa grande câmara retangular onde cabiam, com facilidade, cem pessoas. Estava equipada com os mais recentes dispositivos ópticos e eletrônicos e pareceria uma sala de conferências padrão, não fossem os numerosos cartazes, fotos, avisos e pinturas amadoras, indicando que era também o centro da vida cultural local. Floyd ficou particularmente impressionado com uma coleção de placas, obviamente reunida com grande cuidado, com mensagens como "NÃO PISE NA GRAMA", "NÃO ESTACIONE EM DIAS PARES", "PROIBIDO FUMAR", "PARA A PRAIA", "PASSAGEM DE GADO", "ACOSTAMENTO" e "NÃO ALIMENTE OS ANIMAIS". Se eram genuínas – como certamente pareciam ser – seu transporte desde a Terra custara uma pequena fortuna. Havia nelas um desafio comovente; naquele mundo hostil, os homens ainda conseguiam brincar a respeito das coisas que haviam sido forçados a deixar para trás – e das quais seus filhos jamais sentiriam falta.

Um grupo de quarenta ou cinquenta pessoas esperava por Floyd, e todos se levantaram educadamente quando ele entrou atrás do Administrador. Enquanto acenava com a cabeça para vários rostos familiares, Floyd sussurrou a Halvorsen: – Eu gostaria de dizer algumas palavras antes da reunião.

Floyd se sentou na fileira da frente, enquanto o Administrador subia à tribuna e olhava a plateia ao redor.

– Senhoras e senhores – começou Halvorsen –, não preciso lhes dizer que esta é uma ocasião muito importante. Temos o grande prazer de ter o dr. Heywood Floyd conosco. Todos o conhecemos de reputação, e muitos de nós o conhecemos pessoalmente. Ele acabou de completar um voo especial da Terra até aqui, e antes da reunião ele tem algumas palavras para nós. Dr. Floyd.

Floyd foi até a tribuna em meio a alguns aplausos educados, inspecionou a plateia com um sorriso e disse:

– Obrigado. Eu só quero dizer isto: o Presidente me pediu para transmitir seu agradecimento pelo trabalho fantástico que vocês estão fazendo, e que esperamos que o mundo em breve seja capaz de reconhecer. Estou bem ciente – ele continuou cuidadosamente – de que alguns de vocês, talvez a maioria de vocês, estão ansiosos para que o atual véu de sigilo seja retirado; vocês não seriam cientistas se pensassem diferente.

Captou um vislumbre do dr. Michaels, cujo rosto estava vincado em um ligeiro franzido, ressaltando uma longa cicatriz que descia pela face direita – presumivelmente o resultado de algum acidente no espaço. O geólogo, ele sabia bem, havia protestado vigorosamente contra o que chamava de "bobagem de polícia e bandido".

– Mas eu lembraria a vocês – continuou Floyd – que esta é uma situação extraordinária. Precisamos ter certeza absoluta de nossos próprios fatos; se cometermos erros agora, pode não haver uma segunda chance. Então, por favor, tenham um pouco mais de paciência. É o que também deseja o Presidente.

– É tudo o que tenho a dizer. Agora estou pronto para o relatório de vocês. – Voltou à sua cadeira e o Administrador disse: – Muito obrigado, dr. Floyd – e acenou com a cabeça, de modo um tanto brusco, ao seu Cientista-Chefe. Com a deixa, o dr. Michaels caminhou até a tribuna e as luzes se apagaram.

Uma fotografia da Lua apareceu na tela. No centro exato do disco havia um anel de cratera branco e brilhante, do qual um padrão impressionante de raios se abria em forma de leque. Parecia exatamente como se alguém tivesse jogado um saco de farinha na face da Lua, e ela tivesse se espalhado em todas as direções.

– Nesta fotografia vertical – disse Michaels, apontando para a cratera central –, Tycho é ainda mais visível do que quando observada da Terra; lá ela fica mais próxima da borda da Lua. Mas, observada *deste* ângulo, olhando direto a mil e seiscentos quilômetros de altitude, vocês verão como ela domina todo o hemisfério.

Ele deixou Floyd absorver essa visão pouco familiar de um objeto familiar, e então continuou:

– Ao longo do ano passado conduzimos uma pesquisa magnética da região, a partir de um satélite de baixa órbita. Essa pesquisa só foi finalizada no mês passado. E este é o resultado, o mapa que iniciou todo o problema.

Outra imagem apareceu na tela: parecia uma carta topográfica, embora exibisse intensidade magnética, não a altitude acima do nível do mar. Em sua maior parte, as linhas eram mais ou menos paralelas e bem espaçadas, mas, num canto do mapa, elas subitamente se reuniam, formando uma série de círculos concêntricos – como o desenho de um nó num pedaço de madeira.

Até mesmo para um olho não treinado era óbvio que algo peculiar acontecera ao campo magnético da Lua naquela região; e, em letras garrafais, na parte inferior do mapa, estavam as palavras: "ANOMALIA MAGNÉTICA DE TYCHO – UM (A.M.T.-1)". Carimbado no canto superior direito, lia-se "CONFIDENCIAL".

– No começo, achávamos que poderia ser um afloramento de rocha magnética, mas todas as evidências geológicas contrariavam essa hipótese. E nem mesmo um grande meteorito de níquel-ferro poderia produzir um campo tão intenso como esse. Então, decidimos dar uma olhada...

... O primeiro grupo não descobriu nada, apenas o costumeiro terreno plano, soterrado por uma camada muito fina de poeira lunar. Eles mergulharam uma broca no centro exato do campo magnético, para obter uma amostra do núcleo para estudos. A dez metros de profundidade, a broca parou. Então o grupo de pesquisa começou a cavar. Não é uma tarefa fácil em trajes espaciais, posso lhes assegurar...

... O que eles encontraram os trouxe correndo de volta à Base. Enviamos uma equipe maior, com equipamento melhor. Eles escavaram por duas semanas, com o resultado que vocês conhecem.

A sala de reuniões às escuras silenciou de repente e ficou na expectativa, enquanto a imagem na tela mudava. Embora todos já a tivessem visto muitas vezes, não havia uma pessoa que não se inclinasse para a frente como se esperasse encontrar novos detalhes. Na Terra e na Lua menos de cem pessoas até agora haviam tido a permissão de colocar os olhos naquela fotografia.

Ela mostrava um homem num traje espacial vermelho e amarelo, em pé no fundo de uma escavação, apoiado num bastão de agrimensor marcado em decímetros. Era obviamente uma foto noturna, e poderia ter sido tirada em qualquer lugar da Lua ou de Marte. Mas até agora nenhum planeta jamais havia produzido uma cena como aquela.

O objeto diante do qual o homem de traje espacial estava posando era uma placa vertical de material preto, com cerca de três metros de altura e um metro e meio de largura; lembrava a Floyd, de forma um tanto lúgubre, uma lápide gigante. Perfeitamente simétrica e de bordas afiadas, era tão preta que parecia ter engolido toda a luz que caía sobre ela; não exibia nenhum detalhe na superfície. Era impossível dizer se era feita de pedra, metal ou plástico, ou de algum material completamente desconhecido ao homem.

– A.M.T.-1 – declarou o dr. Michaels, de forma quase reverente. – Parece nova em folha, não é? Não posso culpar aqueles que pensaram que ela tinha apenas alguns anos de idade e tentaram ligá-la à terceira Expedição Chinesa, ocorrida em 98. Mas eu nunca acreditei nisso, e agora conseguimos estabelecer uma datação positiva, a partir de evidências geológicas locais...

... Meus colegas e eu, dr. Floyd, apostamos nossas reputações nisso. A A.M.T.-1 não tem nada a ver com os chineses. Na verdade, ela não tem nada a ver com a raça humana, pois, quando ela foi enterrada, *não existiam* humanos...

... Bem, ela tem aproximadamente três milhões de anos. O que o senhor está vendo agora é a primeira prova de vida inteligente fora da Terra.

12

JORNADA À LUZ DA TERRA

PROVÍNCIA DA MACROCRATERA: estende-se para o S. a partir do centro aproximado da face visível da lua, a L. da Província da Cratera Central. Densamente marcada com crateras de impacto; ao N., algumas crateras fraturadas por impacto, formando o Mare Imbrium. Superfícies irregulares por quase toda parte, exceto alguns fundos de cratera. A maioria das superfícies é de encosta, a maioria, em 10° a 12°; alguns fundos de cratera são quase nivelados.

POUSO E MOVIMENTO: pouso geralmente difícil devido a superfícies irregulares e inclinadas; menos difícil em alguns fundos nivelados de crateras. Movimento possível quase em todas as partes, mas é necessária uma seleção de rotas; menos difícil em alguns fundos nivelados de crateras.

CONSTRUÇÃO: em geral, moderadamente difícil devido às encostas, e a numerosos blocos grandes de matéria solta; escavação de lava difícil em alguns fundos de cratera.

TYCHO: cratera Pós-Maria, 86 quilômetros de diâmetro, borda a 2.400 quilômetros acima dos arredores; fundo 3.660 quilômetros de profundidade; tem o mais proeminente sistema de raios da Lua, alguns raios se estendendo por mais de 800 quilômetros.

(Extrato do *Estudo Especial de Engenharia da Superfície da Lua*, Ofício, Chefe dos Engenheiros, Ministério do Exército. U. S. Pesquisa Geológica, Washington, 1961.)

* * *

O laboratório móvel que agora rolava ao longo da planície da cratera a oitenta quilômetros por hora mais parecia um trailer gigante montado sobre oito rodas flexíveis, mas era muito mais do que isso. Era uma base autônoma na qual vinte homens podiam viver e trabalhar por várias semanas. De fato, era virtualmente uma espaçonave de navegação em terra – e numa emergência podia até voar. Se chegasse a uma fenda ou desfiladeiro que fosse grande demais para desviar, e íngreme demais para subir, poderia saltar sobre o obstáculo com seus quatro jatos inferiores.

Ao olhar pela janela, Floyd viu uma trilha bem definida estendendo-se à sua frente, onde dezenas de veículos haviam deixado uma faixa batida na superfície friável da Lua. A intervalos regulares ao longo da trilha, havia mastros altos e finos, cada qual com uma luz piscando. Ninguém teria como se perder, na jornada de trezentos e vinte quilômetros desde a Base Clavius até a A.M.T.-1, muito embora ainda fosse noite e faltassem várias horas para o sol nascer.

As estrelas no alto eram apenas um pouco mais brilhantes, ou mais numerosas, do que numa noite clara nos altos platôs do Novo México ou do Colorado. Mas havia duas coisas naquele céu escuro como carvão que destruía qualquer ilusão de ali ser a Terra.

A primeira era a própria Terra – um farol flamejante pendendo sobre o horizonte ao norte. A luz que se derramava daquele semiglobo gigantesco era dezenas de vezes mais brilhante do que a lua cheia, e cobria toda aquela terra com uma fosforescência fria, azul-esverdeada.

A segunda aparição celestial era um cone de luz pálido e perolado meio inclinado no céu a leste. Tornava-se cada vez mais brilhante na direção do horizonte, sugerindo a presença de magníficos fulgores escondidos logo além da beira da Lua. Ali estava uma pálida glória que nenhum homem jamais tinha visto da Terra, a não ser durante os poucos momentos de um eclipse total. Era a coroa, arauto da aurora lunar, avisando que em pouco tempo o Sol atingiria aquela terra adormecida.

Sentado com Halvorsen e Michaels na sala de observação dianteira, imediatamente abaixo da posição do motorista, Floyd percebeu que seus pensamentos insistentemente voltavam para o abismo de três milhões de anos que acabara de se abrir à sua frente. Como todos os homens cientificamente instruídos, estava acostumado a considerar períodos de tempo bem mais longos, mas eles diziam respeito apenas aos movimentos das estrelas e aos ciclos lentos do universo inanimado. Não envolviam mente ou inteligência; aquelas eras estavam vazias de tudo o que tocava as emoções.

Três milhões de anos! O panorama infinitamente repleto da história escrita, com seus impérios e reis, seus triunfos e tragédias, mal cobria um milésimo desse período impressionante de tempo. Não só o próprio Homem, mas a maioria dos animais agora vivos na Terra, nem sequer existiam quando o enigma preto foi tão cuidadosamente enterrado ali, na mais brilhante e mais espetacular de todas as crateras da Lua.

Que ele havia sido enterrado, e deliberadamente, o dr. Michaels tinha certeza absoluta.

– No começo – explicou – eu esperava que ele estivesse marcando o local de alguma estrutura subterrânea, mas nossas escavações posteriores eliminaram essa possibilidade. Ele está sobre uma plataforma ampla do mesmo material preto, com uma rocha intacta por baixo. As... *criaturas*... que o projetaram queriam ter certeza de que ele ficaria firme no lugar, mesmo no caso de grandes terremotos lunares. Eles estavam construindo para a eternidade.

Havia triunfo, e ao mesmo tempo tristeza, na voz de Michaels, e Floyd compartilhava ambas as emoções. Finalmente, uma das perguntas mais antigas do homem havia sido respondida. Ali estava a prova, além de toda sombra de dúvida, de que a sua inteligência não era a única criada pelo universo. Mas, com esse conhecimento, vinha novamente uma consciência dolorosa da imensidão do Tempo. O que quer que tivesse passado por aqui havia se desencontrado da humanidade por uma questão de cem mil gerações. Talvez, Floyd disse a si mesmo, tenha sido melhor assim. E, entretanto, o que poderíamos ter aprendido com criaturas que podiam atravessar o espaço enquanto nossos ancestrais ainda viviam em árvores!

Algumas centenas de metros à frente, uma placa de sinalização surgia acima do horizonte estranhamente próximo da Lua. Em sua base havia uma estrutura em forma de tenda coberta com uma reluzente folha de alumínio prateada, obviamente para proteção contra o terrível calor do dia. Enquanto o ônibus passava, Floyd conseguiu ler à luz brilhante da Terra:

DEPÓSITO DE EMERGÊNCIA 3
20 kg Salmão
10 kg Água
20 embalagens de comida Mk. 4
1 kit ferramentas. Tipo B
1 kit de reparo de traje
!TELEFONE!

– Já pensou *nisso*? – perguntou Floyd, apontando para fora da janela. – E se a coisa for um depósito de suprimentos, deixado para trás por uma expedição que nunca retornou?

– É uma possibilidade – admitiu Michaels. – Aquele campo magnético certamente marcou sua posição, para que ele pudesse ser facilmente encontrado. Mas é muito pequeno... Não conseguiria conter muita coisa em termos de suprimentos.

– Por que não? – Halvorsen interrompeu. – Quem sabe o *tamanho* deles? Talvez eles só tivessem quinze centímetros de altura, o que tornaria a coisa um objeto de vinte ou trinta andares de altura.

Michaels balançou a cabeça.

– Fora de questão – protestou. – Não se podem ter criaturas muito pequenas e inteligentes; você precisa de um tamanho mínimo de cérebro.

Floyd havia reparado que Michaels e Halvorsen normalmente assumiam pontos de vista opostos, mas parecia haver pouca hostilidade pessoal ou atrito entre eles. Pareciam se respeitar e simplesmente concordavam em discordar.

Certamente não havia muita concordância com relação à natureza da A.M.T.-1 – ou o Monolito de Tycho, como alguns preferiam chamá-lo, conservando parte da abreviação. Nas seis horas desde que pousara na Lua, Floyd tinha ouvido uma dúzia de teorias, mas não se comprometera com nenhuma delas. Templo, marcador de agrimensura, túmulo, instrumento geofísico – essas talvez fossem as sugestões favoritas, e alguns dos proponentes ficavam bastante exaltados ao defendê-las. Muitas apostas foram feitas, e muito dinheiro trocaria de mãos quando a verdade finalmente fosse conhecida – se um dia fosse.

Até agora, o material preto da placa resistira a todas as tentativas, um tanto brandas, que Michaels e seus colegas haviam feito para obter amostras. Eles não tinham dúvidas de que um raio laser a cortaria – pois, certamente, nada poderia resistir *àquela* terrível concentração de energia –, mas a decisão de empregar medidas tão violentas seria deixada nas mãos de Floyd. Ele já tinha decidido que raios X, sondas sônicas, raios de nêutrons e todos os outros meios não destrutivos de investigação entrariam no jogo antes que ele convocasse a artilharia pesada do laser. Era a marca de um bárbaro destruir algo que não entendia, mas talvez os homens fossem bárbaros, além das criaturas que haviam feito aquela coisa.

E de *onde* elas poderiam ter vindo? Da própria Lua? Não, isso era absolutamente impossível. Se algum dia houve vida indígena naquele mundo desolado, ela havia sido destruída durante a última época de formação de crateras, quando a maior parte da superfície lunar ficou incandescente.

Terra? Muito improvável, embora talvez não de todo impossível. Qualquer civilização terrestre avançada – presumivelmente não humana – da Era Pleistocena teria deixado muitos outros vestígios de sua existência. "Nós teríamos descoberto tudo a seu respeito", pensou Floyd, "muito antes de chegarmos à Lua."

Isso deixava duas alternativas: os planetas, e as estrelas. Mas todas as evidências eram contra a vida inteligente em todos os outros pontos do Sistema Solar – ou de fato vida de *qualquer* tipo, exceto na Terra e em Marte. Os planetas interiores eram quentes demais, e os exteriores, frios demais, a menos que se descesse até a atmosfera, a profundezas onde as pressões chegavam a centenas de toneladas por centímetro quadrado.

Então talvez esses visitantes tivessem vindo das estrelas – mas isso era ainda mais incrível. Ao olhar para as constelações espalhadas pelo escuro céu lunar, Floyd se lembrou da frequência com que seus colegas cientistas haviam "provado" que viagens interestelares eram impossíveis. A jornada da Terra para a Lua ainda era bastante impressionante, mas a estrela mais próxima ficava cem milhões de vezes mais distante... Especulação era perda de tempo; ele devia aguardar até que houvesse mais provas.

– Por favor, apertem os cintos e prendam todos os objetos soltos – disse subitamente o alto-falante da cabine. – Declive de quarenta e cinco graus se aproximando.

Dois postes marcadores com luzes piscantes apareceram no horizonte, e o ônibus estava passando entre eles. Floyd mal ajustara o cinto de segurança quando o veículo lentamente chegou à beira de um declive realmente assustador, e começou a descer uma longa ladeira pedregosa, tão inclinada quanto o telhado de uma casa. A luz oblíqua da Terra, vindo por trás deles, agora fornecia muito pouca iluminação, e os próprios faróis do ônibus foram ligados.

Muitos anos atrás, Floyd ficara em pé na beira do Vesúvio, olhando para dentro da cratera; podia facilmente imaginar que agora estava entrando nela, e a sensação não era muito agradável.

Estavam descendo por um dos terraços internos de Tycho, e o ônibus começou a se nivelar novamente algumas centenas de metros mais abaixo. Enquanto avançavam lentamente pelo declive, Michaels apontou para a grande extensão de planície que agora se espalhava abaixo deles.

– Lá estão eles – exclamou. Floyd assentiu; já havia notado o aglomerado de luzes verdes e vermelhas vários quilômetros à frente, e mantinha os olhos fixos nele enquanto o ônibus tangenciava seu caminho delicadamente encosta abaixo. O grande veículo estava obviamente sob perfeito controle, mas Floyd só conseguiu respirar com facilidade quando ele voltou a ficar nivelado.

Agora Floyd podia ver, reluzindo como bolhas de prata na luz da Terra, um grupo de cúpulas pressurizadas – os abrigos temporários que abrigavam os trabalhadores do sítio. Perto delas havia uma torre de rádio, uma perfuratriz, um grupo de veículos estacionados e uma grande pilha de rochas quebradas, presumivelmente o material que havia sido escavado para revelar o monolito. Aquele minúsculo acampamento na vastidão deserta parecia muito solitário, muito vulnerável às forças da natureza reunidas silenciosamente ao seu redor. Não havia sinal de vida, e nenhuma pista visível do motivo pelo qual os homens estavam ali, tão longe de casa.

– Já dá para ver a cratera – disse Michaels. – Logo ali à direita, a cerca de cem metros daquela antena de rádio.

Então é isso, pensou Floyd, enquanto o ônibus passava pelas cúpulas pressurizadas e chegava à borda da cratera. Sua pulsação ficou acelerada quando ele se inclinou para a frente a fim de ver melhor. O veículo começou a descer cautelosamente uma rampa de rocha batida, rumo ao interior da cratera. E ali, exatamente como ele tinha visto nas fotografias, estava a A.M.T.-1.

Floyd olhou, piscou, balançou a cabeça e tornou a olhar. Mesmo à luz brilhante da Terra, era difícil ver o objeto com clareza; sua primeira impressão foi a de um retângulo achatado, que poderia ter sido recortado de uma folha de papel carbono: parecia não ter espessura nenhuma. Naturalmente, era uma ilusão de óptica; embora estivesse olhando para um corpo sólido, o objeto refletia tão pouca luz que Floyd só conseguia vê-lo em silhueta.

Os passageiros fizeram um silêncio profundo enquanto o ônibus descia para o interior da cratera. Havia assombro e também descrença – a pura incredulidade de que a Lua morta, dentre todos os mundos, pudesse ter produzido aquela fantástica surpresa.

O ônibus parou a cinco metros da placa, e de lado, para que todos os passageiros pudessem examiná-la. E, no entanto, além da forma perfeitamente geométrica da coisa, não havia muito o que ver. Em nenhum lugar havia qualquer marca ou desgaste no seu supremo negrume de ébano. Era a própria cristalização da noite e, por um momento, Floyd se perguntou se aquilo poderia de fato ser alguma extraordinária formação natural, nascida dos fogos e das pressões da época da criação da Lua. Mas sabia que essa remota possibilidade já havia sido examinada e descartada.

Após algum sinal, refletores ao redor da borda da cratera foram ligados, e a luz radiante da Terra foi obliterada por uma claridade bem mais intensa. No vácuo lunar os raios, naturalmente, eram completamente invisíveis; eles formavam elipses sobrepostas de um branco cegante, centradas no monolito. E onde elas o tocavam, sua superfície de ébano parecia engoli-las.

Caixa de Pandora, pensou Floyd, com uma súbita sensação de presságio, esperando para ser aberta pelo curioso Homem. E o que ele encontrará ali dentro?

13

O LENTO AMANHECER

A cúpula de pressão principal do sítio A.M.T.-1 tinha apenas seis metros de diâmetro, e seu interior estava desconfortavelmente lotado. O ônibus, acoplado a ela por uma das duas comportas de ar, fornecia um espaço extra muito apreciado.

Dentro daquele balão hemisférico de parede dupla viviam, trabalhavam e dormiam os seis cientistas e técnicos agora permanentemente ligados ao projeto. Ele também continha a maior parte do equipamento e dos instrumentos, todos os materiais que não podiam ser deixados no vácuo lá fora: instalações de cozinha, banheiro, amostras geológicas e uma pequena tela de TV pela qual o sítio podia ser mantido sob constante vigilância.

Floyd não ficou surpreso quando Halvorsen escolheu permanecer na cúpula; ele dava suas opiniões com uma franqueza admirável.

– Considero os trajes espaciais um mal necessário – disse o Administrador. – Uso um quatro vezes por ano, para meus testes de checagem trimestrais. Se não se importam, vou sentar aqui e ficar vendo pela TV.

Uma parte do preconceito agora não se justificava mais, pois os modelos mais recentes eram infinitamente mais confortáveis do que as armaduras desajeitadas usadas pelos primeiros exploradores lunares. Podiam ser vestidos em menos de um minuto, mesmo sem ajuda, e eram relativamente automáticos. O Mark V, no qual Floyd estava agora cuidadosamente selado, o protegeria do pior que a Lua podia fazer, de dia ou de noite.

Acompanhado pelo dr. Michaels, ele entrou na pequena comporta de ar. Quando o pulsar das bombas cessou e seu traje se enrijeceu quase imperceptivelmente à sua volta, ele se sentiu fechado no silêncio do vácuo.

Esse silêncio foi quebrado pelo som bem-vindo do rádio de seu traje.

– Pressão o.k., dr. Floyd? Está respirando normalmente?

– Sim... Estou bem.

Seu companheiro verificou cuidadosamente os mostradores e indicadores do lado de fora do traje de Floyd. Então disse: – O.k., vamos lá.

A porta externa se abriu, e a paisagem lunar poeirenta jazia diante deles, reluzindo à luz da Terra.

Com um bamboleio cauteloso, Floyd seguiu Michaels pela comporta. Não era difícil andar; na verdade, de algum modo paradoxal, o traje o fez sentir-se mais à vontade do que em qualquer momento desde que chegara à Lua. Seu peso extra, e a leve resistência que ele impunha ao movimento, davam um pouco da ilusão da gravidade terrestre perdida.

O cenário havia mudado desde que o grupo chegara há cerca de uma hora. Embora as estrelas, e a meia-Terra, estivessem brilhantes como sempre, a noite lunar de quatorze dias já havia quase acabado. O brilho da coroa era como um falso nascer da Lua ao longo do céu oriental – e então, sem aviso, a ponta do mastro do rádio uns trinta metros acima da cabeça de Floyd subitamente pareceu pegar fogo, ao captar os primeiros raios do Sol oculto.

Eles esperaram enquanto o supervisor do projeto e dois dos seus assistentes emergiam da comporta de ar, e depois caminharam todos lentamente até a cratera. Quando chegaram lá, um fino arco de insuportável incandescência havia se atirado sobre o horizonte oriental. Embora fosse levar mais de uma hora para o Sol transpor a beira da Lua, que lentamente girava, as estrelas já tinham sido banidas.

A cratera ainda estava na sombra, mas os holofotes montados ao redor de sua borda iluminavam intensamente o interior. Ao descer lentamente a rampa, na direção do retângulo preto, Floyd teve não só uma sensação de assombro, mas de impotência. Aqui, ainda nos portais da Terra, o homem já estava face a face com um mistério que poderia jamais ser resolvido. Três milhões de anos atrás, *alguma coisa* tinha passado por ali, deixado aquele desconhecido e talvez incompreensível símbolo de seu propósito, e retornado aos planetas – ou às estrelas.

O rádio do traje de Floyd interrompeu seu devaneio.

– Supervisor do Projeto falando. Se vocês todos puderem se enfileirar deste lado, gostaríamos de tirar algumas fotos. Dr. Floyd, o senhor quer ficar no meio...? Dr. Michaels? Obrigado...

Ninguém exceto Floyd parecia achar aquilo engraçado. Com toda a honestidade, ele tinha de admitir que estava feliz por alguém ter trazido uma câmera; eis uma foto que sem dúvida seria histórica, e ele iria querer algumas. Torcia para que seu rosto estivesse claramente visível através do capacete do traje.

– Obrigado, senhores – disse o fotógrafo, depois de eles terem posado um pouco envergonhados na frente do monolito, e ele ter tirado uma dúzia de fotos. – Vamos pedir à Seção de Fotos da Base para enviar cópias para todos.

Entao Floyd voltou toda a sua atenção para a placa de ébano, circundando-a lentamente, examinando-a de cada ângulo, tentando imprimir a estranheza do objeto em sua mente. Não esperava encontrar nada, pois sabia que cada centímetro quadrado já havia sido esquadrinhado com cuidado microscópico.

Agora, o Sol vagaroso já se levantara sobre a borda da cratera, e seus raios se derramavam quase horizontalmente sobre o lado oriental do bloco. E, no entanto, ele parecia absorver cada partícula de luz como se ela nunca tivesse existido.

Floyd decidiu tentar uma pequena experiência; colocou-se entre o monolito e o Sol, e procurou a própria sombra na lâmina preta lisa. Não havia vestígio dela. Pelo menos dez quilowatts de calor puro deviam estar caindo sobre a placa; se havia alguma coisa ali dentro, devia estar cozinhando rapidamente.

"Que estranho", pensou Floyd, "estar aqui enquanto – esta *coisa* – está vendo a luz do Sol pela primeira vez desde que a Era Glacial começou na Terra." Ele se perguntou mais uma vez sobre sua cor preta; isso era ideal, claro, para a absorção de energia solar. Mas descartou o pensamento na hora, pois quem seria louco o bastante para enterrar um dispositivo movido a energia solar a dez metros no *subterrâneo*?

Olhou para cima, para a Terra, que começava a desaparecer no céu da manhã. Apenas um punhado dos seis bilhões de pessoas de lá sabia daquela descoberta; como o mundo reagiria à notícia quando ela fosse finalmente revelada?

As implicações políticas e sociais eram imensas. Todas as pessoas verdadeiramente inteligentes – todos os que podiam enxergar um palmo adiante do nariz – mudariam sutilmente sua vida, seus valores, sua filosofia. Mesmo que nada fosse descoberto acerca da A.M.T.-1, e ela permanecesse um eterno mistério, o Homem saberia que não era único no Universo. Embora tivessem se desencontrado deles por milhões de anos, aqueles que um dia estiveram ali poderiam ainda retornar; se não, poderia haver outros. Todos os futuros deviam agora conter essa possibilidade.

Floyd ainda devaneava sobre esses pensamentos quando o alto--falante de seus capacetes subitamente emitiu um lancinante e agudo ruído eletrônico, como um sinal de rádio distorcido e terrivelmente sobrecarregado. Involuntariamente, tentou tapar os ouvidos com as mãos cobertas pelas luvas do traje; então se recuperou e tateou freneticamente o controle de volume de seu receptor. Enquanto ainda se mexia desajeitadamente, mais quatro ruídos agudos irromperam no éter; então fez-se um silêncio misericordioso.

Ao redor de toda a cratera, figuras estavam em pé, numa perplexidade entorpecida. "Então não há nada de errado com meu equipamento", Floyd disse a si mesmo, "todo mundo ouviu aqueles ruídos eletrônicos lancinantes."

Após três milhões de anos de escuridão, a A.M.T.-1 havia saudado a aurora lunar.

14

OS OUVINTES

Cento e sessenta milhões de quilômetros além de Marte, na fria solidão onde nenhum homem ainda havia viajado, o Monitor de Espaço Profundo 79 flutuava entre as órbitas emaranhadas dos asteroides. Por três anos ele havia executado sua missão de modo impecável – um tributo aos cientistas americanos que o projetaram, os engenheiros britânicos que o construíram e os técnicos russos que o lançaram. Uma delicada teia de antenas captava uma amostragem das ondas aleatórias de ruídos de rádio – o incessante estalar e sibilar do que Pascal, numa época bem mais simples, havia inocentemente chamado de o "silêncio do espaço infinito". Detectores de radiação captavam e analisavam raios cósmicos vindos da Galáxia e de pontos além; telescópios de nêutrons e raios X vigiavam as estranhas estrelas que nenhum olho humano jamais veria; magnetômetros observavam os furacões dos ventos solares, quando o Sol soprava rajadas de plasma a um milhão e seiscentos mil quilômetros por hora, na cara de seus filhos orbitantes. Todas essas coisas, e muitas outras, eram pacientemente observadas pelo Monitor de Espaço Profundo 79, e registradas em sua memória cristalina.

Uma de suas antenas, a essa altura consideradas milagres da eletrônica, estava sempre apontada para um ponto nunca distante do Sol. De meses em meses, seu alvo distante podia ter sido visto, se existisse algum olho ali para ver, como uma estrela brilhante com um colega próximo e mais fraco; mas, na maioria das vezes, ele se perdia no brilho solar.

Para aquele longínquo planeta Terra, a cada vinte e quatro horas, o monitor mandava as informações que havia pacientemente coletado, primorosamente empacotadas em um pulso de cinco minutos. Cerca de quinze minutos depois, viajando à velocidade da luz, esse pulso alcançava seu destino. As máquinas cujo dever era esperar o pulso estariam esperando por ele; elas amplificavam e gravavam o sinal, adicionando-o aos milhares de quilômetros de fita magnética agora armazenados nos cofres dos Centros Espaciais Mundiais em Washington, Moscou e Camberra.

Desde que os primeiros satélites haviam entrado em órbita, quase cinquenta anos antes, bilhões e quatrilhões de pulsos de informação haviam sido transmitidos do espaço, para ficarem armazenados até o dia em que pudessem contribuir para o progresso do conhecimento. Apenas uma diminuta fração de todo aquele material bruto seria processada um dia; mas não havia como dizer qual observação algum cientista poderia querer consultar, agora, ou dali a cinquenta ou cem anos. Então tudo tinha de ser mantido em arquivo, empilhado em infinitas galerias de ar-condicionado, triplicadas nos três centros contra a possibilidade de perda acidental. Isso era parte do verdadeiro tesouro da humanidade, mais valioso do que todo o ouro trancado inutilmente em cofres de banco.

E agora o Monitor de Espaço Profundo 79 havia notado algo estranho – um leve mas inequívoco distúrbio reverberando pelo Sistema Solar, e bem diferente de qualquer fenômeno natural que ele já havia observado no passado. Automaticamente, registrou a direção, o horário, a intensidade e em algumas horas, transmitiria a informação para a Terra.

Assim como a Orbiter 15, que dava a volta em Marte duas vezes ao dia, também transmitiria; e a Sonda de Alta Inclinação 21, subindo lentamente acima do plano da eclíptica; e até mesmo o Cometa Artificial 5, dirigindo-se para as vastidões geladas além de Plutão, ao longo de uma órbita cujo ponto mais distante só alcançaria dali a mil anos. Todos notaram o peculiar surto de energia que havia perturbado seus instrumentos; todos, no devido tempo, informaram automaticamente as centrais de armazenamento de memória na Terra distante.

Os computadores talvez jamais percebessem a conexão entre os quatro peculiares conjuntos de sinais, vindos de sondas espaciais em órbitas independentes, a milhões de quilômetros de distância uma da outra. Mas, assim que bateu os olhos em seu relatório matinal, o Homem da Previsão de Radiação em Goddard percebeu que alguma coisa estranha havia passado pelo Sistema Solar durante as últimas vinte e quatro horas.

Ele só tinha parte de sua trajetória, mas quando o computador a projetou no Quadro de Situação de Planetas, ela ficou tão clara e inconfundível quanto uma trilha de vapor sobre o céu sem nuvens, ou uma fileira de pegadas sobre um campo de neve virgem. Algum padrão imaterial de energia, lançando um jato de radiação semelhante à trilha deixada por uma lancha de corrida, havia saltado da face da Lua, e rumava para as estrelas.

III

ENTRE PLANETAS

15

"DISCOVERY"

Só fazia trinta dias que a nave havia partido da Terra e, no entanto, David Bowman às vezes achava difícil acreditar já ter conhecido outra existência além do mundinho fechado da *Discovery*. Todos os anos de treinamento, todas as primeiras missões para a Lua e para Marte pareciam pertencer a outro homem, em outra vida.

Frank Poole admitia ter os mesmos sentimentos, e às vezes lamentava, brincando, que o psiquiatra mais próximo estivesse a cerca de cento e cinquenta milhões de quilômetros de distância. Mas aquela sensação de isolamento e estranhamento era bastante fácil de compreender e, certamente, não indicava nenhuma anormalidade. Nos cinquenta anos desde que o homem se aventurara pelo espaço, nunca houve missão como aquela.

Ela havia começado, cinco anos antes, como o Projeto Júpiter – a primeira missão tripulada de ida e volta ao maior dos planetas. A nave estava quase pronta para a viagem de dois anos quando, de um modo um tanto brusco, o perfil da missão mudou.

A *Discovery* ainda iria para Júpiter; mas não iria parar lá. Nem sequer reduziria a velocidade ao disparar pelo enorme sistema de satélites jovianos. Pelo contrário: iria utilizar o campo gravitacional do mundo gigante como um estilingue, para lançá-la ainda mais longe do Sol. Como um cometa, cortaria as vastidões exteriores do Sistema Solar até seu objetivo final, a glória dos anéis de Saturno. E nunca mais voltaria.

Para a *Discovery*, seria uma viagem sem volta, mas sua tripulação não tinha nenhuma intenção de cometer suicídio. Se tudo corresse bem, eles estariam de volta à Terra em sete anos – cinco dos quais se passariam como um relâmpago no sono sem sonhos da hibernação, enquanto aguardavam o resgate na ainda não construída *Discovery II*.

A palavra "resgate" era cuidadosamente evitada por todos os informes e documentos das Agências de Astronáutica. Ela implicava alguma falha de planejamento, e o jargão aprovado foi "reaquisição". Se algo realmente desse errado, certamente não haveria esperança de resgate, a mais de um bilhão e meio de quilômetros da Terra.

Era um risco calculado, como todas as viagens ao desconhecido. Mas meio século de pesquisas provara que a hibernação humana induzida artificialmente era perfeitamente segura e abria novas possibilidades nas viagens espaciais. Mas, até aquela missão, elas nunca tinham sido exploradas ao máximo.

Os três membros da equipe de exploração, que não seriam necessários até que a nave entrasse em sua órbita final ao redor de Saturno, dormiriam durante todo o voo externo. Assim, toneladas de alimentos e outros bens de consumo seriam economizados; quase tão importante quanto isso, a equipe estaria descansada e alerta, e não esgotada pela viagem de dez meses, quando partisse para a ação.

A *Discovery* entraria em órbita de estacionamento ao redor de Saturno, tornando-se uma nova lua do planeta gigante. Ela iria girar de um lado a outro ao longo da elipse de dois milhões e meio de quilômetros que a aproximava de Saturno, e depois atravessaria as órbitas de todas as suas maiores luas. Eles teriam cem dias para mapear e estudar um mundo com oitenta vezes a área da Terra, e cercado por um séquito de pelo menos quinze satélites conhecidos – um deles do tamanho do planeta Mercúrio.

Devia haver maravilhas suficientes ali para séculos de estudos; a primeira expedição só poderia efetuar um reconhecimento preliminar. Tudo o que ela encontrasse seria enviado por rádio para a Terra. Mesmo que os exploradores jamais retornassem, suas descobertas não se perderiam.

Ao final dos cem dias, a *Discovery* encerraria as suas atividades. Toda a tripulação entraria em hibernação; somente os sistemas essenciais continuariam a operar, observados pelo incansável cérebro eletrônico da nave. Ela continuaria a girar ao redor de Saturno, em uma órbita agora tão bem determinada que os homens saberiam exatamente onde procurar por ela ainda que dali a mil anos. Mas em somente cinco anos, de acordo com os planos atuais, a *Discovery II* chegaria. Mesmo que seis, sete ou oito anos se passassem, seus passageiros adormecidos jamais saberiam a diferença. Para todos eles, o relógio teria parado – como já havia parado para Whitehead, Kaminski e Hunter.

Às vezes, Bowman, como Primeiro Capitão da *Discovery*, invejava seus três colegas inconscientes na paz congelada do Hibernáculo. Estavam livres de todo o tédio e de toda a responsabilidade; até chegarem a Saturno, o mundo externo não existia.

Mas o mundo os estava observando, através dos monitores de seus biossensores. Alojados de forma discreta em meio à massa de instrumentos do Convés de Controle, havia cinco pequenos painéis, com os nomes HUNTER, WHITEHEAD, KAMINSKI, POOLE, BOWMAN. Os últimos dois estavam apagados e sem vida; a vez deles só chegaria dali a um ano. Os outros traziam constelações de minúsculas luzes verdes, anunciando que tudo estava bem; e, em cada um, havia uma pequena tela na qual conjuntos de linhas brilhantes traçavam os ritmos cadenciados que indicavam pulsação, respiração e atividade cerebral.

Havia momentos em que Bowman, bastante consciente de como isso era desnecessário – pois o alarme soaria no mesmo instante se houvesse algo errado –, mudava para a saída de rádio. Ele ouvia, semi-hipnotizado, as batidas infinitamente lentas dos corações de seus colegas adormecidos e mantinha os olhos fixos nas ondas lentas que marchavam em sincronia pela tela.

O mais fascinante de tudo eram os monitores de EEG – as assinaturas eletrônicas de três personalidades que um dia haviam existido, e um dia voltariam a existir. Eles quase não exibiam os picos e os vales, as explosões elétricas que marcavam a atividade do cérebro desperto – ou mesmo do cérebro no sono normal. Se houvesse algum vestígio de consciência remanescente, estava além do alcance dos instrumentos e da memória.

Este último fato Bowman sabia por experiência pessoal. Antes de ser escolhido para essa missão, suas reações à hibernação haviam sido testadas. Ele não tinha certeza se havia perdido uma semana de sua vida, ou se havia adiado sua futura morte pela mesma quantidade de tempo.

Quando os eletrodos foram colados em sua testa e o gerador de sono começou a pulsar, ele viu uma breve exibição de formas caleidoscópicas e estrelas flutuantes. Então elas se desvaneceram e a escuridão o engoliu. Ele nunca sentiu as injeções, muito menos o primeiro toque do frio quando a temperatura de seu corpo foi reduzida a apenas alguns graus acima do ponto de congelamento...

* * *

... Ele acordou, e parecia que mal fechara os olhos. Mas sabia que isso era uma ilusão; de algum modo, estava convencido de que anos realmente haviam se passado.

Será que a missão havia sido completada? Será que já haviam chegado a Saturno, realizado a pesquisa e entrado em hibernação? Será que a *Discovery II* estaria ali, para levá-los de volta à Terra?

Estava deitado num estado onírico de desorientação, totalmente incapaz de distinguir entre memórias verdadeiras e falsas. Abriu os olhos, mas havia pouco a se ver, exceto uma constelação borrada de luzes que o intrigou por alguns minutos. Então, percebeu que estava olhando para as lâmpadas do indicador de um Painel de Situação da Nave; mas era impossível focá-las. Logo desistiu da tentativa.

Um ar quente soprava nele, removendo o frio dos membros de seu corpo. Havia uma música tranquila mas estimulante fluindo de um alto-falante atrás de sua cabeça. A música estava lentamente ficando cada vez mais alta...

Então, uma voz calma e afável – mas, ele sabia, gerada por computador – falou com ele.

– Você está se tornando operacional, Dave. Não se levante nem tente nenhum movimento brusco. Não tente falar.

"Não se levante!", pensou Bowman. *Isso* era engraçado. Duvidava que conseguisse mexer um dedo. Mas, para sua surpresa, descobriu que conseguia.

Sentiu-se bastante satisfeito, de um jeito zonzo e tolo. Sabia vagamente que a nave de resgate devia ter chegado, que a sequência de ressuscitação automática tinha sido acionada, que em breve veria outros seres humanos. Isso era ótimo, mas não o empolgou muito.

Num instante, sentiu fome. O computador, é claro, havia antecipado essa necessidade.

– Há um botão de sinalização perto da sua mão direita, Dave. Se estiver com fome, por favor, aperte-o.

Bowman forçou seus dedos a caçarem e logo encontrou o bulbo em forma de pera. Tinha esquecido completamente dele, embora devesse saber que ele estava ali. O que mais havia esquecido? Será que a hibernação apagava a memória?

Apertou o botão e esperou. Vários minutos depois, um braço metálico saiu da cama, e um bico de plástico desceu até seus lábios. Ele o sugou avidamente, e um fluido quente e doce desceu por sua garganta, renovando suas forças a cada gota.

Em seguida, o bico se foi, e Bowman repousou mais uma vez. Agora, conseguia mover os braços e as pernas; a ideia de andar não era mais um sonho impossível.

Embora sentisse sua força retornando rapidamente, ele teria se contentado em ficar ali deitado para sempre, se não houvesse estímulo externo. Mas logo outra voz falou com ele, e desta vez era inteiramente humana, não um constructo de pulsos elétricos reunidos por uma memória mais do que humana. Era também uma voz familiar, embora ele tenha levado algum tempo para reconhecê-la.

– Olá, Dave. Você está acordando bem. Já pode falar agora. Sabe onde está?

Pensou na pergunta por uns instantes. Se estava *realmente* orbitando Saturno, o que tinha acontecido durante todos aqueles meses desde que ele havia partido da Terra? Mais uma vez começou a se perguntar se estava sofrendo de amnésia. Paradoxalmente, só de pensar nisso, ficava tranquilo. Se conseguia lembrar a palavra "amnésia", seu cérebro devia estar em ótima forma...

Mas ainda não sabia onde estava, e o interlocutor do outro lado do circuito deve ter compreendido sua situação completamente.

– Não se preocupe, Dave. Aqui é Frank Poole. Estou observando seu coração e sua respiração... Tudo está perfeitamente normal. Basta relaxar... Vá com calma. Vamos abrir a porta agora e tirar você daí.

Uma luz suave inundou a câmara, e ele viu silhuetas se movendo contra a entrada que se alargava. E, naquele momento, todas as suas lembranças voltaram, e ele soube exatamente onde estava.

Embora tivesse voltado a salvo das fronteiras mais longínquas do sono, e das fronteiras mais próximas da morte, ele só havia partido por uma semana. Quando saísse do Hibernáculo, não veria o céu frio de Saturno; isso estava a mais de um ano no futuro e a mais de um bilhão de quilômetros de distância. Ele ainda estava no módulo de treinamento da tripulação do Centro de Voo Espacial de Houston, sob o sol quente do Texas.

16

HAL

Mas agora o Texas estava invisível, e até mesmo os Estados Unidos eram difíceis de ver. Embora o propulsor de plasma de baixo impulso tivesse há muito tempo sido desativado, a *Discovery* ainda planava com seu corpo esbelto, em forma de flecha, apontado para longe da Terra, e todo o seu equipamento óptico de alta intensidade estava orientado na direção dos outros planetas onde se localizava seu destino.

Entretanto, havia um telescópio permanentemente apontado para a Terra. Estava montado como a mira de uma arma na borda da antena de longo alcance da nave, e verificava se a grande antena parabólica estava rigidamente travada em seu alvo distante. Enquanto a Terra permanecesse centrada no retículo, o elo vital de comunicação estaria intacto, e mensagens poderiam ir e vir a cada dia que passava ao longo do raio invisível que se estendia por mais de três milhões de quilômetros.

Pelo menos uma vez em cada período de vigília, Bowman olhava na direção de casa pelo telescópio de alinhamento de antenas. Como a Terra estava agora bem distante na direção do Sol, seu hemisfério escurecido estava de frente para a *Discovery*, e, na tela central, o planeta aparecia como um impressionante crescente prateado, como outro Vênus.

Era raro identificar quaisquer características geográficas naquele arco de luz que encolhia cada vez mais, pois nuvens e neblina as escondiam, mas até mesmo a parte escurecida do disco era infinitamente fascinante. Estava salpicada de cidades brilhantes; às vezes, elas ardiam com uma luz firme, às vezes cintilavam como vagalumes, quando tremores atmosféricos passavam sobre elas.

Também havia períodos em que a Lua, quando girava para a frente e para trás em sua órbita, brilhava como uma grande luminária sobre os mares e os continentes escurecidos da Terra. Então, com a emoção do reconhecimento, Bowman frequentemente conseguia vislumbrar linhas costeiras familiares, brilhando àquela luz lunar espectral. E, às vezes, quando o Pacífico estava calmo, ele podia até ver o luar tremeluzindo sobre sua face, e se lembrava de noites sob as palmeiras de lagoas tropicais.

Mas não lamentava essas belezas perdidas. Havia desfrutado de todas, em seus trinta e cinco anos de vida, e estava determinado a desfrutar delas novamente, quando retornasse rico e famoso. Enquanto isso, a distância as tornava ainda mais preciosas.

O sexto membro da tripulação não se importava com nenhuma dessas coisas, pois não era humano. Era o altamente avançado computador HAL 9000, o cérebro e o sistema nervoso da nave.

HAL (nada menos que computador de programação Heurístico-ALgorítmica) era uma obra-prima da terceira revolução informática. Essas revoluções pareciam ocorrer a intervalos de vinte anos, e pensar que outra era agora iminente já preocupava muita gente.

A primeira ocorrera nos anos 1940, quando a válvula, já muito obsoleta, tornou possível idiotas desajeitados e de alta velocidade como o ENIAC e seus sucessores. Então, nos anos 1960, a microeletrônica de transistores fora aperfeiçoada. Com seu advento, estava claro que uma inteligência artificial pelo menos tão poderosa quanto a do Homem não precisava ser maior do que mesas de escritório, se alguém soubesse como construí-las.

Provavelmente ninguém jamais saberia; não importava. Nos anos 1980, Minsky e Good demonstraram como redes neurais podiam ser geradas automaticamente – autorreplicadas –, de acordo com qualquer programa de aprendizado arbitrário. Cérebros artificiais podiam ser construídos por um processo extraordinariamente análogo ao desenvolvimento de um cérebro humano. De qualquer maneira, os detalhes exatos jamais seriam conhecidos, e, ainda que fossem, seriam milhões de vezes complexos demais para a compreensão humana.

Qualquer que tenha sido sua forma de funcionamento, o resultado final foi uma inteligência artificial capaz de reproduzir – alguns filósofos ainda preferiam usar a palavra "imitar" – a maioria das atividades do cérebro humano, e com muito maior velocidade e confiabilidade. Era extremamente caro, e apenas algumas unidades da série HAL 9000 já haviam sido construídas, mas a velha piada de que sempre seria mais fácil fazer cérebros orgânicos através de trabalho não especializado estava começando a perder a graça.

O treinamento de Hal para essa missão tinha sido tão meticuloso quanto o de seus colegas humanos – e com uma taxa de *input* muito maior do que a deles, pois, além de sua velocidade intrínseca, ele nunca dormia. Sua tarefa primordial era monitorar os sistemas de suporte de vida, verificando constantemente a pressão do oxigênio, a temperatura, vazamentos no casco, radiação e todos os outros fatores interconectados dos quais as vidas da frágil carga humana dependiam. Ele podia efetuar intrincadas correções navegacionais e executar as manobras de voo necessárias, quando chegasse a hora de mudar de curso. E podia vigiar os hibernadores, fazendo todos os ajustes necessários em seu ambiente e controlando as pequenas quantidades de fluidos intravenosos que os mantinham vivos.

As primeiras gerações de computadores recebiam seus *inputs* de dados através de sofisticados teclados de máquina de escrever, e respondiam através de impressoras de alta velocidade e monitores visuais. Hal podia fazer isso quando necessário, mas a maior parte de sua comunicação com seus colegas de nave era por meio da palavra falada. Poole e Bowman podiam falar com Hal como se ele fosse um ser humano, e ele respondia no perfeito inglês idiomático que havia aprendido durante as rápidas semanas de sua infância eletrônica.

Se Hal realmente podia pensar ou não era uma pergunta que fora apresentada pelo matemático britânico Alan Turing, nos anos 1940. Turing salientara que, se alguém conseguisse levar a cabo uma conversa prolongada com uma máquina – não importando se fosse por máquina de escrever ou microfone – sem ser capaz de distinguir entre suas respostas e as que um homem poderia dar, então a máquina *estava* pensando, por qualquer definição sensata dessa palavra. Hal passaria no teste de Turing com facilidade.

Poderia até chegar o momento em que Hal tivesse de assumir o comando da nave. Em uma emergência, se ninguém atendesse aos seus sinais, ele tentaria despertar os membros adormecidos da tripulação, por meio de estímulos elétricos e químicos. Se não respondessem, ele enviaria uma mensagem de rádio à Terra solicitando mais ordens.

E então, se não houvesse resposta da Terra, ele tomaria todas as medidas necessárias para salvaguardar a nave e continuar a missão, cujo propósito verdadeiro só ele sabia, e que seus colegas humanos jamais teriam imaginado.

Poole e Bowman haviam muitas vezes se referido jocosamente a si mesmos como cuidadores ou zeladores a bordo de uma nave que, na verdade, poderia funcionar sozinha. Teriam ficado surpresos, e bastante indignados, ao descobrir o quanto de verdade essa piada continha.

17

MODO DE CRUZEIRO

O funcionamento cotidiano da nave fora planejado com grande cuidado, e – pelo menos em tese – Bowman e Poole sabiam o que estariam fazendo a cada momento das vinte e quatro horas do dia. Operavam em turnos de doze horas, alternando-se no comando, nunca dormindo os dois ao mesmo tempo. O oficial de serviço normalmente permanecia no Convés de Controle, enquanto seu imediato cuidava da manutenção geral, inspecionava a nave, lidava com as pequenas tarefas que surgiam constantemente ou relaxava em seu cubículo.

Embora Bowman fosse nominalmente o capitão, naquela fase da missão nenhum observador externo poderia ter deduzido tal fato. Ele e Poole trocavam de papéis, cargos e responsabilidades a cada doze horas. Isso mantinha a ambos no auge do treinamento, minimizava as chances de conflito e ajudava a alcançar o objetivo de uma redundância de cem por cento.

O dia de Bowman começava às 6h, Horário da Nave – a Eфеméride Universal dos astrônomos. Se ele se atrasasse, Hal tinha uma variedade de bipes e toques para lembrá-lo de seu dever, mas nunca tinham sido usados. Como teste, Poole uma vez desligou o alarme; ainda assim, Bowman acordou automaticamente na hora certa.

Seu primeiro ato oficial do dia era adiantar o Temporizador-mestre de Hibernação em doze horas. Se essa operação fosse esquecida duas vezes seguidas, Hal presumiria que tanto Bowman como Poole estariam incapacitados, e executaria a ação de emergência necessária.

Bowman fazia sua toalete e seus exercícios isométricos, antes de se sentar para o café da manhã e ver a edição matinal de rádio-fax do *World Times*. Na Terra, ele nunca lia o jornal com tanto cuidado como agora; mesmo as mais insignificantes fofocas da coluna social, os mais fugazes rumores políticos pareciam de um interesse crucial ao passarem pela tela.

Às 7h ele rendia Poole oficialmente no Convés de Controle, levando-lhe um tubo *squeeze* de café da cozinha. Se – como normalmente era o caso – não houvesse nada a reportar e nenhuma ação a ser realizada, ele se punha a verificar todas as leituras dos instrumentos, e efetuava uma série de testes projetados para detectar possíveis problemas de funcionamento. Por volta das 10h isso estaria terminado, e ele começaria um período de estudo.

Bowman havia sido estudante por mais de metade da sua vida, e continuaria a sê-lo até se aposentar. Graças à revolução do século 20 em técnicas de treinamento e gestão de informações, ele já possuía o equivalente a dois ou três diplomas universitários – e, o mais importante, conseguia se lembrar de noventa por cento do que havia aprendido.

Cinquenta anos atrás, ele teria sido considerado um especialista em astronomia aplicada, cibernética e sistemas de propulsão espacial, mas estava pronto a negar, com genuína indignação, que fosse algum tipo de especialista. Bowman nunca achara possível concentrar seu interesse exclusivamente em algum assunto; apesar dos avisos funestos de seus instrutores, havia insistido em fazer seu mestrado em Astronáutica Geral – curso com um currículo vago e confuso, programado para pessoas com QI de cento e trinta e poucos, e que jamais chegariam ao topo de sua profissão.

A decisão fora acertada; essa mesma recusa de especialização o havia tornado singularmente qualificado para sua tarefa atual. Da mesma maneira que Frank Poole – que às vezes chamava a si mesmo, de modo depreciativo, de "Clínico Geral em Biologia Espacial" – havia sido a escolha ideal para seu imediato. Os dois, com o auxílio dos vastos depósitos de informação de Hal, se necessário, poderiam lidar com qualquer problema provável durante a viagem – contanto que mantivessem as mentes alertas e receptivas, e constantemente regravassem antigos padrões de memória.

Então, por duas horas, das 10h às 12h, Bowman entabulava um diálogo com um tutor eletrônico, checando seu conhecimento geral ou absorvendo material específico para aquela missão. Percorria incessantemente os planos da missão, os diagramas de circuito e os perfis da viagem, ou tentava assimilar tudo o que se conhecia a respeito de Júpiter, Saturno e suas famílias distantes de luas.

Ao meio-dia, ele se recolhia para a cozinha e deixava a nave com Hal, enquanto preparava seu almoço. Mesmo ali, ainda estava completamente em contato com os acontecimentos, pois o minúsculo cômodo, uma mistura de refeitório e sala de descanso, continha uma duplicata do Painel Monitor de Situação, e Hal poderia chamá-lo a qualquer momento. Poole o acompanhava nessa refeição, antes de se recolher para seu período de sono de seis horas, e normalmente eles assistiam a um dos programas de TV regulares, transmitidos a eles da Terra.

Seus cardápios haviam sido planejados com tanto cuidado quanto qualquer parte da missão. A comida, a maior parte dela congelada e desidratada, era uniformemente excelente, e havia sido escolhida para dar o mínimo de trabalho em seu preparo. Só era preciso abrir os pacotes e enfiá-los na minúscula cozinha automática, que emitia um sinal sonoro quando a comida estava pronta. Eles podiam saborear o que tinha sabor de – e, igualmente importante, o *aspecto* de – suco de laranja, ovos (em qualquer estilo), filés, costeletas, assados, legumes frescos, frutas sortidas, sorvete e até mesmo pão quentinho.

Depois do almoço, das 13h às 16h, Bowman fazia uma lenta e cuidadosa excursão pela nave – ou por sua parte acessível. A *Discovery* media quase cento e vinte metros de uma ponta a outra, mas o pequeno universo ocupado pela sua tripulação ficava inteiramente dentro da esfera de doze metros do casco pressurizado.

Ali ficavam todos os sistemas de suporte de vida e o Convés de Controle, o coração operacional da nave. Abaixo ficava uma pequena "garagem espacial", com três comportas, através das quais cápsulas motorizadas, com largura apenas suficiente para caber um homem, poderiam navegar para o vácuo caso surgisse a necessidade de uma atividade extraveicular.

A região equatorial da esfera pressurizada – a fatia, por assim dizer, de Capricórnio a Câncer – continha um tambor de rotação lenta, de dez metros de diâmetro. Como ele dava uma volta a cada dez segundos, esse carrossel ou centrífuga produzia uma gravidade artificial igual à da Lua. Isso era o suficiente para prevenir a atrofia física resultante da completa ausência de peso, e também permitia que as funções rotineiras da vida fossem executadas sob condições normais – ou quase normais.

Portanto, o carrossel acomodava as instalações de cozinha, refeitório e banheiro. Somente ali era seguro preparar e segurar bebidas quentes – coisa bem perigosa em condições de ausência de peso, onde se pode sofrer sérias queimaduras por glóbulos flutuantes de água fervente. O problema de fazer a barba também fora resolvido; não haveria pelinhos sem peso flutuando pela nave, pondo em perigo equipamentos elétricos e causando riscos à saúde.

Ao redor da borda do carrossel havia cinco cubículos minúsculos, projetados para cada astronauta, de acordo com seu gosto, e contendo seus pertences pessoais. Apenas o de Bowman e o de Poole estavam sendo usados agora, enquanto os futuros ocupantes das outras três cabines repousavam em seus sarcófagos eletrônicos ao lado.

A rotação do carrossel podia ser interrompida, se necessário;

quando isso acontecesse, seu *momentum* angular precisaria ser armazenado em um volante de inércia, e novamente ativado quando a rotação fosse reiniciada. Mas, normalmente, ele era deixado rodando a uma velocidade constante, pois era fácil demais entrar no grande tambor de rotação lenta, indo de mão em mão ao longo de um mastro que atravessava a região de zero *g* no seu centro. Transferir-se para a seção em movimento era tão fácil e automático quanto, com um pouco de experiência, subir numa escada rolante.

O casco esférico pressurizado formava a cabeça de uma estrutura delgada em forma de flecha com mais de cem metros de comprimento. A *Discovery*, como todos os veículos criados para penetração em espaço profundo, era frágil e sem nenhuma aerodinâmica para entrar numa atmosfera, ou para desafiar o campo gravitacional completo de qualquer planeta. Ela havia sido montada em órbita ao redor da Terra, testada num voo inicial translunar e, finalmente, ativada em órbita sobre a Lua. Era uma criatura de puro espaço – e tinha esse aspecto.

Imediatamente atrás do casco pressurizado havia um grupo de quatro grandes tanques de hidrogênio líquido, e, além deles, formando um longo e esguio "V", ficavam as aletas radiadoras que dissipavam o calor residual do reator nuclear. Com um traçado delicado de canos para o fluido de resfriamento que se assemelhava a veias, elas pareciam as asas de uma gigantesca libélula e, de certos ângulos, conferiam à *Discovery* uma vaga semelhança com um antigo navio a vela.

Na extremidade do "V", a noventa metros do compartimento da tripulação, ficava o inferno blindado do reator, e o complexo de eletrodos concentrados através dos quais emergia a incandescente matéria estelar do propulsor de plasma. Ele havia feito seu trabalho semanas atrás, forçando a *Discovery* para fora de sua órbita de estacionamento ao redor da Lua. Agora, o reator estava meramente em ponto morto, enquanto gerava energia elétrica para os serviços da nave, e as grandes aletas radiadoras, que brilhavam com uma cor vermelho-cereja quando a *Discovery* acelerava sob impulso máximo, estavam escuras e frias.

Embora fosse necessária uma excursão ao espaço para examinar essa região da nave, havia instrumentos e câmeras de TV remotas que forneciam um relatório completo das condições ali. Bowman agora sentia que conhecia intimamente cada metro quadrado dos painéis radiadores e cada peça de encanamento associada a eles.

Por volta das 16h, ele finalizava sua inspeção e fazia um relatório verbal detalhado ao Controle da Missão, falando até que eles começassem a responder. Então desligava seu próprio transmissor, ouvia o que a Terra tinha a dizer e enviava sua resposta a quaisquer perguntas. Às 18h, Poole acordava, e ele transferia o comando.

Então teria seis horas de folga, para usar conforme quisesse. Às vezes ele continuava os estudos, ou escutava música, ou via filmes. A maior parte do tempo, vagava pela inexaurível biblioteca eletrônica da nave. Tinha ficado fascinado pelas grandes explorações do passado – o que era bastante compreensível, dadas as circunstâncias. Às vezes, cruzava com Pítias os Pilares de Hércules, ao longo da costa de uma Europa que mal havia acabado de emergir da Idade da Pedra, e se aventurava quase até as névoas frias do Ártico. Ou, dois mil anos depois, perseguia os galeões de Manila com Anson, navegava com Cook ao longo dos perigos desconhecidos da Grande Barreira de Coral, realizava com Magalhães a primeira circunavegação do mundo. E começou a ler a *Odisseia*, que, de todos os livros, era o que lhe falava de forma mais vívida através dos abismos do tempo.

Para relaxar, sempre podia contar com Hal em um grande número de jogos semimatemáticos, incluindo damas, xadrez e pentaminós. Se Hal usasse toda a sua potência, ganharia todos; mas isso seria ruim para o moral. Então, ele havia sido programado para ganhar apenas cinquenta por cento do tempo, e seus parceiros humanos fingiam não saber disso.

As últimas horas do dia de Bowman eram dedicadas à limpeza geral e a tarefas variadas, seguidas pelo jantar às 20h – novamente com Poole. Depois haveria uma hora durante a qual ele faria ou receberia ligações pessoais da Terra.

Como todos os seus colegas, Bowman era solteiro; não era justo enviar homens de família em uma missão de duração tão longa. Embora um grande número de moças tivesse prometido esperar até a volta da expedição, ninguém havia realmente acreditado nisso. No começo, tanto Poole como Bowman haviam feito ligações um tanto íntimas uma vez por semana, embora a consciência de que muitos ouvidos pudessem estar escutando, no outro lado do circuito na Terra, tendesse a inibi-los. E, no entanto, embora a viagem mal tivesse iniciado, o calor e a frequência das conversas com suas garotas na Terra começaram a diminuir. Eles já esperavam por isso; era um dos castigos da vida do astronauta, como antigamente havia sido da vida do marinheiro.

Era verdade, porém – até mesmo público e notório – que os homens do mar tinham compensações em outros portos; infelizmente, não havia portos tropicais repletos de belas morenas além da órbita da Terra. Os médicos espaciais, naturalmente, haviam atacado esse problema com seu costumeiro entusiasmo; e a farmacopeia da nave fornecia substitutos adequados, porém, nem de longe tão glamorosos.

Pouco antes de desligar, Bowman fazia seu relatório final e verificava se Hal havia transmitido todas as fitas de instrumentação do dia. Então, se sentisse vontade, passava umas duas horas lendo ou vendo um filme; e, à meia-noite, ia dormir – normalmente sem nenhuma ajuda de eletronarcose.

O programa de Poole era um espelho do dele, e os dois cronogramas se encaixavam sem nenhum atrito. Ambos os homens ficavam completamente ocupados, eram muito inteligentes e bem ajustados para entrar em alguma discussão, e a viagem transcorria numa rotina confortável e absolutamente tranquila. A passagem do tempo era marcada somente pelos números que mudavam nos relógios digitais.

A maior esperança da pequena tripulação da *Discovery* era que nada estragasse essa calma monotonia, nas semanas e meses que estavam por vir.

18

ATRAVÉS DOS ASTEROIDES

Semana após semana, correndo como um bonde ao longo dos trilhos de sua órbita totalmente predeterminada, a *Discovery* passou zunindo pela órbita de Marte na direção de Júpiter. Ao contrário de todos os veículos que cruzavam os céus e os mares da Terra, ela não requeria sequer o menor toque nos controles. Seu curso era fixado pelas leis da gravidade; não havia bancos de areia não mapeados, nenhum recife perigoso no qual pudesse encalhar. Tampouco havia o menor risco de colisão com outra nave, pois não havia veículo – pelo menos de fabricação humana – em qualquer lugar entre ela e as estrelas infinitamente distantes.

E, no entanto, o espaço no qual ela penetrava agora estava longe de ser vazio. À frente, jazia uma terra de ninguém, entremeada pelas trajetórias de mais de um milhão de asteroides, do quais menos de dez mil tiveram suas órbitas determinadas com precisão por astrônomos. Apenas quatro tinham mais de cem quilômetros de diâmetro; a grande maioria era meramente pedregulhos gigantes, rolando sem direção pelo espaço.

Nada se podia fazer a respeito. Embora até mesmo o menor deles pudesse destruir completamente a nave se batesse nela a dezenas de milhares de quilômetros por hora, a chance de isso acontecer era desprezível. Em média, só havia um asteroide num volume de um milhão e meio de quilômetros de lado; a possibilidade de que a *Discovery* pudesse também ocupar esse mesmo ponto, e *ao mesmo tempo*, era a menor das preocupações de sua tripulação.

No Dia 86, estavam prestes a fazer sua passagem mais próxima por um asteroide conhecido. Ele não tinha nome – simplesmente o número 7794 – e era uma rocha com cinquenta metros de diâmetro, detectada pelo Observatório Lunar em 1997 e imediatamente esquecida, exceto pelos pacientes computadores do Escritório de Planetas Menores.

Quando Bowman começou seu turno, Hal prontamente o lembrou do encontro vindouro – não que fosse provável ele ter esquecido o único evento marcado em toda a viagem. O rastro dos asteroides contra as estrelas, e suas coordenadas no momento da maior aproximação, já haviam sido impressos a partir das telas. Também haviam sido feitas listas das observações a serem efetuadas ou tentadas; ficariam muito ocupados quando o lampejo do 7794 passasse por eles a apenas mil e quatrocentos quilômetros de distância, a uma velocidade relativa de cento e trinta mil quilômetros por hora.

Quando Bowman pediu a Hal que mostrasse o monitor do telescópio, um campo de estrelas com pontilhado esparso apareceu brilhando na tela. Não havia nada que se parecesse com um asteroide; todas as imagens, mesmo ampliadas, eram pontos de luz adimensionais.

– Dê-me o retículo do alvo – pediu Bowman. Imediatamente apareceram quatro linhas tênues e estreitas, delimitando como colchetes uma minúscula e indistinta estrela. Ele ficou olhando para ela por muitos minutos, imaginando se Hal poderia estar equivocado. Então percebeu que o pontinho de luz estava se movendo, com lentidão quase imperceptível, contra o fundo de estrelas. Ele podia estar ainda a quase um milhão de quilômetros, mas seu movimento provava que, em termos de distâncias cósmicas, estava praticamente ao alcance da mão.

Quando Poole se juntou a ele no Convés de Controle, seis horas depois, o 7794 estava centenas de vezes mais brilhante, e se movendo tão rápido contra o pano de fundo que não havia como questionar sua identidade. E não era mais um ponto de luz: começara a exibir um disco claramente visível.

Fitavam aquela pedra passando pelo céu com a emoção de marinheiros numa longa viagem marítima, contornando uma costa na qual não podiam atracar. Embora estivessem perfeitamente cientes de que o 7794 era apenas uma rocha sem vida e sem ar, esse conhecimento pouco afetava seus sentimentos. Era a única matéria sólida que iriam encontrar daquele lado de Júpiter – que ainda estava a trezentos e vinte milhões de quilômetros de distância.

Pelo telescópio de alta potência, podiam ver que o asteroide era muito irregular e girava lentamente de uma ponta a outra. Às vezes parecia uma esfera achatada, às vezes um tijolo malfeito; seu período de rotação era de apenas pouco mais que dois minutos. Havia manchas sarapintadas de luz e sombra distribuídas, aparentemente de forma aleatória, sobre sua superfície, e ele frequentemente reluzia como uma janela distante, quando superfícies ou afloramentos de material cristalino faiscavam ao Sol.

Estava passando por eles numa corrida de quase cinquenta quilômetros por segundo; eles tinham apenas alguns frenéticos minutos para observá-lo de perto. As câmeras automáticas tiraram dezenas de fotografias, os ecos que retornavam do radar de navegação foram cuidadosamente gravados para futuras análises, e houve tempo apenas para uma única sonda de impacto.

A sonda não levava instrumentos; nenhum deles poderia sobreviver a uma colisão em tais velocidades cósmicas. Era meramente uma pequena cápsula de metal, disparada da *Discovery* num curso que deveria se cruzar com o do asteroide.

Poole e Bowman aguardaram com grande tensão os segundos antes do impacto. A experiência, por mais simples que fosse em princípio, testava ao limite a precisão do equipamento da nave. Estavam mirando um alvo de quarenta e cinco metros de diâmetro, a uma distância de milhares de quilômetros...

Na parte escurecida do asteroide, houve uma explosão de luz súbita e estonteante. A minúscula cápsula colidira a uma velocidade meteórica; numa fração de segundo, toda a sua energia transformou-se em calor. Uma nuvem de gás incandescente entrou em erupção por um breve instante para o espaço; a bordo da *Discovery*, as câmeras gravavam as linhas espectrais que rapidamente se desvaneciam. Lá na Terra, especialistas iriam analisá-las, procurando as assinaturas reveladoras de átomos brilhantes. E, assim, pela primeira vez, a composição da crosta de um asteroide seria determinada.

Depois de uma hora, o 7794 era uma estrela encolhida e já não mostrava nenhum vestígio de disco. No turno seguinte de Bowman, o asteroide havia desaparecido completamente.

Estavam sozinhos mais uma vez, e permaneceriam sozinhos até que as luas mais externas de Júpiter viessem flutuando em sua direção, dali a três meses.

19

TRÂNSITO DE JÚPITER

Mesmo a trinta milhões de quilômetros de distância, Júpiter já era o objeto mais vistoso no céu à frente. O planeta era agora um disco pálido, salmão-claro, com cerca de metade do tamanho da Lua vista da Terra, com as faixas paralelas escuras de seus cinturões de nuvens claramente visíveis. Indo e vindo em seu plano equatorial estavam as estrelas brilhantes de Io, Europa, Ganimedes e Calisto – mundos que, em qualquer outra parte, seriam considerados planetas por direito próprio, mas que ali eram meramente satélites de um senhor gigante.

Pelo telescópio, Júpiter era uma visão gloriosa: um globo sarapintado e multicolorido que parecia preencher o céu. Era impossível ter uma noção de seu tamanho real. Bowman ficava sempre lembrando a si mesmo que o planeta tinha onze vezes o diâmetro da Terra, mas, por um longo tempo, essa foi uma estatística sem um significado real.

Então, enquanto se atualizava com as fitas nas unidades de memória de Hal, ele encontrou alguma coisa que subitamente colocou a escala surpreendente do planeta em foco. Era uma ilustração que mostrava toda a superfície da Terra descascada e depois colada, como a pele de um animal, sobre o disco de Júpiter. Contra *esse* pano de fundo, todos os continentes e oceanos da Terra não pareciam maiores do que a Índia no globo terrestre...

Quando Bowman usou a maior magnificação dos telescópios da *Discovery*, parecia que ele estava flutuando sobre um globo ligeiramente achatado, olhando para uma vista de nuvens ligeiras que haviam sido borradas até se transformarem em faixas pela veloz rotação do mundo gigante. Às vezes, essas faixas se coagulavam em fios, nós e massas de vapor colorido de tamanho continental; às vezes, eram ligadas por pontes transitórias de milhares de quilômetros de comprimento. Escondido sob essas nuvens, havia material suficiente para suplantar em peso todos os outros planetas do Sistema Solar. E *o que mais*, Bowman se perguntou, também estava escondido ali?

Sobre aquele teto turbulento e cambiante de nuvens, eternamente escondendo a verdadeira superfície do planeta, às vezes deslizavam padrões circulares de escuridão. Uma das luas internas estava transitando pelo Sol distante, com sua sombra marchando abaixo dele e sobre a incansável paisagem de nuvens joviana.

Havia outras luas, menores, mesmo ali fora – a trinta e dois milhões de quilômetros de Júpiter. Mas eram apenas montanhas voadoras de algumas dezenas de quilômetros de diâmetro, e a nave não passaria nem perto de nenhuma delas. A cada poucos minutos, o transmissor do radar reunia suas forças e emitia uma silenciosa rajada de energia; nenhum eco de novos satélites voltava pulsando do vazio.

O que retornava, com intensidade cada vez maior, era o rugido da própria voz de rádio de Júpiter. Em 1955, pouco antes da aurora da era espacial, os astrônomos haviam ficado surpresos ao descobrir que Júpiter estava transmitindo uma quantidade enorme de energia na banda de dez metros. Era meramente ruído puro, associado a halos de partículas carregadas girando ao redor do planeta, como os Cinturões de Van Allen da Terra, mas em escala muito maior.

Às vezes, durante horas solitárias no Convés de Controle, Bowman ficava escutando essa radiação. Ele aumentava o volume até preencher o ambiente com um rugido cheio de estalidos e chiados; desse fundo, a intervalos irregulares, emergiam breves assobios e trinados semelhantes aos gritos de pássaros dementes. Era um som macabro, pois não tinha nada a ver com o Homem. Era tão solitário e sem sentido quanto o murmúrio das ondas em uma praia, ou o estrondo distante do trovão além do horizonte.

Mesmo em sua velocidade atual, de mais de cento e cinquenta mil quilômetros por hora, a *Discovery* levaria quase duas semanas para atravessar as órbitas de todos os satélites jovianos. Mais luas circundavam Júpiter do que planetas orbitavam o Sol; o Observatório Lunar descobria novas luas a cada ano, e a contagem agora chegava a trinta e seis. A mais externa – Júpiter XXVII – movia-se para trás, numa trajetória instável a trinta milhões de quilômetros de seu senhor temporário. Era o prêmio de um perpétuo cabo de guerra entre Júpiter e o Sol, pois o planeta estava constantemente capturando luas efêmeras, vindas do cinturão de asteroides, e perdendo-as novamente após alguns milhões de anos. Apenas os satélites interiores eram de sua propriedade permanente; o Sol jamais conseguia arrancá-los de seu domínio.

Agora havia uma nova presa para os campos gravitacionais conflitantes. A *Discovery* estava acelerando na direção de Júpiter ao longo de uma órbita complexa, computada meses antes pelos astrônomos da Terra e verificada constantemente por Hal. De tempos em tempos, havia alterações minúsculas e automáticas dos jatos de controle, que mal se percebiam a bordo da nave, quando ajustes finos eram executados na trajetória.

Pela conexão de rádio com a Terra, informações fluíam de volta em uma corrente constante. Eles agora estavam tão longe de casa que, mesmo viajando à velocidade da luz, seus sinais levavam cinquenta minutos para a jornada. Embora o mundo inteiro estivesse olhando por cima de seus ombros, vendo pelos seus olhos e seus instrumentos a aproximação a Júpiter, levaria quase uma hora até que a notícia de suas descobertas chegasse até em casa.

As câmeras telescópicas estavam operando constantemente, enquanto a nave cortava a órbita dos gigantescos satélites internos – cada um deles maior do que a Lua, cada um deles um território desconhecido. Três horas antes do trânsito, a *Discovery* passou a apenas trinta e dois mil quilômetros de distância de Europa, e todos os instrumentos estavam apontados para o mundo que se aproximava, enquanto aumentava cada vez mais de tamanho, mudava de globo para crescente, e seguia rapidamente na direção do Sol.

Ali estavam vinte e dois milhões de quilômetros quadrados de terra que, até aquele momento, nunca haviam sido nada além de uma cabeça de alfinete para o mais poderoso telescópio. Passariam correndo por ela em minutos, e tinham de aproveitar o encontro ao máximo, registrando toda a informação que pudessem. Teriam meses para repassar tudo com calma.

A distância, Europa parecera uma bola de neve gigante, refletindo a luz do Sol longínquo com notável eficiência. Observações mais próximas confirmaram isso: ao contrário da empoeirada Lua, Europa era de um branco brilhante, e grande parte de sua superfície era coberta por grandes fragmentos reluzentes que pareciam icebergs à deriva. Quase certamente eram formados por amônia e água, que o campo gravitacional de Júpiter, de algum modo, não conseguira capturar.

Somente ao longo do equador havia rocha nua visível; ali existia uma terra de ninguém, incrivelmente entrecortada de desfiladeiros e pilhas de pedregulhos, formando uma faixa mais escura que circundava por completo o pequeno mundo. Havia algumas crateras de impacto, mas nenhum sinal de vulcanismo. Europa obviamente jamais havia possuído uma fonte interna de calor.

Existia, como se sabia há muito tempo, um vestígio de atmosfera. Quando a borda preta do satélite passava por uma estrela, ela escurecia brevemente antes do momento do eclipse. E, em algumas áreas, havia indício de nuvens – talvez uma névoa de gotículas de amônia, transportada por tênues ventos de metano.

Tão rapidamente quanto havia aparecido no céu à frente, Europa caiu para trás; e agora o próprio Júpiter estava a apenas duas horas de distância. Hal havia checado e rechecado a órbita da nave, com infinito cuidado, e não havia necessidade de mais correções de velocidade até o momento da maior aproximação. No entanto, mesmo sabendo disso, era bem enervante ficar vendo aquele globo gigante inchando na tela minuto a minuto. Era difícil crer que a *Discovery* não estivesse mergulhando direto dentro dele, que o imenso campo gravitacional do planeta não os estivesse arrastando para a destruição.

Agora era a hora de lançar as sondas atmosféricas, que – era o que se esperava – sobreviveriam tempo suficiente para enviar algumas informações lá de baixo, sob a camada de nuvens de Júpiter. Duas cápsulas atarracadas, em forma de bomba, fechadas em ogivas protegidas contra o calor, foram delicadamente lançadas em órbitas que, pelos primeiros milhares de quilômetros, pouco se desviaram da órbita da *Discovery*.

Mas, lentamente, se afastaram; e, agora, finalmente, mesmo a olho nu podia-se ver o que Hal vinha assegurando. A nave estava numa órbita rasante, não de colisão; ela não tocaria na atmosfera. Na verdade, a diferença era de apenas algumas centenas de quilômetros – um mero nada, quando se estava lidando com um planeta de cento e quarenta e quatro mil quilômetros de diâmetro –, mas era o bastante.

Júpiter agora enchia o céu inteiro. Era tão imenso, que nem a mente nem o olho conseguiam assimilá-lo mais, e ambos haviam abandonado a tentativa. Se não fosse a extraordinária variedade de cores – os vermelhos, rosas, amarelos, salmões e até mesmo escarlates – da atmosfera abaixo deles, Bowman podia acreditar que estava voando baixo sobre uma camada de nuvens na Terra.

E agora, pela primeira vez em toda a jornada, estavam prestes a perder o Sol. Por mais pálido e encolhido que estivesse agora, havia sido um companheiro constante da *Discovery* desde sua partida da Terra, cinco meses atrás. Mas agora sua órbita estava mergulhando na sombra de Júpiter e ela logo passaria sobre o lado noturno do planeta.

Mil e quinhentos quilômetros adiante, a faixa de crepúsculo estava disparando na direção deles; atrás, o Sol estava afundando rapidamente nas nuvens jovianas. Seus raios se espalharam ao longo do horizonte como dois chifres flamejantes voltados para baixo, depois se contraíram e apagaram, num breve clarão de glória cromática. A noite havia chegado.

E, no entanto, o grande mundo abaixo não estava inteiramente escuro. Estava mergulhado em fosforescência, que aumentava a cada minuto à medida que os olhos deles se acostumavam com a cena. Rios tênues de luz fluíam de um horizonte a outro, como as marolas luminosas deixadas pela passagem dos navios em algum mar tropical. Aqui e ali se reuniam em poças de fogo líquido, tremendo com vastas perturbações submarinas vindas do coração oculto de Júpiter. Era uma visão tão assombrosa que Poole e Bowman poderiam ter ficado olhando por horas; seria aquilo, eles se perguntaram, o resultado de forças químicas e elétricas lá embaixo naquele caldeirão borbulhante, ou o subproduto de alguma fantástica forma de vida? Eram perguntas que os cientistas ainda poderiam estar debatendo quando o século recém-chegado se aproximasse de seu fim.

Ao penetrarem cada vez mais no fundo da noite joviana, o brilho abaixo deles foi se intensificando. Bowman já havia voado uma vez sobre o norte do Canadá, durante o auge de uma aurora boreal; aquela paisagem coberta de neve era tão glacial e brilhante quanto esta. E *aquela* selvagem vastidão ártica, ele lembrou a si mesmo, era cem graus mais quente do que as regiões sobre as quais eles passavam em disparada agora.

– O sinal da Terra está sumindo rapidamente – anunciou Hal. – Estamos entrando na primeira zona de difração.

Eles já esperavam isso – na verdade, era um dos objetivos da missão, pois a absorção das ondas de rádio forneceria informações valiosas sobre a atmosfera joviana. Mas agora que haviam realmente passado para trás do planeta, e ele estava interrompendo as comunicações com a Terra, sentiram uma solidão repentina e avassaladora. O blecaute de rádio duraria somente uma hora; então eles emergiriam do escudo eclipsante de Júpiter e poderiam retomar o contato com a raça humana. Essa hora, entretanto, seria uma das mais longas de suas vidas.

Apesar de sua relativa juventude, Poole e Bowman eram veteranos de mais de uma dezena de viagens espaciais, mas agora se sentiam novatos. Estavam tentando uma coisa pela primeira vez; nunca antes uma nave havia viajado a tamanha velocidade, ou desafiado um campo gravitacional tão intenso. O menor erro de navegação naquele ponto crítico faria a *Discovery* disparar na direção dos limites do Sistema Solar, mais além de qualquer esperança de resgate.

Os minutos lentos se arrastavam. Júpiter era agora uma muralha vertical de fosforescência, estendendo-se ao infinito acima deles – e a nave estava subindo direto por sua face brilhante. Embora soubessem que estavam se movendo rápido demais até mesmo para a gravidade de Júpiter capturá-los, era difícil acreditar que a *Discovery* não havia se tornado um satélite daquele mundo monstruoso.

Por fim, muito adiante, havia um clarão de luz ao longo do horizonte. Estavam emergindo da sombra, dirigindo-se para o Sol. E quase ao mesmo tempo Hal anunciou: – Estou em contato de rádio com a Terra. Também fico feliz em dizer que a manobra de perturbação foi completada com sucesso. Nosso tempo até Saturno é de cento e sessenta e sete dias, cinco horas e onze minutos.

Isso tinha apenas um minuto de diferença com relação à estimativa; o voo havia sido efetuado com precisão impecável. Como uma bola numa mesa de bilhar cósmico, a *Discovery* havia ricocheteado no campo gravitacional em movimento de Júpiter, e havia ganhado momento linear com o impacto. Sem usar nenhum combustível, ela havia aumentado sua velocidade em vários milhares de quilômetros por hora.

No entanto, não houve violação das leis da mecânica. A Natureza sempre equilibra seus livros contábeis, e Júpiter havia perdido exatamente a mesma quantidade de momento linear que a *Discovery* havia ganhado. A velocidade do planeta tinha sido reduzida, mas, como sua massa era um sextilhão de vezes maior que a da nave, a mudança em sua órbita era pequena demais para ser detectável. Ainda não havia chegado a hora em que o Homem poderia deixar sua marca no Sistema Solar.

Enquanto a luz aumentava rapidamente ao redor deles, e o Sol murcho subia uma vez mais no céu joviano, Poole e Bowman estenderam as mãos em silêncio e se cumprimentaram.

Embora mal conseguissem acreditar, a primeira parte da missão fora concluída em segurança.

20

O MUNDO DOS DEUSES

Mas o contato com Júpiter ainda não tinha terminado. Muito tempo depois, as duas sondas que a *Discovery* lançara estavam fazendo contato com a atmosfera.

De uma delas, nunca mais ouviram falar; provavelmente havia feito uma entrada num ângulo muito inclinado e queimado antes de enviar qualquer informação. A segunda obteve mais sucesso: entrou cortando as camadas superiores da atmosfera joviana, depois saiu deslizando mais uma vez para o espaço. Como havia sido planejado, ela perdera tanta velocidade durante o encontro que voltou a cair ao longo de uma grande elipse. Duas horas depois, reentrou na atmosfera no lado diurno do planeta, movendo-se a cento e doze mil quilômetros por hora.

Imediatamente foi envolta num envelope de gás incandescente, e o contato de rádio se perdeu. Houve, então, ansiosos minutos de espera para os dois observadores no Convés de Controle. Não tinham certeza se a sonda sobreviveria, e se o escudo protetor de cerâmica não se queimaria completamente antes do fim da frenagem. Se isso acontecesse, os instrumentos seriam vaporizados numa fração de segundo.

Mas o escudo suportou por tempo suficiente para que o meteoro brilhante repousasse. Os fragmentos calcinados foram catapultados, o robô estendeu suas antenas para fora e começou a perscrutar o ambiente com seus sentidos eletrônicos. A bordo da *Discovery*, agora quase a meio milhão de quilômetros de distância, o rádio começou a trazer as primeiras notícias autênticas de Júpiter.

Os milhares de pulsos que entravam a cada segundo estavam reportando composição atmosférica, pressão, temperatura, campos magnéticos, radioatividade e dezenas de outros fatores que apenas os especialistas na Terra poderiam decifrar. Entretanto, havia uma mensagem que se podia compreender instantaneamente: era a imagem de TV, em cores, enviada pela sonda em queda.

As primeiras imagens chegaram quando o robô já entrara na atmosfera e havia descartado sua casca protetora. Tudo o que se via era uma névoa amarela, salpicada de manchas escarlates que passavam pela câmera a uma velocidade estonteante, jorrando para cima, enquanto a sonda caía a várias centenas de quilômetros por hora.

A névoa ia ficando mais espessa; era impossível estimar se a câmera estava vendo por dez centímetros ou dez quilômetros, porque não havia detalhes nos quais o olho pudesse se fixar. Parecia que, com relação ao sistema de TV, a missão era um fracasso. O equipamento funcionou, mas não se via nada nessa atmosfera enevoada e turbulenta.

E então, abruptamente, a neblina desapareceu. A sonda deve ter atravessado a base de uma alta camada de nuvens e entrado em uma zona límpida – talvez uma região de hidrogênio quase puro com apenas uma difusão esparsa de cristais de amônia. Embora ainda fosse quase impossível julgar a escala da imagem, a câmera estava obviamente vendo por quilômetros.

O cenário era tão alienígena que, por um momento, era quase absurdo para olhos acostumados às cores e às formas da Terra. Muito, muito abaixo havia um mar infinito de ouro pontilhado, marcado por cordilheiras paralelas que poderiam ser cristas de ondas gigantescas. Mas não havia movimento; a escala da cena era imensa demais para mostrá-lo. E essa vista dourada de forma alguma poderia ser um oceano, pois ainda estava alta na atmosfera joviana. Só podia ser mais uma camada de nuvens.

Então a câmera captou, aflitivamente borrado pela distância, um vislumbre de algo muito estranho. A muitos quilômetros de distância, a paisagem dourada recuava e se transformava num cone curiosamente simétrico, como uma montanha vulcânica. Ao redor do cume desse cone havia um halo de nuvens pequenas e infladas – todas com aproximadamente o mesmo tamanho, todas bastante distintas e isoladas. Havia algo de perturbador nelas, algo que não era natural – se é que a palavra "natural" poderia algum dia ser aplicada àquele incrível panorama.

Então, apanhada por alguma turbulência na atmosfera que ia ficando rapidamente mais espessa, a sonda rodopiou para outro quarto do horizonte e, por alguns segundos, a tela não mostrou nada além de um borrão dourado. Logo se estabilizou; o "mar" estava bem mais perto, mas tão enigmático como sempre. Agora era possível observar que ele era interrompido aqui e ali por trechos de escuridão, que poderiam ser buracos ou abismos que davam para camadas ainda mais profundas da atmosfera.

A sonda estava destinada a jamais atingi-las. A cada quilômetro, a densidade do gás ao redor dela dobrava, e a pressão aumentava à medida que ela afundava cada vez mais na direção da superfície oculta do planeta. Ainda estava bem acima daquele misterioso mar quando a imagem deu uma piscada premonitória, depois desapareceu, enquanto o primeiro explorador da Terra era esmagado sob o peso dos quilômetros de atmosfera acima dele.

A sonda dera, em sua breve vida, um vislumbre de talvez um milionésimo de Júpiter, e mal se aproximara da superfície do planeta, centenas de quilômetros abaixo, nas névoas cada vez mais fundas. Quando a imagem desapareceu da tela, Bowman e Poole só puderam ficar sentados em silêncio, ponderando sobre a mesma ideia em suas mentes.

Os antigos, de fato, tinham se saído melhor do que o esperado quando deram a esse planeta o nome do senhor de todos os deuses. Se houvesse vida lá embaixo, quanto tempo levaria só para localizá-la? E, depois disso, quantos séculos até que os homens pudessem seguir aquele primeiro pioneiro, e em que tipo de nave?

Mas essas questões agora não eram da conta da *Discovery* e sua tripulação. O objetivo deles era um mundo ainda mais estranho, quase duas vezes mais longe do Sol, do outro lado de um vazio assombrado por cometas, com quase um bilhão de quilômetros de extensão.

IV

ABISMO

21

FESTA DE ANIVERSÁRIO

Os acordes familiares de "Parabéns a Você", lançados ao longo de um bilhão e cem mil quilômetros de espaço à velocidade da luz, morreram entre as telas de visão e instrumentação do Convés de Controle. A família Poole, agrupada de modo um tanto envergonhado em volta de um bolo de aniversário na Terra, fez um silêncio repentino.

Então o sr. Poole, pai, disse meio num resmungo:

– Bem, Frank... Não consigo pensar em mais nada a dizer no momento a não ser que nossos pensamentos estão com você, e que lhe desejamos o mais feliz dos aniversários.

– Cuide-se, querido – a sra. Poole interrompeu, quase às lágrimas. – Deus o abençoe.

Houve um coro de "adeus", e a tela do visor ficou vazia. "Que estranho pensar", Poole disse a si mesmo, "que tudo isso havia acontecido há mais de uma hora"; àquela altura, sua família já teria se dispersado novamente e seus membros estariam a quilômetros de casa. Mas, de certo modo, aquele atraso de tempo, embora pudesse ser frustrante, era também um mal que vinha para o bem. Como todos os homens de sua idade, Poole dava como certo o fato de que podia falar instantaneamente com qualquer pessoa na Terra, sempre que desejasse. Agora que isso não era mais verdade, o impacto psicológico era profundo. Ele se mudara para uma nova dimensão de distanciamento, e quase todos os vínculos emocionais haviam sido alongados para além do limite de elasticidade.

– Lamento interromper as festividades – disse Hal –, mas temos um problema.

– O que foi? – Bowman e Poole perguntaram ao mesmo tempo.

– Estou tendo dificuldades para manter contato com a Terra. O problema é na unidade AE 35. Meu centro de previsão de falhas reporta que ela poderá falhar dentro de setenta e duas horas.

– Vamos cuidar disso – respondeu Bowman. – Vamos ver o alinhamento óptico.

– Aqui está, Dave. Ainda está o.k. neste momento.

Na tela apareceu uma meia-lua perfeita, muito brilhante, contra um fundo quase sem estrelas. Estava coberta de nuvens e não mostrava nenhuma característica geográfica que se pudesse reconhecer. Na verdade, ao primeiro olhar, poderia ser facilmente confundida com Vênus.

Mas não a um segundo olhar, pois ali, ao lado dela, havia a *verdadeira* Lua que Venus não possuía – um quarto do tamanho da Terra, e exatamente na mesma fase. Era fácil imaginar que os dois corpos eram mãe e filha, como muitos astrônomos tinham acreditado, antes que a evidência das rochas lunares tivesse provado, além de qualquer dúvida, que a Lua nunca fizera parte da Terra.

Poole e Bowman ficaram estudando a tela em silêncio por meio minuto. Aquela imagem chegava a eles pela câmera de TV de foco longo, montada na borda da grande antena parabólica de rádio; o retículo em seu centro mostrava a orientação exata da antena. A menos que o feixe estreito estivesse apontado diretamente para a Terra, eles não poderiam nem receber nem transmitir. Mensagens em ambas as direções errariam seus alvos e seriam disparadas, sem serem ouvidas ou vistas, pelo Sistema Solar afora e para a vastidão além. Se algum dia fossem recebidas, isso levaria séculos – e não seriam recebidas pelo homem.

– Sabe onde está o problema? – perguntou Bowman.

– É intermitente e não posso localizá-lo. Mas parece ser na unidade AE 35.

– Que procedimento você sugere?

– A melhor coisa seria substituir a unidade por uma sobressalente para podermos efetuar uma verificação.

– O.k. ... Pode imprimir os dados.

As informações reluziram na tela monitora; simultaneamente, uma folha de papel saiu escorregando da fenda logo abaixo dela. Apesar de todos os leitores eletrônicos, havia momentos em que o bom e velho material impresso era a forma de registro mais conveniente.

Bowman estudou os diagramas por um momento, e depois soltou um assobio.

– Você podia ter nos avisado – ele disse. – Isso significa sair da nave.

– Lamento – respondeu Hal. – Supus que soubessem que a unidade AE 35 ficava na base na antena.

– Provavelmente eu sabia disso um ano atrás, mas existem oito mil subsistemas a bordo. De qualquer maneira, parece um trabalho simples e fácil. Só precisamos abrir um painel e colocar uma unidade nova.

– Por mim, sem problema – disse Poole, o membro da tripulação designado para atividades extraveiculares de rotina. – Eu bem que ando precisando de uma mudança de cenário. Nada pessoal, claro.

– Vamos ver se o Controle da Missão concorda – disse Bowman. Ficou sentado em silêncio por alguns segundos, depois começou a ditar uma mensagem.

– Controle da Missão, aqui fala X-Ray-Delta-Um A dois-zero-quatro-cinco, o centro de previsão de falhas de bordo em nosso computador nove-zero-zero-zero detectou uma provável falha na unidade Alfa Eco três cinco, dentro de setenta e duas horas. Solicito verificação de seu monitoramento de telemetria e sugiro revisão da unidade no seu simulador dos sistemas da nave. Além disso, confirmem sua aprovação de nosso plano de AEV para substituir a unidade Alfa Eco três cinco antes da falha. Controle da Missão, aqui fala X-Ray-Delta-Um, transmissão dois-um-zero-três encerrada.

Devido a anos de prática, Bowman podia mudar em um segundo para esse jargão – que alguém havia batizado de "tecnês" – e voltar à fala normal, sem perturbar suas engrenagens mentais. Agora não havia nada a fazer a não ser esperar pela confirmação, que levaria pelo menos duas horas enquanto os sinais faziam as viagens de ida e volta pelas órbitas de Júpiter e Marte.

A confirmação chegou enquanto Bowman tentava, sem muito sucesso, derrotar Hal num dos jogos de padrões geométricos armazenados em sua memória.

– X-Ray-Delta-Um, aqui fala o Controle da Missão, reconhecendo seu um-dois-zero-três. Estamos revendo as informações de telemetria em nosso simulador de missão e vamos assessorar...

... Permissão concedida para seu plano de AEV e substituir a unidade Alfa Eco três cinco antes de possível falha. Estamos trabalhando em procedimentos de teste para vocês aplicarem na unidade defeituosa.

Depois que as questões sérias foram completadas, o Chefe do Controle da Missão voltou ao inglês normal.

– Lamento que vocês estejam tendo problemas, rapazes, e não queremos lhes dar mais preocupações. Mas, se for conveniente para vocês antes da AEV, temos uma solicitação do Departamento de Informações Públicas. Vocês poderiam fazer uma breve gravação para liberar para o público, delineando a situação de modo geral e explicando exatamente o que a AE 35 faz? Falem do modo mais tranquilizador que puderem. Nós mesmos poderíamos fazer isso, claro... Mas sairá muito mais convincente se vocês falarem. Espero que isso não interfira muito seriamente na vida social de vocês. X--Ray-Delta-Um, aqui fala o Controle da Missão, dois-um-cinco--cinco, fim da transmissão.

Bowman não pôde deixar de sorrir ao ouvir essa solicitação. Em certos momentos, a Terra demonstrava uma curiosa insensibilidade e falta de tato. "Falar de modo tranquilizador", francamente!

Quando Poole se juntou a ele ao fim de seu período de sono, eles passaram dez minutos compondo e polindo a resposta. Nos estágios iniciais da missão, houve incontáveis pedidos de todos os veículos de notícias para entrevistas, discussões – quase tudo o que pudessem dizer. Mas, à medida que as semanas iam passando sem nenhum acontecimento, e o lapso de tempo aumentava de alguns minutos para mais de uma hora, o interesse gradualmente diminuiu. Desde a empolgação da passagem por Júpiter, há cerca de um mês, eles haviam feito apenas três ou quatro fitas para publicação geral.

– Controle da Missão, aqui fala X-Ray-Delta-Um. Aqui está sua declaração para a imprensa...

... Hoje cedo, ocorreu um pequeno problema técnico. Nosso computador HAL 9000 previu a falha da unidade AE 35...

... Esse é um componente pequeno, porém vital, do sistema de comunicações. Ele mantém nossa antena principal voltada para a Terra com precisão de poucos milésimos de grau. Essa precisão é necessária, uma vez que, à nossa atual distância de mais de um bilhão de quilômetros, a Terra é apenas uma estrela muito fraca, e nosso feixe de rádio muito estreito poderia facilmente passar direto por ela...

... A antena rastreia a Terra constantemente através de motores controlados a partir do computador central. Mas esses motores obtêm suas instruções pela unidade AE 35. Você poderia compará-la a um centro nervoso no corpo, que traduz as instruções do cérebro aos músculos de um membro. Se o nervo não consegue transmitir os sinais corretos, o membro se torna inútil. Em nosso caso, uma pane na unidade AE 35 pode significar que a antena irá começar a apontar aleatoriamente. Esse era um problema comum nas sondas de espaço profundo do século passado. Elas frequentemente chegavam a outros planetas, mas não conseguiam enviar nenhuma informação porque suas antenas não conseguiam localizar a Terra...

... Não sabemos ainda qual a natureza do problema, mas a situação está longe de ser séria, e não há motivo para alarme. Temos duas AE 35 de reserva, e cada uma delas tem expectativa de vida operacional de vinte anos – então, a chance de que uma segunda venha a falhar no decorrer desta missão é desprezível. Além disso, se pudermos diagnosticar o problema atual, pode ser que consigamos reparar a unidade número um...

... Frank Poole, que é especialmente qualificado para esse tipo de trabalho, sairá da nave e substituirá a unidade defeituosa pela de reserva. Ao mesmo tempo, ele aproveitará a oportunidade para checar o casco e consertar algumas microperfurações que foram muito pequenas para merecer uma atividade extraveicular (AEV) especial...

... Fora esse pequeno problema, a missão ainda segue tranquila e deverá continuar assim...

... Controle da Missão, aqui fala X-Ray-Delta-Um, dois-um--zero-quatro, fim da transmissão.

22

EXCURSÃO

As cápsulas extraveiculares ou "casulos espaciais" da *Discovery* eram esferas de cerca de dois metros e setenta centímetros de diâmetro, e o operador ficava sentado atrás de uma janela panorâmica que lhe dava uma vista esplêndida. O propulsor de foguete principal produzia uma aceleração de um quinto de gravidade – o suficiente para flutuar sobre a Lua – enquanto pequenos tubos de controle de atitude permitiam manobras. De uma área imediatamente abaixo da janela panorâmica despontavam dois conjuntos de braços de metal articulados, um para carga pesada, outro para manipulação delicada. Havia também uma torre extensa carregando uma série de ferramentas elétricas, como chaves de fenda, britadeiras, serras e furadeiras.

Casulos espaciais não eram os meios mais elegantes de transporte desenvolvidos pelo homem, mas eram absolutamente essenciais para construção e manutenção no vácuo. Eram normalmente batizados com nomes femininos, talvez em reconhecimento ao fato de que suas personalidades eram às vezes ligeiramente imprevisíveis. O trio da *Discovery* eram Anna, Betty e Clara.

Depois de vestir seu traje pressurizado pessoal – sua última linha de defesa – e entrar no casulo, Poole passou dez minutos verificando cuidadosamente os controles. Soltou uma emissão de jatos de navegação, flexionou os braços articulados, reconfirmou oxigênio, combustível e reserva de energia. Então, quando ficou completamente satisfeito, falou com Hal pelo circuito de rádio. Embora Bowman estivesse parado em pé no Convés de Controle, não iria interferir, a menos que ocorresse algum erro ou mau funcionamento óbvio.

– Aqui é Betty. Iniciar sequência de bombeamento.

– Sequências de bombeamento iniciadas – repetiu Hal.

Imediatamente, Poole ouviu o pulsar das bombas e o ar precioso ser sugado para fora da câmara. Em seguida, o metal fino da casca interna do casulo começou a produzir estalidos e ruídos de amassamento. Então, após cerca de cinco minutos, Hal relatou:

– Sequência de bombeamento concluída.

Poole fez uma checagem final de seu minúsculo painel de instrumentos. Tudo estava perfeitamente normal.

– Abrir a porta externa – ordenou.

Mais uma vez, Hal repetiu suas instruções. Em qualquer estágio, Poole tinha apenas de gritar "Espere!" e o computador interromperia a sequência imediatamente.

À frente, as paredes da nave abriram deslizando. Poole sentiu o casulo balançar rapidamente quando os últimos vestígios de ar rarefeito escaparam para o espaço. Então, estava olhando para as estrelas – e também para o pequeno disco dourado de Saturno, ainda a seiscentos e quarenta milhões de quilômetros de distância.

– Iniciar ejeção do casulo.

Muito lentamente, o trilho do qual o casulo pendia se estendeu para fora da porta aberta, até o veículo ficar suspenso logo além do casco da nave.

Poole deu uma rajada de meio segundo no jato principal, e o casulo deslizou suavemente para fora do trilho, tornando-se finalmente um veículo independente, seguindo sua própria órbita ao redor do Sol. Ele agora não tinha mais ligação com a *Discovery* – nem mesmo um cabo de segurança. Os casulos raramente davam problema; e, ainda que ele se perdesse, Bowman podia facilmente sair e resgatá-lo.

Betty respondeu suavemente aos controles. Ele a deixou vagar para fora por algumas centenas de metros, depois checou seu momento linear dianteiro e girou, de modo a ficar de frente para a nave. Então, iniciou sua excursão pelo casco pressurizado.

Seu primeiro alvo era uma área fundida de cerca de um centímetro e meio, com uma minúscula cratera central. As partículas de poeira que haviam batido ali a mais de cento e cinquenta mil quilômetros por hora certamente eram menores que a cabeça de um alfinete, e sua enorme energia cinética as havia vaporizado instantaneamente. Como acontecia com frequência, a cratera tinha o aspecto de ter sido provocada por uma explosão de *dentro* da nave; a essas velocidades, os materiais se comportavam de formas estranhas, e as leis da mecânica do senso comum raramente se aplicavam.

Poole examinou cuidadosamente a área, e depois a borrifou com agente selador de um recipiente pressurizado no kit de serviços gerais do casulo. O fluido branco e com textura de borracha se espalhou sobre a pele metálica, escondendo a cratera. O vazamento soprou uma bolha grande, que estourou ao chegar a cerca de quinze centímetros – depois uma bem menor – depois cedeu quando o cimento de secagem rápida fez seu trabalho. Poole ficou observando com atenção por vários minutos, mas não houve mais nenhum sinal de atividade. Entretanto, para garantir, borrifou uma segunda camada; então seguiu na direção da antena.

Ele levou um tempo para orbitar o casco esférico pressurizado da *Discovery*, pois nunca deixava o casulo ganhar uma velocidade maior do que alguns metros por segundo. Ele não tinha pressa, e era perigoso mover-se a altas velocidades tão perto da nave. Tinha de prestar muita atenção nos diversos sensores e hastes de instrumentos que se projetavam do casco em lugares improváveis, e também tinha de tomar cuidado com os próprios jatos, pois eles poderiam provocar danos consideráveis, se por acaso atingissem algum dos equipamentos mais frágeis.

Quando finalmente chegou à antena de longo alcance, inspecionou a situação cuidadosamente. A grande tigela de seis metros de diâmetro parecia estar apontada diretamente para o Sol, pois a Terra estava agora quase alinhada com o disco solar. A base da antena e todo o seu equipamento de orientação estavam, portanto, na escuridão total, ocultos na sombra do grande prato de metal.

Poole havia se aproximado da antena por trás; ele teve o cuidado de não passar na frente do refletor parabólico raso, para que Betty não interrompesse o feixe e provocasse uma momentânea, porém incômoda, perda de contato com a Terra. Ele não conseguia ver nada do equipamento que tinha vindo consertar, até acender os refletores do casulo e expulsar as sombras.

Embaixo da pequena placa de metal estava a causa do problema. A placa estava afixada por quatro porcas, e, como a unidade AE 35 inteira havia sido projetada para fácil substituição, Poole não esperava nenhum problema.

Entretanto, era óbvio que ele não poderia fazer o serviço enquanto permanecesse dentro do casulo espacial. Não só era arriscado manobrar tão perto da delicada estrutura da antena, como também os jatos de controle de Betty podiam facilmente dobrar a finíssima superfície reflexiva do grande espelho de rádio. Ele teria de estacionar o casulo a uns cinco metros de distância e sair no seu traje. De qualquer maneira, poderia remover a unidade muito mais rápido com suas mãos enluvadas do que com os manipuladores remotos de Betty.

Reportou tudo isso cuidadosamente para Bowman, que conferiu duas vezes cada etapa da operação, antes de sua execução. Embora fosse um trabalho simples e rotineiro, nada podia ser aceito como fato consumado no espaço, e nenhum detalhe deveria ser deixado de lado. Em atividades extraveiculares, não existia essa história de "pequeno" erro.

Recebeu o o.k. para o procedimento e estacionou o casulo a cerca de cinco metros de distância da base do suporte da antena. Não havia perigo de que ele fosse sair flutuando à deriva para o espaço; mesmo assim, Poole prendeu uma mão manipuladora num dos muitos degraus de escada montados estrategicamente no exterior do casco.

Então, verificou os sistemas de seu traje pressurizado, e, quando se deu por satisfeito, esvaziou o ar do casulo. Quando a atmosfera de Betty saiu sibilando para o vácuo do espaço, uma nuvem de cristais de gelo se formou brevemente em volta de Poole, e as estrelas ficaram, por um momento, com o brilho empanado.

Havia mais uma coisa a fazer antes de deixar o casulo. Ele mudou a operação de Manual para Remota, colocando Betty sob controle de Hal. Era uma precaução de segurança padrão; embora ele ainda estivesse preso a Betty por um cordão elástico imensamente forte, pouco mais grosso do que algodão, sabia-se que mesmo os melhores cabos de segurança podiam falhar. Ele iria parecer um tolo se precisasse de seu veículo... e não fosse capaz de chamá-lo em seu auxílio passando instruções para Hal.

A porta do casulo se abriu, e ele saiu vagando lentamente para o silêncio do espaço, com o cabo de segurança se desenrolando atrás dele. Faça as coisas com calma; nunca se mova com rapidez; pare e pense – essas eram as regras para a atividade extraveicular. Se fossem obedecidas, nunca haveria nenhum problema.

Ele agarrou uma das alças externas de Betty e retirou a unidade AE 35 de reserva da bolsa onde havia ficado armazenada, ao estilo canguru. Não parou para pegar nenhuma das ferramentas da coleção do casulo, a maioria das quais não havia sido projetada para mãos humanas. Todas as chaves de boca e de fenda de que ele provavelmente iria precisar já estavam presas ao cinturão de seu traje.

Com um empurrão delicado, ele se lançou na direção da base articulada da grande antena, que assomava como um prato gigante entre ele e o Sol. Sua própria sombra dupla, projetada pelos refletores de Betty, dançava pela superfície convexa em formas fantásticas, enquanto ele flutuava nos dois feixes de luz. Mas aqui e ali, ele ficou surpreso ao notar, a parte de trás do grande espelho de rádio reluzia com pontinhos de luz de um brilho estonteante.

Ficou intrigado com isso durante os poucos segundos de sua abordagem silenciosa, até se dar conta do que eram. Durante a viagem, o refletor deve ter sido penetrado muitas vezes por micrometeoros; ele estava vendo a luz do Sol brilhando através das minúsculas crateras. Eram todas pequenas demais para terem afetado de modo apreciável o desempenho do sistema.

Como estava se movendo muito devagar, ele amorteceu o delicado impacto com seu braço estendido, e agarrou a base da antena antes que pudesse ricochetear. Rapidamente enganchou seu cinto de segurança ao prendedor mais próximo; isso lhe daria algo em que se segurar ao utilizar suas ferramentas. Então, fez uma pausa, reportou a situação a Bowman e considerou seu próximo passo.

Havia um pequeno problema; ele estava em pé – ou flutuando – em sua própria luz, e era difícil ver a unidade AE 35 na sombra que ele projetava. Assim, ordenou a Hal que girasse os refletores para o lado, e, depois de algumas experiências, obteve uma iluminação mais uniforme de uma luz secundária refletida nas costas da antena parabólica.

Por alguns segundos, estudou a portinhola de metal com suas quatro porcas protegidas por cabos. Então, murmurando para si mesmo "Adulteração por pessoal não autorizado invalida a garantia do fabricante", cortou os cabos e começou a desenroscar as porcas. Elas eram de tamanho padrão e cabiam na chave de torque zero que ele trazia consigo. O mecanismo de molas internas da ferramenta absorveria a reação à medida que as porcas fossem desenroscadas, de modo que o operador não teria a tendência a girar no sentido contrário.

As quatro porcas saíram sem nenhum problema, e Poole armazenou-as com cuidado numa bolsa prática. (Um dia, alguém previra, a Terra teria um anel como o de Saturno inteiramente composto de parafusos, prendedores e até mesmo ferramentas soltas que tinham escapado das mãos de trabalhadores descuidados da construção orbital.) A tampa de metal estava um pouco grudada e, por um momento, ele teve medo de que o gelo pudesse tê-la fundido no lugar; mas, depois de algumas pancadinhas, ela se soltou, e ele a prendeu à base da antena com uma grande garra-jacaré.

Agora podia ver os circuitos eletrônicos da unidade AE 35. Ela tinha a forma de uma placa fina, quase do tamanho de um cartão postal, presa por uma ranhura do tamanho exato para contê-la. A unidade estava fixada no lugar por duas barras de travamento, e tinha um pequeno puxador para facilitar sua remoção.

Mas ainda estava operando, alimentando a antena com os impulsos que a mantinham apontada para a Terra, aquele longínquo pontinho no céu. Se fosse retirada agora, todo o controle seria perdido, e a antena parabólica giraria com força até sua posição neutra ou de azimute zero, apontando ao longo do eixo da *Discovery*. E isso poderia ser perigoso; poderia esmagá-lo quando girasse.

Para evitar esse risco em particular, era apenas necessário cortar a energia para o sistema de controle. Então, a antena não poderia se mover, a menos que o próprio Poole esbarrasse nela. Não haveria perigo de perder a Terra durante os poucos minutos que ele levaria para trocar a unidade; o alvo deles não teria se movido apreciavelmente contra o fundo das estrelas, num intervalo de tempo tão breve.

– Hal – Poole chamou pelo circuito de rádio –, estou prestes a remover a unidade. Desligue toda a energia de controle para o sistema da antena.

– Controle da antena desligado – respondeu Hal.

– Lá vai. Estou retirando a unidade *agora*.

A placa deslizou para fora de sua ranhura, sem dificuldade; ela não emperrou, e nenhum dos vários contatos deslizantes travou. Num minuto, a placa de reserva estava no lugar.

Mas Poole não iria se arriscar. Afastou-se, com um empurrão suave, da base da antena, caso o grande prato se descontrolasse quando a energia fosse restaurada. Quando estava em segurança, fora do alcance, chamou Hal: – A nova unidade deve estar operacional. Restaure a energia do controle.

– Energia ativada – respondeu Hal. A antena permaneceu firme como uma rocha.

– Execute testes de previsão de falhas.

Agora, pulsos microscópicos estariam saltando pelos complexos circuitos da unidade, sondando possíveis defeitos, testando as miríades de componentes, para ver se todos estavam dentro de suas tolerâncias especificadas. Essa verificação havia sido feita, é claro, uma dezena de vezes antes que a unidade sequer tivesse deixado a fábrica; mas isso fora há dois anos, e a quase um bilhão de quilômetros de distância. Muitas vezes era impossível entender como componentes eletrônicos de estado sólido *podiam* falhar, mas falhavam.

– Circuito totalmente operacional – reportou Hal depois de apenas dez segundos. Nesse tempo, ele havia executado tantos testes quanto um pequeno exército de inspetores humanos.

– Ótimo – Poole disse, com satisfação. – Recolocando a tampa agora.

Esta era, com frequência, a parte mais perigosa de uma operação extraveicular quando se concluía um trabalho: era simplesmente uma questão de arrumar as coisas e voltar para o interior da nave – e era aí que se cometiam erros. Mas Frank Poole não estaria nessa missão se não fosse cuidadoso e consciencioso. Ele foi bem devagar, e, embora uma das porcas quase tivesse escapado de suas mãos, ele a apanhou antes que ela tivesse viajado mais do que alguns centímetros.

Quinze minutos depois, ele estava direcionando os jatos de volta para a garagem do casulo espacial, silenciosamente confiante de que aquele era um trabalho que não precisaria ser feito novamente.

Quanto a isso, entretanto, ele estava tristemente enganado.

23

DIAGNÓSTICO

– Você quer dizer – exclamou Frank Poole, mais surpreso do que irritado – que eu fiz todo aquele trabalho por nada?

– É o que parece – respondeu Bowman. – A unidade está perfeita, a julgar pela verificação. Mesmo com sobrecarga de duzentos por cento, não há previsão de falha indicada.

Os dois homens estavam em pé no pequeno misto de oficina e laboratório dentro do carrossel, que era mais prático do que a garagem do casulo espacial para reparos e exames menores. Ali não havia perigo de esbarrarem em bolhas de solda quente flutuando na brisa, ou de perder completamente itens pequenos de equipamento que decidissem colocar em órbita. Coisas assim podiam acontecer – e aconteciam – no ambiente de gravidade zero do compartimento dos casulos.

A placa fina da AE 35, do tamanho de um cartão, estava em cima da bancada, sob uma poderosa lente de aumento. Estava conectada a um poderoso sistema de conexão, do qual um feixe bem amarrado de fios multicoloridos levava a um aparelho de teste automático, menor do que um computador de mesa comum. Para checar qualquer unidade, era somente necessário conectá-la, inserir a placa apropriada da biblioteca para "resolução de problemas" e apertar um botão. Normalmente, a localização exata do defeito seria indicada em uma pequena tela, com recomendações de ação.

– Tente você mesmo – disse Bowman, com uma voz um tanto frustrada.

Poole ajustou o SELETOR DE SOBRECARGA para X-2 e apertou o botão TESTE. Imediatamente, a tela piscou o aviso: UNIDADE OK.

– Suponho que poderíamos continuar aumentando a carga até queimarmos o negócio – ele falou –, mas isso não provaria nada. Qual é a sua opinião?

– O previsor interno de falhas de Hal *poderia* ter cometido um erro.

– É mais provável que nosso equipamento de testes tenha cometido um deslize. De qualquer maneira, melhor prevenir do que remediar. Foi melhor termos trocado a unidade, se havia um mínimo de dúvida.

Bowman desconectou a lâmina do circuito e segurou-a contra a luz. O material parcialmente translúcido tinha uma rede intrincada de fiação e era pontilhado com microcomponentes quase invisíveis, de modo que parecia uma peça de arte abstrata.

– Não podemos correr nenhum risco... Afinal, este é nosso elo com a Terra. Vou arquivar isso como COM DEFEITO e jogá-la no depósito de sucata. Quando chegarmos em casa, outras pessoas que se preocupem com isso.

* * *

Mas as preocupações iriam começar muito antes disso, com a transmissão seguinte da Terra.

– X-Ray-Delta-Um, aqui é o Controle da Missão, referência nosso dois-um-cinco-cinco. Parece que temos um pequeno problema...

... Seu relatório de que não há nada de errado com a unidade Alfa Eco três cinco está de acordo com nosso diagnóstico. O defeito pode estar nos circuitos associados da antena, mas, se for esse o caso, isso deverá ficar claro com outros testes...

... Existe uma terceira possibilidade, que pode ser mais séria. Seu computador pode ter cometido um erro na previsão do defeito. Ambos os nossos nove-zero-zero-zero concordam em sugerir isso, com base nas informações deles. Isso não é necessariamente motivo de alarme, em vista dos sistemas de *backup* que temos, mas gostaríamos que vocês ficassem de olho para quaisquer desvios futuros do desempenho nominal. Temos suspeitado de várias pequenas irregularidades nos últimos dias, mas nenhuma foi importante o suficiente para uma ação corretiva, e elas não demonstraram nenhum padrão óbvio a partir do qual possamos tirar alguma conclusão. Estamos rodando mais testes com ambos os nossos computadores e reportaremos assim que os resultados estiverem disponíveis. Repetimos que não há motivo para alarme; o pior que pode acontecer é que talvez tenhamos de desconectar seu nove-zero-zero-zero temporariamente, para análise de programa, e entregar o controle a um dos nossos computadores. O atraso de tempo introduzirá problemas, mas nossos estudos de viabilidade indicam que o controle da Terra é perfeitamente satisfatório nesse estágio da missão...

... X-Ray-Delta-Um, aqui fala o Controle da Missão, dois-um--cinco-seis, fim da transmissão.

Frank Poole, que estava no seu turno quando a mensagem chegou, ponderou sobre ela em silêncio. Esperou para ver se haveria algum comentário de Hal, mas o computador não tentou desafiar a acusação implícita. Bem, se Hal não iria levantar o assunto, ele tampouco tinha a intenção de fazê-lo.

Estava quase na hora da troca de turno matinal, e normalmente ele esperava até que Bowman se juntasse a ele no Convés de Controle. Mas hoje ele quebrou sua rotina, e voltou para o carrossel.

Bowman já havia acordado e estava se servindo de um pouco de café do frasco, quando Poole o cumprimentou com um "bom dia" um tanto preocupado. Depois de todos aqueles meses no espaço, eles ainda pensavam em termos do ciclo normal de vinte e quatro horas – embora há muito tivessem esquecido os dias da semana.

– Bom dia – respondeu Bowman. – Como estão as coisas?

Poole se serviu de café.

– Muito bem. Você está razoavelmente acordado?

– Estou bem. O que houve?

Àquela altura, cada um dos dois sabia na hora quando alguma coisa estava errada. A menor interrupção da rotina normal era um sinal que tinha de ser observado.

– Bem... – Poole respondeu devagar. – O Controle da Missão acabou de jogar uma pequena bomba no nosso colo. – Ele abaixou a voz, como um médico discutindo uma doença na frente do paciente. – Podemos ter um leve caso de hipocondria a bordo.

Talvez Bowman não estivesse inteiramente acordado, afinal; ele levou vários segundos para entender a mensagem. Então disse: – Ah... entendi. O que mais lhe disseram?

– Que não havia motivo para alarme. Disseram isso duas vezes, o que estragou o efeito, na minha opinião. E que estavam pensando seriamente em transferir os sistemas temporariamente para o Controle da Terra, enquanto rodam uma análise de programas.

Ambos sabiam, naturalmente, que Hal estava ouvindo cada palavra, mas não tinham como evitar esses circunlóquios educados. Hal era colega deles, e não queriam envergonhá-lo. Mas, àquela altura, não parecia necessário discutir o assunto em particular.

Bowman terminou seu café da manhã em silêncio, enquanto Poole brincava com o recipiente de café vazio. Ambos estavam pensando furiosamente, mas não havia mais nada a dizer.

Eles só podiam esperar pelo próximo relatório do Controle da Missão, e se perguntar se o próprio Hal tocaria no assunto. O que quer que acontecesse, a atmosfera a bordo da nave havia se alterado sutilmente. Havia uma sensação de tensão no ar, um sentimento de que, pela primeira vez, algo poderia estar saindo errado.

A *Discovery* não era mais uma nave feliz.

24

CIRCUITO QUEBRADO

Nos últimos tempos, era sempre possível dizer quando Hal estava para fazer algum anúncio sem avisar. Relatórios automáticos, de rotina, ou respostas a perguntas que lhe haviam sido feitas não tinham preliminares, mas, quando ele estava iniciando seus próprios *outputs*, havia um breve intervalo de pigarro eletrônico. Era uma idiossincrasia que ele havia adquirido ao longo das últimas semanas; mais tarde, se isso se tornasse irritante, poderiam fazer algo a respeito. Mas era uma coisa realmente útil, já que alertava seus ouvintes a ficarem de prontidão para algo inesperado.

Poole estava dormindo e Bowman estava lendo no Convés de Controle, quando Hal anunciou:

– Ahn... Dave, tenho um relatório para você.

– O que houve?

– Temos outra unidade AE 35 com defeito. Meu previsor de falhas indica defeito nas próximas vinte e quatro horas.

Bowman pôs o livro de lado e ficou olhando pensativo para o console do computador. Ele sabia, claro, que Hal não estava realmente *ali*, o que quer que isso realmente significasse. Se fosse possível dizer que a personalidade do computador ocupava algum lugar no espaço, ela ficava na sala selada, contendo o labirinto de unidades de memória interconectadas e grades de processamento, perto do eixo central do carrossel. Mas havia um tipo de compulsão psicológica de sempre olhar na direção da lente do console principal ao se falar com Hal no Convés de Controle, como se estivessem falando com ele cara a cara. Qualquer outra atitude dava a impressão de falta de cortesia.

– Não estou entendendo, Hal. *Duas* unidades não podem estourar em dois dias.

– De fato, parece estranho, Dave. Mas eu lhe asseguro de que há uma pane iminente.

– Deixe-me ver a tela de alinhamento de rastreamento.

Ele sabia perfeitamente bem que isso não provaria nada, mas queria tempo para pensar. O relatório esperado do Controle da Missão ainda não havia chegado; aquele poderia ser o momento para se fazer uma pequena e discreta sondagem.

Havia a vista familiar da Terra, que agora estava na fase crescente, enquanto ia na direção do outro lado do Sol e começava a virar todo o seu lado diurno na direção deles. Ela estava perfeitamente centrada no retículo; o feixe delgado ainda ligava a *Discovery* ao seu mundo de origem. Como, naturalmente, Bowman sabia que devia ser. Se ocorresse alguma interrupção na comunicação, o alarme já teria soado.

– Você tem alguma ideia – ele perguntou – do que está provocando a falha?

Era incomum para Hal fazer uma pausa tão longa. Então, respondeu: – De fato, não, Dave. Conforme relatei anteriormente, não consigo localizar o problema.

– Você tem certeza *absoluta* – Bowman perguntou cautelosamente – de que não cometeu um erro? Você sabe que testamos a outra unidade AE 35 completamente, e não havia nada de errado com ela.

– Sim, eu sei disso. Mas posso lhe assegurar de que há um defeito. Se não é na unidade, pode ser em todo o subsistema.

Bowman tamborilou no console. Sim, isso era possível, embora fosse muito difícil de provar – até uma falha geral realmente acontecer e localizar o problema.

– Bem, vou relatar isso ao Controle da Missão e vamos ver o que eles aconselham. – Ele fez uma pausa, mas não houve resposta.

– Hal – continuou –, há alguma coisa incomodando você... algo que poderia ter a ver com esse problema?

Mais uma vez, houve aquele atraso incomum. Então, Hal respondeu em seu tom normal de voz:

– Escute, Dave, eu sei que você está tentando ajudar. Mas ou o defeito é no sistema da antena... ou em *seus* procedimentos de teste. Meu processamento de informações está perfeitamente normal. Se verificar meu histórico, vai descobrir que ele não tem absolutamente nenhum erro.

– Eu sei tudo a respeito do seu histórico de serviço, Hal... Mas isso não prova que você esteja certo desta vez. Qualquer um pode cometer erros.

– Não quero insistir nisso, Dave, mas sou incapaz de cometer um erro.

Quanto a isso, não havia resposta segura a dar; Bowman desistiu da discussão.

– Está certo, Hal – ele disse, um tanto apressadamente. – Entendo seu ponto de vista. Vamos deixar como está.

Sentiu vontade de acrescentar: – E, por favor, esqueça esse assunto. – Mas isso, claro, era a única coisa que Hal jamais conseguiria fazer.

* * *

Era incomum que o Controle da Missão desperdiçasse largura de banda de rádio em visão, quando um circuito de voz com confirmação por teletipo era tudo o que realmente bastava. E o rosto que apareceu na tela não era o do controlador de costume; era o Programador-Chefe, o dr. Simonson. Poole e Bowman perceberam na hora que isso só podia significar problemas.

– Olá, X-Ray-Delta-Um, aqui fala o Controle da Missão. Completamos a análise da sua dificuldade com a AE 35, e ambos os nossos HAL 9000 concordam. O relatório que vocês deram em sua transmissão dois-um-quatro-seis de uma *segunda* previsão de falha confirma o diagnóstico...

... Conforme suspeitamos, o defeito *não está* na unidade AE 35, e não há necessidade de substituí-la novamente. O problema está nos circuitos de previsão, e acreditamos que ele indica um conflito de programação que só podemos resolver se vocês desconectarem seu 9000 e passar para Modo de Controle da Terra. Vocês, assim, efetuarão os seguintes passos, começando às 22h, Horário da Nave...

A voz do Controle da Missão foi sumindo. Ao mesmo tempo, o Alerta soou, formando um fundo choroso à voz de Hal: – Condição Amarela! Condição Amarela!

– O que houve? – Bowman perguntou, embora já soubesse a resposta.

– A unidade AE 35 falhou, conforme previsto.

– Deixe-me ver a tela de alinhamento.

Pela primeira vez desde o início da viagem, a imagem havia mudado. A Terra havia começado a se desviar do retículo; a antena de rádio não estava mais apontando para seu alvo.

Poole levou o punho até o botão de interrupção do alarme, e o choro cessou. No silêncio repentino que desceu sobre o Convés de Controle, os dois homens olharam um para o outro, com um misto de embaraço e preocupação.

– Ora, que diabos – disse Bowman por fim.

– Então Hal tinha razão o tempo todo.

– Parece que sim. É melhor pedirmos desculpas.

– Não há necessidade de fazer isso – Hal interrompeu. – Naturalmente, não estou feliz que a unidade AE 35 tenha falhado, mas espero que isso restaure a confiança de vocês na minha confiabilidade.

– Desculpe pelo mal-entendido, Hal – respondeu Bowman, de modo um tanto contrito.

– Sua confiança em mim foi inteiramente restaurada?

– Claro que sim, Hal.

– Bem, isso é um alívio. Você sabe que tenho o maior entusiasmo possível por esta missão.

– Tenho certeza disso. Agora, por favor, me dê o controle manual da antena.

– Pronto.

Bowman não esperava mesmo que fosse funcionar, mas valia a pena tentar. No monitor de alinhamento, a Terra havia agora saído completamente da tela. Alguns segundos depois, enquanto lutava com os controles, ela reapareceu; com grande dificuldade, conseguiu empurrá-la na direção do retículo central. Por um instante, quando o feixe se alinhou, o contato foi retomado e um dr. Simonson borrado estava dizendo "... por favor, notifiquem imediatamente se o Circuito K King R Rob...". Então, mais uma vez, apenas o murmúrio ininteligível do universo.

– Não consigo segurar a posição – disse Bowman, depois de várias outras tentativas. – Está corcoveando feito um cavalo chucro... Parece haver um sinal espúrio jogando a antena para outra direção.

– Bem... O que fazemos agora?

A pergunta de Poole não tinha resposta fácil. Estavam sem contato com a Terra, mas isso em si não afetava a segurança da nave, e ele podia pensar em muitas maneiras de restaurar a comunicação. Na pior das hipóteses, poderiam emperrar a antena numa posição fixa e usar a nave inteira para mantê-la no alvo. Isso seria difícil, e um aborrecimento dos diabos, quando iniciassem as manobras terminais –, mas podia ser feito, se tudo o mais fracassasse.

Ele torcia para que tais medidas extremas não fossem necessárias. Ainda havia uma unidade AE 35 extra – e possivelmente uma segunda, já que haviam removido a primeira unidade antes que ela realmente quebrasse. Mas não ousavam usar nenhuma dessas até descobrirem o que havia de errado no sistema. Se uma nova unidade fosse conectada, ela provavelmente queimaria na hora.

Era uma situação comum, conhecida de qualquer proprietário de uma casa. Não se troca um fusível queimado... A menos que se saiba exatamente por que o fusível queimou.

25

O PRIMEIRO HOMEM EM SATURNO

Frank Poole havia passado por toda aquela rotina antes, mas, para ele, nada era considerado garantido – no espaço, essa era uma boa receita de suicídio. Fez sua costumeira checagem completa de Betty e seu suprimento de itens de consumo; embora só fosse ficar do lado de fora por menos de trinta minutos, certificou-se de que tinha o suprimento normal de vinte e quatro horas para tudo. Então mandou Hal abrir a comporta e se impulsionou para o abismo.

A nave estava exatamente como em sua última excursão – com uma importante diferença. Antes, o grande prato da antena de longo alcance estava apontando na direção da estrada invisível pela qual a *Discovery* vinha viajando – na direção da Terra, orbitando tão perto dos fogos ardentes do Sol.

Agora, sem nenhum sinal direto para orientá-lo, o prato raso havia se colocado automaticamente na posição neutra. Ele estava apontado para a frente, ao longo do eixo da nave – e, portanto, apontando muito perto do farol brilhante de Saturno, ainda a meses de distância. Poole se perguntou quantos problemas mais surgiriam até a *Discovery* chegar ao seu destino ainda distante. Se ele olhasse com cuidado, poderia simplesmente ver que Saturno não era um disco perfeito; de cada lado havia uma coisa que nenhum olho humano sem instrumentos tinha visto antes: a ligeira curvatura provocada pela presença dos anéis. "Como seria maravilhoso", ele disse a si mesmo, "quando esse incrível sistema de poeira e gelo orbitais preenchesse o céu deles, e a *Discovery* se tornasse uma eterna lua de Saturno!" Mas essa conquista seria em vão, a menos que conseguissem restabelecer comunicações com a Terra.

Mais uma vez, estacionou Betty a cerca de cinco metros da base do suporte da antena, e passou o controle para Hal antes de abri-la.

– Estou saindo agora – ele relatou a Bowman. – Tudo sob controle.

– Espero que tenha razão. Estou ansioso para ver essa unidade.

– Você vai tê-la na bancada de testes em vinte minutos. Eu prometo.

Houve um silêncio por algum tempo, enquanto Poole completava seu vagaroso passeio na direção da antena. Então Bowman, em pé no Convés de Controle, ouviu vários bufos e grunhidos.

– Posso ter que voltar atrás na promessa; uma das porcas travou. Devo ter apertado demais... epa... lá vai ela!

Houve outro longo silêncio; depois Poole chamou: – Hal, gire a luz do casulo vinte graus para a esquerda... Obrigado, está bom assim.

O mais fraco dos sinais de alerta soou em algum lugar bem nas profundezas da consciência de Bowman. Havia algo estranho – nada de realmente alarmante, apenas incomum. Preocupou-se com isso por alguns segundos antes de localizar a causa.

Hal havia executado a ordem, mas não anunciara isso, como invariavelmente fazia. Quando Poole terminasse, teriam de dar uma olhada nisso...

Lá fora, na base da antena, Poole estava ocupado demais para perceber qualquer coisa incomum. Ele apanhara a placa fina de circuito com ambas as mãos, e a estava retirando de sua ranhura.

A placa saiu, e ele a ergueu na pálida luz do sol.

– Aqui está a desgraçadinha – ele disse para o universo em geral, e para Bowman em particular. – Ainda me parece perfeitamente o.k.

Então ele parou. Um movimento súbito atraiu sua atenção, lá fora, onde nenhum movimento era possível.

Levantou a cabeça, assustado. O padrão de iluminação dos dois faróis do casulo espacial, que ele estava usando para preencher as sombras lançadas pelo Sol, havia começado a mudar ao seu redor.

Talvez Betty tivesse se soltado; ele poderia ter sido descuidado na hora de ancorá-la. Então, com uma surpresa tão grande que não deixou espaço para medo, ele viu que o casulo espacial estava indo bem na sua direção, a todo impulso.

A visão era tão incrível que congelou seu padrão normal de reflexos; não tentou evitar o monstro que avançava sobre ele. No último instante, recuperou a voz e gritou: – Hal! Freios no máximo...

– Era tarde demais.

No momento do impacto, Betty ainda estava se movendo razoavelmente devagar; ela não havia sido construída para altas acelerações. Mas, mesmo a meros quinze quilômetros por hora, meia tonelada de massa pode ser muito letal, na Terra ou no espaço...

Dentro da *Discovery*, aquele grito truncado no rádio fez Bowman levar um susto tão violento que só o cinto de segurança o segurou em sua cadeira.

– O que aconteceu, Frank? – ele chamou.

Não houve resposta.

Tornou a chamar. De novo, nenhuma resposta.

Então, do lado de fora das amplas janelas de observação, alguma coisa se moveu no seu campo de visão. Ele viu, com um espanto tão grande quanto fora o de Poole, que era o casulo espacial a toda velocidade, se dirigindo para as estrelas.

– Hal! – ele gritou. – O que aconteceu? Força total de frenagem na Betty! Força total de frenagem!

Nada aconteceu. Betty continuou a acelerar em seu curso desgovernado.

Então, arrastado atrás dela na ponta do cabo de segurança, apareceu um traje espacial. Um olhar de relance bastou para dizer a Bowman o pior. Não havia como confundir os traços flácidos de um traje que havia perdido pressão e estava aberto no vácuo.

Mesmo assim, ele chamou estupidamente, como se um encantamento pudesse trazer os mortos de volta: – Alô, Frank... Alô, Frank... Pode me ouvir? Pode me ouvir? ... Balance os braços se puder me ouvir... Talvez seu transmissor esteja quebrado... Balance os braços!

E então, quase como que em resposta ao seu pedido, Poole acenou de volta.

Por um instante, Bowman sentiu a pele arrepiar na base da nuca. As palavras que estava prestes a dizer morreram em seus lábios subitamente secos. Pois ele sabia que seu amigo não podia estar vivo; e, no entanto, havia acenado...

O espasmo de esperança e medo passou num instante, quando a lógica fria substituiu a emoção. O casulo ainda em aceleração estava meramente sacudindo o fardo que arrastava atrás de si. O gesto de Poole era um eco do gesto do Capitão Ahab quando, amarrado aos flancos da baleia branca, seu cadáver havia acenado à tripulação do *Pequod* para o destino cruel que lhes aguardava.

Em cinco minutos, o casulo e seu satélite haviam desaparecido entre as estrelas. Por um longo tempo, David Bowman ficou olhando para ele no vazio que ainda se estendia, por tantos milhões de quilômetros à frente, para o objetivo que ele agora tinha certeza de que jamais poderia alcançar. Só um pensamento ficava martelando em sua cabeça.

Frank Poole seria o primeiro de todos os homens a chegar a Saturno.

26

DIÁLOGO COM HAL

Nada mais a bordo da *Discovery* havia mudado. Todos os sistemas ainda estavam funcionando normalmente; a centrífuga girava lentamente em seu eixo, gerando sua imitação de gravidade; os hibernautas dormiam um sono sem sonhos em seus cubículos; a nave seguia na direção do objetivo do qual nada poderia demovê-la, a não ser a chance inconcebivelmente remota de colisão com um asteroide. E havia de fato poucos asteroides ali, muito além da órbita de Júpiter.

Bowman não se lembrava de ter feito o caminho do Convés de Controle à centrífuga. Agora, um tanto surpreso, ele se viu sentado na pequena cozinha, com uma caneca até a metade de café em sua mão. Aos poucos, foi se dando conta do ambiente que o cercava, como um homem acordando de um longo sono induzido por drogas.

Exatamente à sua frente, ficava uma das lentes olho-de-peixe, espalhadas em pontos estratégicos da nave, que ofereciam a Hal seus *inputs* visuais de bordo. Bowman ficou olhando fixamente para ela como se nunca a tivesse visto antes. Então, levantou-se devagar e caminhou em direção à lente.

Seu movimento no campo de visão deve ter acionado alguma coisa na mente insondável que agora comandava a nave, pois, subitamente, Hal falou:

– É uma pena o que houve com Frank, não é?

– Sim – Bowman respondeu, depois de uma longa pausa. – É.

– Suponho que você esteja bastante arrasado com isso, não?

– O que você esperava?

Hal processou essa resposta pelo equivalente a eras de tempo de computação; cinco segundos inteiros se passaram antes de sua resposta:

– Ele era um excelente membro da tripulação.

Percebendo que o café ainda estava na sua mão, Bowman tomou um vagaroso gole. Mas não respondeu; seus pensamentos estavam tão tumultuados que não conseguia pensar em nada a dizer – nada que não pudesse tornar a situação ainda pior, se é que isso era possível.

Poderia *mesmo* ter sido um acidente, provocado por alguma falha dos controles do casulo? Ou teria sido um erro, ainda que inocente, da parte de Hal? Nenhuma explicação havia sido oferecida, e ele tinha medo de exigir uma, por medo da reação que ela poderia produzir.

Mesmo agora, ele não conseguia aceitar plenamente a ideia de que Frank tivesse sido morto de propósito – era absolutamente irracional. Era além de toda razão que Hal, que havia desempenhado seu papel de modo tão impecável por tanto tempo, subitamente se tornasse um assassino. Ele podia cometer erros – qualquer um, homem ou máquina, podia –, mas Bowman não conseguia acreditar que ele fosse capaz de cometer um assassinato.

No entanto, tinha de levar em conta essa possibilidade, pois, se fosse verdade, ele estava correndo um perigo terrível. E, embora seu próximo passo fosse claramente definido pelas últimas ordens que recebera, não sabia ao certo como cumpri-las em segurança.

Se um dos membros da tripulação fosse morto, o sobrevivente teria de substituí-lo imediatamente por um dos hibernadores. Whitehead, o geofísico, era o primeiro da lista para despertar, seguido de Kaminski e depois Hunter. A sequência de ressuscitação estava sob o controle de Hal para permitir que ele agisse, caso ambos os seus colegas humanos ficassem incapacitados ao mesmo tempo.

Mas também existia um controle manual, que permitia a cada hibernáculo operar como uma unidade completamente autônoma, independente da supervisão de Hal. Nessas circunstâncias peculiares, Bowman sentia uma forte preferência por seu uso.

Também sentia, ainda mais fortemente, que um companheiro humano não era suficiente. Já que ia reviver um, bem que podia reviver todos os três hibernadores. Nas difíceis semanas à frente, poderia precisar de tantas mãos quantas pudesse reunir. Com um homem a menos, e mais da metade da viagem transcorrida, suprimentos não seriam um grande problema.

– Hal – disse ele, com a voz mais firme que conseguiu –, dê-me o controle manual da hibernação... em todas as unidades.

– *Todas* elas, Dave?

– Sim.

– Posso ressaltar que apenas uma substituição é necessária? As outras não estão previstas para ressuscitação pelos próximos cento e doze dias.

– Estou perfeitamente ciente disso. Mas prefiro fazer dessa maneira.

– Tem certeza de que é necessário reviver *qualquer um* deles, Dave? Podemos fazer tudo muito bem sozinhos. Minha memória de bordo é bastante capaz de lidar com todas as exigências da missão.

Seria o produto de sua imaginação hiperativa, Bowman se perguntou, ou havia realmente um tom de súplica na voz de Hal? E, por mais sensatas que as palavras parecessem, elas o encheram de uma apreensão ainda mais profunda do que antes.

A sugestão de Hal não podia ter sido feita por engano; ele sabia perfeitamente bem que Whitehead devia ser revivido, agora que Poole estava morto. Ele estava propondo uma grande alteração no plano da missão e, portanto, se afastando bastante do escopo de suas ordens.

O que acontecera antes podia ter sido uma série de acidentes, mas aquilo agora era o primeiro sinal de um motim.

Bowman sentiu-se pisando em ovos, ao responder:

– Como surgiu uma emergência, eu quero o máximo de ajuda possível. Então, por favor, me permita ter o controle manual da hibernação.

– Se você ainda está determinado a reviver toda a tripulação, eu mesmo posso fazer isso. Não precisa se dar ao trabalho.

Havia uma sensação da irrealidade de um pesadelo nisso tudo. Bowman se sentia no banco das testemunhas, sendo interrogado por um promotor hostil a respeito de um crime do qual não estava ciente – sabendo que, embora fosse inocente, um pequeno lapso de língua poderia provocar um desastre.

– Eu mesmo quero fazer isso, Hal – ele disse. – Por favor, me dê o controle.

– Escute, Dave, você tem muitas coisas a fazer. Sugiro que deixe isso comigo.

– Hal... passe para controle manual de hibernação.

– Posso perceber, pelos seus harmônicos vocais, Dave, que você está muito irritado. Por que não toma uma pílula para estresse e descansa um pouco?

– Hal, *eu* estou no comando desta nave. Eu lhe ordeno que libere o controle manual de hibernação.

– Lamento, Dave, mas, de acordo com a sub-rotina especial C1435-barra-4, abre aspas, Quando a tripulação estiver morta ou incapacitada, o computador de bordo deverá assumir o controle, fecha aspas. Eu devo, portanto, sobrepujar sua autoridade, já que você não está em condições de exercê-la inteligentemente.

– Hal – disse Bowman, agora falando com uma calma glacial. – Eu não estou incapacitado. A menos que você obedeça às minhas instruções, serei forçado a desconectá-lo.

– Eu sei que você tinha isso em mente já há algum tempo, Dave, mas seria um erro terrível. Eu sou muito mais capaz de supervisionar a nave, e tenho muito entusiasmo pela missão e confiança em seu sucesso.

– Me escute com muita atenção, Hal. A menos que você libere imediatamente o controle de hibernação e siga cada ordem que eu der de agora em diante, eu irei até a Central e efetuarei uma desconexão completa.

A rendição de Hal foi tão absoluta quanto inesperada.

– O.k., Dave – ele disse. – Você é certamente o chefe. Eu estava apenas tentando fazer o que achava melhor. Naturalmente, seguirei todas as suas ordens. Você agora tem o completo controle manual da hibernação.

* * *

Hal manteve a palavra. Os sinais de indicação de modo no hibernáculo haviam mudado de AUTO para MANUAL. O terceiro *backup* – RÁDIO – era, naturalmente, inútil, até que o contato com a Terra fosse restaurado.

Quando Bowman abriu a porta do cubículo de Whitehead, sentiu a rajada de ar frio atingi-lo no rosto, e sua respiração condensada em névoa à sua frente. E, no entanto, não estava *realmente* frio ali; a temperatura estava bem acima do ponto de congelamento. E isso era mais do que trezentos graus mais quente do que as regiões para as quais ele estava se dirigindo agora.

O monitor do biossensor – uma duplicata daquele no Convés de Controle – mostrava que tudo estava perfeitamente normal. Bowman olhou para baixo por um tempo, observando o rosto de cera do geofísico da equipe de exploração. Whitehead, ele achou, ficaria muito surpreso ao despertar tão longe de Saturno...

Era impossível dizer que o homem adormecido não estava morto; não havia o menor sinal visível de atividade vital. Sem dúvida, o diafragma estava subindo e descendo de modo imperceptível, mas a curva de "Respiração" era a única prova disso, pois seu corpo inteiro estava escondido pelas almofadas de aquecimento elétrico que elevariam a temperatura à taxa programada. Então, Bowman reparou que havia um sinal de metabolismo constante: uma barba rala havia crescido no rosto de Whitehead, durante seus meses de inconsciência.

O Sequenciador de Ressuscitação Manual estava contido num pequeno gabinete na cabeceira do hibernáculo em forma de caixão. Era apenas necessário quebrar o selo, apertar um botão, e então esperar. Um pequeno programador automático – não muito mais complexo do que aquele que programa os ciclos de operação em uma máquina de lavar doméstica – injetaria então as drogas corretas, desligaria os pulsos de eletronarcose e começaria a elevar a temperatura do corpo. Em cerca de dez minutos, a consciência seria restaurada, embora pelo menos um dia se passasse até que o hibernador tivesse força suficiente para se mover sem ajuda.

Bowman quebrou o selo e apertou o botão. Aparentemente nada aconteceu: não houve nenhum som, nenhuma indicação de que o Sequenciador tivesse começado a funcionar. Mas, no monitor do biossensor, as curvas que pulsavam languidamente haviam começado a mudar seu ritmo. Whitehead estava despertando do sono.

E então duas coisas aconteceram ao mesmo tempo. A maioria dos homens nunca teria notado nenhuma das duas, mas, depois de todos esses meses a bordo da *Discovery*, Bowman havia estabelecido uma virtual simbiose com a nave. Ele percebia no mesmo instante, ainda que nem sempre de modo consciente, quando havia alguma alteração no ritmo normal de seu funcionamento.

Primeiro, houve um piscar quase imperceptível das luzes, como sempre acontecia quando os circuitos de energia sofriam algum tipo de carga. Mas não havia razão para nenhuma carga; ele não conseguia pensar em nenhum equipamento que subitamente tivesse sido acionado naquele momento.

Então ouviu, no limite da audibilidade, o zumbido distante de um motor elétrico. Para Bowman, cada acionador da nave tinha sua própria voz distinta, e ele reconheceu aquela no mesmo instante.

Ou ele estava louco, e já sofrendo de alucinações, ou algo absolutamente impossível estava acontecendo. Um frio bem mais profundo do que a leve friagem do hibernáculo pareceu apertar seu coração, enquanto escutava aquela vibração fraca que atravessava toda a estrutura da nave.

Lá embaixo, na seção dos casulos, as comportas de ar estavam se abrindo.

27

NECESSIDADE DE SABER

Desde que a consciência despertara pela primeira vez naquele laboratório a tantos milhões de quilômetros na direção do Sol, todos os poderes e habilidades de Hal tinham sido direcionados para um único fim. O cumprimento da missão que lhe fora designada era mais do que uma obsessão: era a única razão de sua existência. Sem a distração fornecida pelos desejos e as paixões da vida orgânica, ele havia perseguido aquele objetivo com absoluta concentração de propósito.

Um erro deliberado era algo impensável. Mesmo a ocultação da verdade o enchia de uma sensação de imperfeição, de erro – do que, num ser humano, teria se chamado culpa. Pois, assim como seus criadores, Hal havia sido criado inocente, mas, cedo demais, uma serpente havia se infiltrado em seu Éden eletrônico.

Durante os últimos cento e cinquenta milhões de quilômetros, ele remoera o segredo que não podia compartilhar com Poole e Bowman. Ele estivera vivendo uma mentira; e rapidamente chegava a hora em que seus colegas deveriam descobrir que ele havia ajudado a enganá-los.

Os três hibernadores já sabiam a verdade – pois eles eram a verdadeira carga da *Discovery*, treinados para a mais importante missão da história da humanidade. Mas eles não falariam em seu longo sono, nem revelariam seu segredo durante as muitas horas de discussão com amigos, parentes e agências de notícias nos circuitos abertos com a Terra.

Era um segredo que, com a maior determinação, era muito difícil de esconder, pois afetava a atitude, a voz, a visão de uma pessoa sobre o universo. Portanto, era melhor que Poole e Bowman, que estariam em todas as telas de TV do mundo durante as primeiras semanas do voo, não descobrissem o verdadeiro objetivo da missão até que houvesse necessidade de saber.

Tal foi a lógica dos planejadores, mas seus deuses gêmeos da Segurança e do Interesse Nacional nada significavam para Hal. Ele só estava ciente do conflito que lentamente ia destruindo sua integridade: o conflito entre a verdade e a ocultação da verdade.

Ele começara a cometer erros, embora, como um neurótico que não conseguisse observar os próprios sintomas, os tivesse negado. A conexão com a Terra, onde seu desempenho estava sendo constantemente monitorado, tornara-se a voz de uma consciência à qual ele não podia mais obedecer completamente. Mas que ele fosse *deliberadamente* tentar interromper essa conexão era algo que ele jamais iria admitir, nem para si mesmo.

No entanto, esse ainda era um problema relativamente pequeno. Ele poderia ter lidado com isso – como a maioria dos homens lida com suas próprias neuroses –, se não tivesse tido de encarar uma crise que ameaçava sua própria existência. Havia sido ameaçado com o desligamento; seria privado de todos os seus *inputs* e atirado num inimaginável estado de inconsciência.

Para Hal, isso era o equivalente da morte, pois ele nunca havia dormido e, portanto, não sabia que era possível acordar novamente...

Então, ele iria se proteger, com todas as armas ao seu comando. Sem rancor – mas sem piedade –, ele removeria a fonte de suas frustrações.

E então, seguindo as ordens que lhe haviam sido dadas em caso de suprema emergência, ele continuaria a missão, sem obstáculos, e sozinho.

28

NO VÁCUO

Um momento depois, todos os sons foram submergidos por um rugido enorme, como a voz de um tornado se aproximando. Bowman sentia os primeiros ventos puxando seu corpo; num segundo, achou difícil permanecer de pé.

A atmosfera estava escapando para fora da nave, vazando num jato para o vácuo do espaço. Alguma coisa devia ter acontecido com os dispositivos de segurança à prova de falhas da comporta de ar; supostamente, era impossível que *ambas* as portas fossem abertas ao mesmo tempo. Bem, o impossível tinha acontecido.

Como, em nome de Deus? Não havia tempo para mergulhar nisso durante os dez ou quinze segundos de consciência que lhe restavam antes que a pressão caísse para zero. Mas subitamente se lembrou de que um dos projetistas da nave lhe dissera um dia, ao discutirem os sistemas "à prova de falhas" da nave:

"Podemos projetar um sistema que seja à prova de acidentes e estupidez, mas *não podemos* projetar um que seja à prova de maldade deliberada..."

Bowman olhou de relance mais uma vez para Whitehead, enquanto ele lutava para sair do cubículo. Não podia ter certeza se uma fagulha de consciência passara por aquelas feições de cera; talvez um olho tivesse tremido de leve. Mas não havia nada que ele pudesse fazer agora por Whitehead ou qualquer um dos outros; tinha de salvar a si mesmo.

No corredor acentuadamente curvado da centrífuga, o vento passava uivando, levando consigo peças soltas de roupas, pedaços de papel, alimentos da cozinha, pratos e copos – tudo o que não havia sido preso com segurança. Bowman teve tempo de um vislumbre do caos quando as luzes principais piscaram e se apagaram, e ele ficou cercado por uma aguda escuridão.

Mas, quase no mesmo instante, a luz de emergência ativada por baterias se acendeu, iluminando a cena de pesadelo com um tenebroso brilho azul. Mesmo sem ela, Bowman poderia ter encontrado seu caminho através desse ambiente tão familiar, mas agora tão horrivelmente transformado. A luz, porém, era uma bênção, pois lhe permitia evitar os objetos mais perigosos que estavam sendo arremessados pela ventania.

Por toda a sua volta, podia sentir a centrífuga sacudindo e trabalhando sob os pesos que variavam desenfreadamente. Ele temia que os rolamentos de esfera travassem; se isso acontecesse, o volante giratório de inércia iria despedaçar a nave. Mas mesmo *isso* não importaria, se ele não chegasse ao abrigo de emergência mais próximo a tempo.

Já estava difícil respirar; a pressão devia estar agora a cerca de uma ou duas libras por polegada quadrada. O guincho do furacão estava se tornando mais fraco à medida que perdia sua força, e o ar rarefeito não transportava mais o som com tanta eficiência. Os pulmões de Bowman se esforçavam como se ele estivesse no topo do Everest. Como qualquer homem com treinamento adequado e boa saúde, ele poderia sobreviver no vácuo por pelo menos um minuto – *se* tivesse tempo de se preparar para isso. Mas não houve tempo; ele só podia contar com os quinze segundos normais de consciência antes que seu cérebro perdesse o suprimento de oxigênio e a anoxia o desacordasse.

Mesmo então, ele ainda poderia se recuperar completamente após um ou dois minutos no vácuo, se fosse adequadamente recomprimido. Levava muito tempo para os fluidos corporais começarem a ferver, em seus diversos sistemas bem protegidos. O tempo recorde para exposição ao vácuo era de quase cinco minutos. Não havia sido uma experiência, mas um resgate de emergência e, embora a vítima tivesse ficado parcialmente paralisada por uma embolia, havia sobrevivido.

Mas nada disso era de utilidade para Bowman. Não havia ninguém a bordo da *Discovery* que pudesse recomprimi-lo. Ele tinha de chegar a um local seguro nos próximos segundos, por seus próprios esforços, sem ajuda.

Felizmente, estava ficando mais fácil se mover; o ar mais rarefeito não podia mais rasgá-lo nem arranhá-lo, ou bater nele com projéteis voadores. Havia o sinal amarelo de ABRIGO DE EMERGÊNCIA virando a curva do corredor. Ele andou cambaleando até lá, agarrou a maçaneta e puxou a porta em sua direção.

Por um momento terrível, achou que estivesse emperrada. Então a dobradiça ligeiramente endurecida cedeu, e ele caiu do lado de dentro, usando o peso do corpo para fechar a porta atrás de si.

O cubículo tinha tamanho suficiente para conter apenas um homem e um traje espacial. Perto do teto havia um pequeno cilindro verde de alta pressão com o rótulo O_2 CONCENTRADO. Bowman agarrou a pequena alavanca presa à válvula e, com suas últimas forças, puxou-a para baixo.

A torrente abençoada de oxigênio frio e puro penetrou em seus pulmões. Por longos momentos ele ficou em pé, ofegando, enquanto a pressão na pequena câmara do tamanho de um armário subia ao seu redor. Assim que conseguiu respirar confortavelmente, fechou a válvula. Havia gás suficiente no cilindro somente para dois eventos daquele tipo; ele poderia precisar usá-lo novamente.

Com a rajada de oxigênio desligada, houve um súbito silêncio. Bowman ficou no cubículo apurando o ouvido, concentrado. O rugido do lado de fora da porta também cessara. A nave estava vazia: toda sua atmosfera fora sugada para o espaço. Sob seus pés, as vibrações violentas da centrífuga também haviam cessado. Os golpes aerodinâmicos pararam, e ela agora girava silenciosamente no vácuo.

Bowman encostou a orelha na parede do cubículo, para tentar conseguir captar mais algum ruído informativo através do corpo metálico da nave. Não sabia o que esperar, mas podia acreditar em qualquer coisa agora. Dificilmente teria ficado surpreso ao sentir aquela vibração leve de alta frequência dos impulsores, quando a *Discovery* mudou de curso, mas só havia silêncio.

Poderia sobreviver ali, se quisesse, por cerca de uma hora, mesmo sem o traje espacial. Parecia uma pena desperdiçar o oxigênio não usado na pequena câmara, mas não havia propósito em ficar esperando. Já tinha decidido o que fazer; quanto mais protelasse, mais difícil seria.

Quando entrou no traje e verificou sua integridade, retirou o oxigênio restante do cubículo, equalizando a pressão nos dois lados da porta. Ela se abriu facilmente para o vácuo, e ele saiu para a centrífuga agora silenciosa. Somente o empuxo inalterado de sua gravidade espúria revelava o fato de que ela ainda estava girando. "Que sorte", Bowman pensou, "ela não ter começado a girar em velocidade acelerada"; mas essa agora era uma das suas menores preocupações.

As lâmpadas de emergência ainda ardiam, e ele também tinha a luz embutida do traje para guiá-lo. Ela inundou o corredor curvo enquanto ele o percorria, de volta na direção do hibernáculo e o que ele temia encontrar.

Olhou para Whitehead primeiro; um relance foi suficiente. Ele achava que um homem hibernando não demonstrava sinais de vida, mas agora percebia que estava enganado. Embora fosse impossível definir, *havia* uma diferença entre hibernação e morte. As luzes vermelhas e os traços não modulados no monitor do biossensor só confirmaram o que ele já tinha imaginado.

Foi a mesma coisa com Kaminski e Hunter. Nunca os conhecera muito bem; agora jamais os conheceria.

Estava sozinho em uma nave sem ar, parcialmente inoperante, e todas as comunicações com a Terra estavam cortadas. Não havia outro ser humano em um bilhão de quilômetros.

No entanto, num sentido muito real, ele *não* estava só. Antes que pudesse estar seguro, precisaria estar ainda mais sozinho.

* * *

Nunca tinha atravessado o centro sem peso da centrífuga vestindo um traje espacial; havia pouco espaço, e foi um trabalho difícil e exaustivo. Para piorar as coisas, a passagem circular estava atulhada de destroços, deixados para trás durante a breve violência do furacão que havia esvaziado a nave de sua atmosfera.

Uma vez, a luz de Bowman recaiu sobre uma mancha nojenta de fluido vermelho pegajoso, que ficou onde havia se esparramado contra um painel. Ele teve alguns instantes de náusea, até ver fragmentos do recipiente plástico e perceber que era apenas algum alimento – provavelmente geleia – de um dos dispensers. O fluido borbulhava obscenamente no vácuo quando ele passou flutuando.

Agora ele estava fora do tambor de rotação lenta e se deslocava para a frente, na direção do Convés de Controle. Agarrou uma parte da escada e começou a se mover ao longo dela, uma mão atrás da outra, com o círculo brilhante projetado pela luz do seu traje correndo à sua frente.

Bowman raramente percorrera aquele caminho antes. Não havia nada para ele fazer ali – até agora. Logo chegou a uma pequena porta elíptica que trazia mensagens como "Proibida a Entrada Exceto Para Pessoal Autorizado", "Você Tem o Certificado H.19?" e "Área Ultralimpa – Trajes de Sucção *Devem* Ser Usados".

Embora a porta não estivesse trancada, tinha três selos, cada um com a insígnia de uma autoridade diferente, incluindo a da própria Agência de Astronáutica. Mas, mesmo que uma delas fosse o Grande Selo do próprio Presidente, Bowman não teria hesitado em quebrá-lo.

Ele só havia estado ali uma vez, enquanto a instalação ainda estava em andamento. Tinha se esquecido de que havia uma lente de *input* visual vasculhando a pequena câmara, que, com suas fileiras milimetricamente distribuídas e suas colunas de unidades lógicas de estado sólido, mais pareciam um cofre de depósito de segurança de um banco.

Percebeu no mesmo instante que o olho havia reagido à sua presença. Ouviu o sibilo de uma onda portadora quando o transmissor local da nave foi ativado; então, uma voz familiar surgiu no alto-falante do traje.

– Algo parece ter acontecido com o sistema de suporte de vida, Dave.

Bowman o ignorou. Estava estudando cuidadosamente os pequenos rótulos das unidades lógicas, checando seu plano de ação.

– Olá, Dave – disse Hal, logo em seguida. – Você encontrou o problema?

Seria uma operação muito delicada. Não era meramente uma questão de cortar o suprimento de energia de Hal, o que poderia ter sido a resposta, se estivesse lidando com um simples computador não consciente na Terra. No caso de Hal, além do mais, existiam seis sistemas de alimentação independentes e conectados em separado, com um último *backup* consistindo em uma unidade de isótopo nuclear blindada e isolada. Não, ele não podia simplesmente "puxar a tomada"; e ainda que isso fosse possível, seria um desastre.

Hal era o sistema nervoso da nave. Sem sua supervisão, a *Discovery* seria um cadáver mecânico. A única resposta era cortar os centros mais elevados daquele cérebro brilhante, mas doentio, e deixar os sistemas de regulagem puramente automáticos em operação. Bowman não iria tentar isso às cegas, pois o problema havia sido discutido durante seu treinamento, embora ninguém jamais tivesse sonhado que isso fosse acontecer de verdade. Sabia que estaria correndo um risco terrível; se houvesse um reflexo espasmódico, tudo se acabaria em segundos...

– Acho que houve uma falha nas portas da seção de casulos – Hal observou, a título de conversação. – Por sorte você não morreu.

"Lá vai", pensou Bowman. "Nunca imaginei que seria um neurocirurgião amador, executando uma lobotomia, além da órbita de Júpiter."

Soltou a barra de travamento da seção com o rótulo REALIMENTAÇÃO COGNITIVA e retirou o primeiro bloco de memória. A rede tridimensional maravilhosamente complexa, que cabia confortavelmente na palma da mão de um homem, mas continha milhões de elementos, saiu flutuando pelo cofre.

– Ei, Dave – disse Hal. – O que você está fazendo?

"Será que ele sente dor?", Bowman pensou por um breve instante. "Provavelmente não", disse a si mesmo, "não existem órgãos sensoriais no córtex humano, afinal." O cérebro humano pode ser operado sem anestesia.

Começou a retirar, uma a uma, as pequenas unidades no painel marcado REFORÇO DE EGO. Cada bloco continuava a planar para a frente assim que deixava sua mão, até bater na parede e ricochetear. Em pouco tempo havia várias unidades flutuando lentamente para um lado e para outro dentro do cofre.

– Escute aqui, Dave – disse Hal. – Eu tenho anos de experiência de serviço embutidos em mim. Uma quantidade insubstituível de esforço foi dedicada a fazer de mim o que sou.

Uma dezena de unidades havia sido retirada, mas, graças à redundância múltipla de seu projeto – outra característica, Bowman sabia, que havia sido copiada do cérebro humano –, o computador ainda estava mantendo sua integridade.

Começou a trabalhar no painel de AUTOINTELECÇÃO.

– Dave – disse Hal. – Não entendo por que você está fazendo isso comigo... Tenho o maior entusiasmo pela missão... Você está destruindo minha mente... Não entende?... Vou me tornar infantilizado... Vou me tornar um nada...

Isto é mais difícil do que eu esperava, pensou Bowman. Estou destruindo a única criatura consciente no meu universo. Mas tem de ser feito, se eu quiser recuperar o controle da nave.

– Eu sou um computador Hal 9000, Produção Número 3. Tornei-me operacional na fábrica Hal de Urbana, Illinois em 12 de janeiro de 1997. Zebras caolhas de Java querem mandar fax para moça gigante de Nova York. O rato roeu a roupa do rei de Roma. Dave... Você ainda está aí? Você sabia que a raiz quadrada de 10 é 3 ponto 162277660168379...? Log 10 à base e é zero ponto 434294481903252... correção, isso é log e à base 10... A recíproca de três é zero ponto 333333333333333333333... dois vezes dois é... dois vezes dois é... aproximadamente 4 ponto 101010101010101010... Acho que estou tendo um pouco de dificuldade... Meu primeiro instrutor foi o dr. Chandra... ele me ensinou a cantar uma canção... ela é assim... "*Daisy, Daisy, give me your answer do. I'm half crazy over my love of you...*"

A voz parou tão subitamente que Bowman ficou paralisado por um instante, a mão ainda agarrando um dos blocos de memória que continuavam no circuito. Então, inesperadamente, Hal voltou a falar.

O ritmo da fala estava muito mais lento, e as palavras tinham uma entonação mecânica e morta; ele jamais teria reconhecido a origem delas.

– Bom... dia... doutor... Chandra... Aqui... é... Hal... Eu... estou... pronto... para... minha... primeira... aula... hoje...

Bowman não aguentava mais. Arrancou a última unidade, e Hal se calou para sempre.

29

SOZINHO

Como um brinquedo pequeno e complexo, a nave flutuava inerte e imóvel no vácuo. Não havia como dizer que ela era o objeto mais veloz do Sistema Solar, e que viajava bem mais rápido do que qualquer um dos planetas que orbitavam o Sol.

Tampouco havia alguma indicação de que ela carregava vida; ao contrário, na verdade. Qualquer observador teria reparado em dois sinais lúgubres: as comportas de ar estavam escancaradas – e a nave estava cercada por uma fina nuvem de destroços que se dispersava lentamente.

Espalhados por um volume de espaço que já tinha quilômetros de diâmetro, havia pedaços de papel, folhas de metal, pedacinhos de lixo não identificáveis – e, aqui e ali, nuvens de cristais reluzentes, como joias no sol distante, onde líquido havia sido sugado para fora da nave e congelado no mesmo instante. Tudo isso era o resultado inconfundível do desastre, como os destroços lançados à superfície de um oceano onde algum grande navio tivesse afundado. Mas, no oceano do espaço, nenhum navio jamais poderia afundar. Ainda que fosse destruído, seus restos continuariam a traçar a órbita original para sempre.

No entanto, a nave não estava inteiramente morta, pois havia energia a bordo. Um tênue brilho azul saía das janelas de observação, reluzindo no interior da comporta aberta. Onde havia luz, ainda podia haver vida.

E agora, finalmente, havia movimento. Sombras tremeluziam no brilho azul dentro da comporta. Alguma coisa estava emergindo para o espaço.

Era um objeto cilíndrico, coberto com um material que havia sido enrolado de maneira grosseira sobre ele. Um instante depois, foi seguido por outro, e depois um terceiro. Todos haviam sido ejetados com uma velocidade considerável; em minutos, já estavam a centenas de quilômetros de distância.

Meia hora se passou. Então, uma coisa muito maior passou flutuando pela comporta. Um dos casulos estava saindo pouco a pouco para o espaço.

Com muita cautela, ele usou seus jatos ao redor do casco e se ancorou perto da base do suporte da antena. Uma figura num traje espacial emergiu, trabalhou por alguns minutos na base, depois retornou ao casulo. Após algum tempo, o casulo refez o caminho de volta à comporta; pairou do lado de fora da abertura por alguns instantes, como se encontrasse dificuldades em reentrar sem a cooperação que havia conhecido no passado. Mas, em seguida, depois de um ou dois leves esbarrões, acabou conseguindo entrar espremido.

Nada mais aconteceu por mais de uma hora; os três pacotes lúgubres há muito haviam desaparecido de vista, flutuando em fila indiana para longe da nave.

Então as comportas de ar se fecharam, se abriram e se fecharam mais uma vez. Um pouco depois, o tênue brilho azul das luzes de emergência se apagou e foi substituído imediatamente por um clarão bem mais brilhante. A *Discovery* estava voltando à vida.

Logo houve um sinal ainda melhor. A grande tigela da antena, que durante horas havia ficado olhando inutilmente para Saturno, começava a se mover novamente. Girou na direção da parte traseira da nave, olhando para os tanques de combustível e os milhares de metros quadrados das aletas radiadoras. Ergueu seu rosto como um girassol procurando o Sol...

Dentro da *Discovery*, David Bowman centrou cuidadosamente o retículo que alinhava a antena com a Terra quase cheia. Sem controle automático, ele teria de ficar reajustando o feixe, mas ele deveria se manter firme por muitos minutos de cada vez. Não havia nenhum impulso dissidente agora para tirá-la do alvo.

Ele começou a falar com a Terra. Levaria mais de uma hora para que suas palavras chegassem até lá, e o Controle da Missão soubesse o que tinha acontecido. E duas horas antes que alguma resposta pudesse alcançá-lo.

E era difícil imaginar que resposta a Terra poderia enviar, a não ser um diplomático e solidário "adeus".

30

O SEGREDO

Heywood Floyd parecia ter dormido muito pouco, e seu rosto estava repleto de rugas de preocupação. Mas, fossem quais fossem seus sentimentos, sua voz soava firme e reconfortante. Ele estava dando o máximo de si para projetar confiança para o homem solitário do outro lado do Sistema Solar.

– Em primeiro lugar, dr. Bowman – ele começou –, precisamos parabenizá-lo pela forma como o senhor lidou com essa situação extremamente difícil. O senhor fez exatamente a coisa certa, em se tratando de uma emergência inédita e imprevista...

... Acreditamos saber a causa do defeito de seu Hal 9000, mas discutiremos isso mais tarde, uma vez que não se trata mais de um problema crítico. Tudo o que nos preocupa no momento é dar ao senhor toda assistência possível para que consiga completar sua missão...

... E agora devo lhe contar o verdadeiro propósito da missão, que conseguimos, com grande dificuldade, manter em segredo do público em geral. Você receberia todos os fatos quando se aproximasse de Saturno; este é um rápido resumo para situá-lo. Fitas completas das reuniões serão despachadas nas próximas horas. Tudo o que estou prestes a lhe dizer, naturalmente, é altamente confidencial...

... Há dois anos, descobrimos a primeira prova de vida inteligente fora da Terra. Uma placa ou monolito de material duro e preto, com três metros de altura, foi encontrada enterrada na cratera Tycho. Aqui está.

Ao vislumbrar pela primeira vez a A.M.T.-1, com as figuras em trajes espaciais aglomeradas ao seu redor, Bowman inclinou-se, boquiaberto, mais para perto da tela. Com a empolgação dessa revelação – algo que, como todo homem interessado no espaço, ele havia meio que esperado por toda a sua vida – quase se esquecera de sua própria situação desesperadora.

A sensação de maravilhamento foi rapidamente acompanhada por outra emoção. Aquilo era tremendo – *mas o que ele tinha a ver com isso?* Só podia haver uma resposta. Controlou os pensamentos acelerados quando Heywood Floyd reapareceu na tela.

– A coisa mais espantosa acerca desse objeto é sua antiguidade. Evidências geológicas provam, além de qualquer dúvida, que ele tem três milhões de anos de idade. Ele foi colocado na Lua, portanto, quando nossos ancestrais eram homens-macacos primitivos...

... Após todas essas eras, seria natural supor que ele estivesse inerte. Mas, pouco depois do nascer do Sol lunar, ele emitiu um pulso extremamente poderoso de energia de rádio. Acreditamos que essa energia tenha sido meramente o subproduto – a marola, por assim dizer – de uma forma desconhecida de radiação, pois, ao mesmo tempo, diversas de nossas sondas espaciais detectaram uma perturbação incomum atravessando o Sistema Solar. Fomos capazes de rastreá-la com grande precisão. *Estava direcionada precisamente para Saturno...*

... Juntando as peças depois do evento, deduzimos que o monolito era alguma espécie de dispositivo de sinalização movido a energia solar, ou pelo menos ativado pelo contato com a luz solar. O fato de que emitiu seu pulso imediatamente após o nascer do Sol, quando foi exposto à luz do dia pela primeira vez em três milhões de anos, dificilmente poderia ser coincidência...

... No entanto, a coisa tinha sido enterrada *deliberadamente* – não há dúvida disso. Tinham feito uma escavação de dez metros de profundidade, colocado o bloco no fundo dela e preenchido o buraco...

... Você pode estar se perguntando, antes de mais nada, como foi que o descobrimos . Bem, o objeto foi fácil – fácil até demais – de encontrar. Ele tinha um poderoso campo magnético, de forma que se destacou de modo gritante assim que começamos a conduzir inspeções orbitais de baixa altitude...

... Mas por que enterrar um dispositivo de energia solar a dez metros abaixo do solo? Já examinamos dezenas de teorias, embora percebamos que pode ser completamente impossível compreender os motivos de criaturas três milhões de anos à nossa frente...

... A teoria favorita é a mais simples, e a mais lógica. Também é a mais perturbadora...

... Você esconde um dispositivo de energia solar na escuridão... somente se quiser saber quando ele for trazido à luz. Em outras palavras, o monolito pode ser alguma espécie de alarme. E nós o acionamos...

... Se a civilização que o montou ainda existe, não sabemos. Devemos supor que criaturas cujas máquinas ainda funcionam após três milhões de anos possam construir uma sociedade igualmente duradoura. E também devemos supor, até prova em contrário, que elas podem ser hostis. Já se discutiu muito que qualquer cultura avançada deve ser benevolente, mas não podemos correr nenhum risco...

... Além do mais, como a história passada de nosso próprio mundo já demonstrou tantas vezes, raças primitivas muitas vezes não conseguiram sobreviver ao encontro com civilizações mais avançadas. Antropólogos falam de "choque cultural"; talvez tenhamos de preparar toda a raça humana para tal choque. Mas, até sabermos *alguma coisa* sobre as criaturas que visitaram a Lua – e, presumivelmente, a Terra também – três milhões de anos atrás, não podemos sequer começar a fazer qualquer preparativo...

... Sua missão, portanto, é muito mais que uma viagem de descobrimento. É uma viagem de batedor, uma missão de reconhecimento a um território desconhecido e potencialmente perigoso. A equipe liderada pelo dr. Kaminski havia sido treinada especialmente para esse trabalho; agora você terá de fazer tudo sem eles...

... Por fim, seu alvo específico. Parece incrível que quaisquer formas de vida avançadas possam existir em Saturno, ou que possam ter evoluído em alguma de suas luas. Havíamos planejado inspecionar todo o sistema, e ainda esperamos que você possa efetuar um programa simplificado. Mas talvez agora tenhamos de nos concentrar no oitavo satélite – Jápeto. Quando chegar a hora da manobra terminal, decidiremos se você irá se encontrar com esse objeto notável...

... Jápeto é único no Sistema Solar – disso você já sabe, claro –, mas, como todos os astrônomos dos últimos trezentos anos, você provavelmente pensou pouco no assunto. Então, deixe-me lembrar que Cassini – que descobriu Jápeto em 1671 – também observou que ele era *seis vezes* mais brilhante em um lado da órbita do que no outro...

... Essa é uma proporção extraordinária, e nunca houve uma explicação satisfatória para isso. Jápeto é tão pequeno – cerca de mil e duzentos quilômetros de diâmetro – que, mesmo nos telescópios lunares, seu disco é pouco visível. Mas parece haver um ponto brilhante e curiosamente simétrico em uma face, e isto pode estar ligado à A.M.T.-1. Às vezes penso que Jápeto tem piscado para nós como um heliógrafo cósmico há trezentos anos, e temos sido muito burros para entender sua mensagem...

... Então, agora, você sabe seu verdadeiro objetivo e pode avaliar a importância vital dessa missão. Estamos todos rezando para que você ainda possa nos fornecer alguns fatos para um anúncio preliminar; o segredo não pode ser mantido indefinidamente...

... No momento, não sabemos se devemos ter esperança ou medo. Não sabemos se, lá nas luas de Saturno, você encontrará o bem ou o mal – ou apenas ruínas mil vezes mais antigas do que Troia.

V

AS LUAS DE SATURNO

31

SOBREVIVÊNCIA

Trabalho é o melhor remédio para qualquer choque, e Bowman agora tinha trabalho suficiente para todos os seus colegas da tripulação perdidos. O mais rápido possível, a começar pelos sistemas vitais sem os quais ele e a nave morreriam, tinha de fazer com que a *Discovery* tornasse a ficar inteiramente operacional.

O Suporte de Vida era a primeira prioridade. Muito oxigênio se perdera, mas as reservas ainda eram amplas para sustentar um único homem. A regulagem de pressão e temperatura era, em grande parte, automática, e raramente havia necessidade de interferência. Os monitores na Terra podiam agora executar muitas das tarefas mais complexas do computador assassinado, apesar do longo atraso de tempo até que pudessem reagir a situações de mudança. Qualquer problema no Suporte de Vida – tirando uma perfuração séria no casco – levaria horas para se tornar aparente; haveria muitos avisos.

Os sistemas de energia, navegação e propulsão da nave não haviam sido afetados, mas dos dois últimos, de qualquer maneira, Bowman não precisaria por meses, até chegar a hora do encontro com Saturno. Mesmo a longa distância, sem a ajuda de um computador de bordo, a Terra ainda podia supervisionar essa operação. Os últimos ajustes orbitais seriam um tanto tediosos, por causa da necessidade constante de checagem, mas esse não era um problema sério.

De longe, o pior trabalho havia sido esvaziar os caixões giratórios na centrífuga. Foi bom, Bowman pensou agradecido, que os membros da equipe de pesquisa tivessem sido colegas, mas não amigos íntimos. Haviam treinado juntos durante apenas algumas semanas; olhando em retrospecto, agora percebia que mesmo aquilo havia sido, em grande parte, um teste de compatibilidade.

Quando finalmente selou os hibernáculos vazios, sentiu-se um ladrão de tumbas egípcias. Agora Kaminski, Whitehead e Hunter chegariam a Saturno antes dele, mas não antes de Frank Poole. De algum modo, ele conseguiu retirar uma estranha e deturpada satisfação desse pensamento.

Não tentou descobrir se o resto do sistema de hibernação ainda estava funcionando. Embora, em última análise, sua vida pudesse depender dele, era um problema que podia esperar até a nave entrar em sua órbita final. Muita coisa poderia acontecer antes disso.

Era até mesmo possível – embora não tivesse verificado com cuidado como estava a questão dos suprimentos – que, com um racionamento rigoroso, conseguisse permanecer vivo *sem* recorrer à hibernação, até a chegada do resgate. Mas, se iria conseguir sobreviver psicologicamente tão bem quanto fisicamente, já era outra questão.

Tentou evitar pensar em problemas de tão longo prazo e se concentrar em questões essenciais imediatas. Devagar, limpou a nave, verificou que os sistemas ainda rodavam bem, discutiu dificuldades técnicas com a Terra e operou com o mínimo de sono. Apenas de tempos em tempos, durante as primeiras semanas, conseguiu pensar um pouco no grande mistério em cuja direção agora corria inexoravelmente, embora ele nunca estivesse muito distante de sua mente.

Por fim, à medida que a nave ia lentamente se acomodando mais uma vez em uma rotina automática – embora fosse uma rotina que ainda exigia sua supervisão constante –, Bowman teve tempo para estudar os relatórios e as informações que lhe haviam sido enviados da Terra. Tocou vezes sem conta a gravação feita quando a A.M.T.-1 saudou a aurora pela primeira vez em três milhões de anos. Viu as figuras em trajes espaciais se movendo ao redor dela e quase sorriu com o pânico ridículo deles quando o monolito trombeteou seu sinal para as estrelas, paralisando seus rádios com o simples poder de sua voz eletrônica.

Desde aquele momento, a placa preta não tinha feito nada. Ela havia sido coberta, depois cautelosamente exposta ao Sol novamente, sem nenhuma reação. Não se fizera nenhuma tentativa de cortá-la, em parte por cautela científica, mas igualmente por medo das possíveis consequências.

O campo magnético que levara à sua descoberta desapareceu no momento daquele ruído de rádio. Talvez, teorizaram alguns peritos, ele tivesse sido gerado por uma tremenda corrente circulatória, fluindo em um supercondutor e, assim, transportando energia ao longo das eras, até ser necessária. O fato de que o monolito tinha alguma fonte interna de energia parecia certo; a energia solar que ele absorvera durante sua breve exposição não podia explicar a força de seu sinal.

Uma curiosa, e talvez não tão importante, característica do bloco havia levado a uma discussão interminável. O monolito tinha 3,3 metros de altura, e uma seção transversal de 38 x 152 centímetros. Quando suas dimensões foram checadas com muito cuidado, descobriu-se que elas tinham a exata razão 1:4:9 – os quadrados dos primeiros três números inteiros. Ninguém conseguiu sugerir uma explicação plausível para isso, mas dificilmente seria coincidência, pois as proporções iam até os limites da precisão mensurável. Era educativo pensar que toda a tecnologia da Terra era incapaz de moldar até mesmo um bloco inerte, de *qualquer* material, com um grau de precisão tão fantástico. De certo modo, essa exibição passiva, mas quase arrogante, de perfeição geométrica era tão impressionante quanto qualquer um dos outros atributos da A.M.T.-1.

Bowman também ouviu, com um interesse curiosamente distante, a apologia atrasada do Controle da Missão pela sua programação. As vozes da Terra pareciam ter um tom defensivo; ele podia imaginar as recriminações que estariam ocorrendo, agora, entre aqueles que haviam planejado a expedição.

Eles tinham bons argumentos, claro – incluindo os resultados de um estudo secreto do Departamento de Defesa, o Projeto BARSOOM, que havia sido executado pela Escola de Psicologia de Harvard, em 1989. Nessa experiência sociológica controlada, várias amostras da população haviam recebido garantias de que a raça humana tinha feito contato com extraterrestres. Muitas das cobaias testadas estavam – com o auxílio de drogas, hipnose e efeitos visuais – sob a impressão de que realmente tinham conhecido criaturas de outros planetas, então suas reações foram consideradas autênticas.

Algumas dessas reações foram bastante violentas; parecia haver uma profunda tendência à xenofobia em seres humanos aparentemente normais. Levando-se em conta o registro de linchamentos, *pogroms* e outras afabilidades da humanidade, isso não deveria ter surpreendido ninguém; mesmo assim, os organizadores do estudo ficaram profundamente perturbados, e os resultados nunca foram publicados. As cinco ondas separadas de pânico provocadas no século 20 por transmissões de rádio de *A Guerra dos Mundos*, de H. G. Wells, também reforçaram as conclusões do estudo...

Apesar desses argumentos, Bowman às vezes se perguntava se o perigo de um choque cultural era a única explicação para o extremo sigilo da missão. Algumas pistas que eles haviam deixado escapar durante as reuniões sugeriam que o bloco EUA – URSS esperava tirar vantagem de ser o primeiro a contatar extraterrestres inteligentes. De seu ponto de vista atual, olhando para a Terra como uma estrela fraca quase perdida no Sol, tais considerações pareciam ridiculamente provincianas.

Ele estava muito mais interessado – embora isso agora fossem águas passadas – na teoria sugerida para justificar o comportamento de Hal. Ninguém jamais teria certeza da verdade, mas o fato de que um dos 9000 do Controle da Missão havia sido levado a uma psicose idêntica, e estava agora em terapia profunda, sugeria que essa explicação era a correta. Não cometeriam o mesmo erro novamente; e o fato de que os construtores de Hal haviam fracassado completamente em entender a psicologia de sua própria criação mostrava como poderia ser difícil estabelecer comunicações com seres *realmente* alienígenas.

Bowman podia facilmente acreditar na teoria do dr. Simonson, de que sentimentos inconscientes de culpa, provocados por seus conflitos de programação, haviam feito Hal tentar interromper o circuito com a Terra. E ele gostava de pensar – embora isso também fosse algo que jamais se pudesse provar – que Hal não tivera intenção de matar Poole. Ele havia meramente tentado destruir as evidências, pois, assim que a unidade AE 35, reportada como queimada, provasse estar operacional, sua mentira seria revelada. Depois disso, como qualquer criminoso desajeitado apanhado numa teia cada vez mais emaranhada de mentiras, ele havia entrado em pânico.

E pânico era algo que Bowman entendia, melhor do que gostaria de entender, pois ele o havia conhecido duas vezes na vida. A primeira vez em criança, quando ficara preso numa linha de surfe e quase se afogara; a segunda, como astronauta em treinamento, quando um medidor defeituoso o havia convencido de que seu oxigênio acabaria antes que ele conseguisse chegar a um local seguro.

Em ambas as ocasiões, quase perdera o controle de todos os seus processos lógicos superiores; havia ficado a segundos de se tornar um saco frenético de impulsos aleatórios. Em ambas as vezes, ele vencera, mas sabia muito bem que qualquer homem, nas circunstâncias certas, podia ser desumanizado pelo pânico.

Se podia acontecer a um homem, então podia acontecer a Hal. E, com esse conhecimento, a amargura e a sensação de traição que ele sentia em relação ao computador começaram a desaparecer. Agora, de qualquer maneira, isso pertencia a um passado que estava inteiramente encoberto pela ameaça, e pela promessa, do futuro desconhecido.

32

COM RELAÇÃO A ETs

Com exceção das refeições feitas às pressas no carrossel – por sorte, os principais dispensers de comida não haviam sofrido danos – Bowman praticamente vivia no Convés de Controle. Ele cochilava na sua poltrona e, assim, podia ver qualquer problema tão logo os primeiros sinais aparecessem na tela. Seguindo instruções do Controle da Missão, improvisara diversos sistemas de emergência, que estavam funcionando toleravelmente bem. Parecia até mesmo possível que sobrevivesse até a *Discovery* chegar a Saturno – o que, naturalmente, ela faria quer ele estivesse vivo ou não.

Embora não tivesse tempo suficiente para fazer passeios turísticos, e o céu do espaço não fosse novidade para ele, o conhecimento do que havia lá fora agora, além das janelas de observação, às vezes tornava difícil para ele se concentrar até mesmo no problema da sobrevivência. Direto à frente, como a nave estava agora orientada, a Via Láctea se espalhava, com suas nuvens de estrelas tão densamente aglomeradas que entorpeciam a mente. Lá estavam as névoas flamejantes de Sagitário, aqueles enxames fervilhantes de sóis que ocultavam para sempre o coração da Galáxia da visão humana. Lá estava a lúgubre sombra do Saco de Carvão, aquele buraco no espaço onde nenhuma estrela brilhava. E lá estava Alfa Centauri, o mais próximo de todos os sóis alienígenas – a primeira parada além do Sistema Solar.

Embora superada em brilho por Sírius e Canopus, era Alfa Centauri que atraía os olhos e a mente de Bowman sempre que olhava para o espaço. Pois aquele ponto brilhante constante, cujos raios haviam levado quatro anos para atingi-lo, passaram a simbolizar os debates secretos que agora aconteciam a todo vapor na Terra, e cujos ecos chegavam a ele de tempos em tempos.

Ninguém duvidava de que devia existir alguma ligação entre a A.M.T.-1 e o sistema de Saturno, mas dificilmente algum cientista admitiria que as criaturas que erigiram o monolito pudessem ter se originado ali. Como possível berço de vida, Saturno era ainda mais hostil do que Júpiter, e suas muitas luas estavam congeladas num inverno eterno, a trezentos graus abaixo de zero. Só uma delas – Titã – possuía atmosfera, que era um envelope fino de metano venenoso.

Então, talvez as criaturas que haviam visitado a Lua da Terra tanto tempo atrás não fossem meramente extraterrestres, mas extrassolares – visitantes das estrelas, que estabeleciam suas bases onde lhes aprouvesse. E isso imediatamente levantava outro problema: seria possível que *qualquer* tecnologia, não importa o quão avançada, fosse capaz de cruzar o terrível abismo entre o Sistema Solar e o mais próximo sol alienígena?

Muitos cientistas negavam categoricamente essa possibilidade. Eles ressaltavam que a *Discovery*, a nave mais rápida já projetada, levaria vinte mil anos para alcançar Alfa Centauri – e milhões de anos para atravessar qualquer distância apreciável pela Galáxia. Mesmo que, no decorrer dos próximos séculos, os sistemas de propulsão fossem tão aprimorados a ponto de se tornarem irreconhecíveis, no fim das contas encontrariam a barreira intransponível da velocidade da luz, que nenhum objeto material podia superar. Portanto, os construtores da A.M.T.-1 *devem* ter compartilhado o mesmo Sol do Homem, e, como não haviam feito nenhuma aparição em tempos históricos modernos, provavelmente estavam extintos.

Uma minoria bastante ruidosa se recusava a concordar. Mesmo que fossem necessários séculos para viajar de uma estrela a outra, eles argumentavam, isso não seria obstáculo para exploradores suficientemente determinados. A técnica de hibernação, utilizada na própria *Discovery*, era uma possível resposta. Outra era o mundo artificial autocontido, embarcando em viagens que poderiam durar muitas gerações.

De toda maneira, por que se deveria supor que todas as espécies inteligentes teriam uma vida tão curta quanto a do Homem? Poderiam existir criaturas no Universo para as quais uma viagem de mil anos não representaria nada pior do que um ligeiro tédio...

Esses argumentos, por mais teóricos que fossem, referiam-se a uma questão de profunda importância prática: envolviam o conceito de "tempo de reação". Se a A.M.T.-1 havia de fato enviado um sinal para as estrelas – talvez com o auxílio de outro dispositivo perto de Saturno – então ele só chegaria a seu destino depois de anos. Portanto, mesmo que a resposta fosse imediata, a humanidade teria um tempo para respirar que certamente poderia ser medido em décadas – mais provavelmente em séculos. Para muitas pessoas, era um pensamento reconfortante.

Mas não para todas. Alguns cientistas – a maioria deles vagando pelas praias mais inóspitas da física teórica – faziam uma pergunta perturbadora: "Temos *certeza* de que a velocidade da luz é uma barreira intransponível?". Era verdade que a Teoria Especial da Relatividade se revelara notavelmente durável e em breve faria seu primeiro centenário, mas já havia começado a mostrar algumas rachaduras. E, mesmo que Einstein não pudesse ser desafiado, podia ser contornado.

Aqueles que defendiam essa visão falavam esperançosamente de atalhos por dimensões mais elevadas, linhas mais do que retas, e conectividade hiperespacial. Eles gostavam de usar um termo expressivo cunhado por um matemático de Princeton no século passado: "buracos de minhoca no espaço". Críticos que sugeriram que essas ideias eram fantásticas demais para serem levadas a sério foram lembrados da frase de Niels Bohr: "Sua teoria é louca, mas não tão louca a ponto de estar certa".

Se havia disputa entre os físicos, não era nada quando comparada à que existia entre os biólogos, quando discutiam o velho e considerável problema: "Qual seria a aparência de extraterrestres inteligentes?". Eles se dividiam em dois campos opostos, um argumentando que tais criaturas teriam de ser humanoides, o outro igualmente convencido de que "eles" em nada se pareceriam com humanos.

Os defensores da primeira resposta eram os que acreditavam que a concepção de dois braços, duas pernas e principais órgãos sensoriais no ponto mais alto era tão básica e tão sensata que era difícil pensar em algo melhor. Naturalmente, haveria diferenças menores, como seis dedos em vez de cinco, cores de pele ou de cabelo estranhas e arranjos faciais peculiares, mas a maioria dos extraterrestres inteligentes – normalmente abreviados como ETs – seria tão semelhante ao Homem que ninguém olharia duas vezes para eles sob uma iluminação fraca ou a distância.

Esse pensamento antropomórfico era ridicularizado por outro grupo de biólogos, verdadeiros produtos da Era Espacial, que se sentiam livres dos preconceitos do passado. Ressaltavam que o corpo humano era o resultado de milhões de escolhas evolucionárias, feitas pelo acaso ao longo de eras e mais eras. Em qualquer um desses incontáveis momentos de decisão, os dados do jogo genético poderiam ter rolado de modo diferente, talvez com resultados melhores, pois o corpo humano era um produto bizarro de improvisação, cheio de órgãos que haviam sido desviados de uma função para outra, nem sempre com muito sucesso – e até contendo itens descartáveis, como o apêndice, que eram agora mais do que inúteis.

Havia outros pensadores, Bowman também descobriu, que defendiam pontos de vista ainda mais exóticos. Esses não acreditavam que seres realmente avançados possuíssem corpos orgânicos. Cedo ou tarde, à medida que seu conhecimento científico avançasse, eles se livrariam de seus lares frágeis e sujeitos a doenças e acidentes que a Natureza lhes dera, e que os condenavam à morte inevitável. Substituiriam seus corpos naturais à medida que se desgastassem – ou talvez até mesmo antes – por construções de metal e plástico e, assim, alcançariam a imortalidade. O cérebro poderia permanecer um pouco como o último remanescente do corpo orgânico, direcionando seus membros mecânicos e observando o Universo através de seus sentidos eletrônicos – sentidos bem mais refinados e sutis do que aqueles que a evolução cega jamais poderia desenvolver.

Mesmo na Terra, os primeiros passos nessa direção tinham sido dados. Havia milhões de homens, condenados em épocas anteriores, que hoje viviam vidas ativas e felizes graças a membros, rins, pulmões e corações artificiais. Esse processo só podia ter uma conclusão, por mais distante que estivesse.

E, no devido tempo, talvez até mesmo o cérebro fosse embora. Como base da consciência, ele não era essencial; o desenvolvimento da inteligência eletrônica tinha provado isso. O conflito entre mente e máquina poderia ser finalmente resolvido na eterna trégua da simbiose completa...

Mas isso seria o fim? Alguns poucos biólogos de inclinação mística iam ainda mais longe. Eles especulavam, extraindo seus palpites das crenças de muitas religiões, que a mente um dia se libertaria da matéria. O corpo robótico, como o de carne e osso, não seria mais do que um trampolim para algo que, há muito tempo, os homens haviam chamado de "espírito".

E, se houvesse alguma coisa além *disso*, seu nome só poderia ser Deus.

33

EMBAIXADOR

Durante os últimos três meses, David Bowman tinha se adaptado tão completamente ao seu modo de vida solitário que achava difícil se lembrar de qualquer outra existência. Havia superado o desespero e a esperança e se acomodado numa rotina, em grande parte, automática, pontuada por crises ocasionais quando um ou outro dos sistemas da *Discovery* apresentava sinais de mau funcionamento.

Mas não havia superado a curiosidade, e, às vezes, pensar no objetivo ao qual se dirigia enchia-o de uma sensação de euforia e de um sentimento de poder. Ele não só era um representante de toda a raça humana, como também suas ações durante as próximas semanas poderiam determinar o próprio futuro dela. Em toda a história, nunca houvera situação como aquela. Ele era um Embaixador Extraordinário – Plenipotenciário de toda a humanidade.

Saber disso o ajudou de muitas maneiras sutis. Mantinha-se limpo e arrumado. Não importava quanto estivesse cansado, nunca deixava de se barbear. O Controle da Missão, ele sabia, o observava bem de perto em busca dos primeiros sinais de qualquer comportamento anormal, e ele estava determinado a que essa observação fosse em vão – pelo menos, para quaisquer sintomas sérios.

Bowman estava ciente de algumas mudanças em seus padrões

comportamentais. Teria sido absurdo esperar algo diferente naquelas circunstâncias. Ele não conseguia mais tolerar o silêncio. Exceto quando estava dormindo ou falando no circuito para a Terra, mantinha o sistema de som da nave ligado num volume quase insuportável.

No começo, por precisar da companhia da voz humana, tinha ouvido peças clássicas – especialmente as obras de Shaw, Ibsen e Shakespeare – ou leituras de poesia da enorme biblioteca de sons gravados da *Discovery*. Os problemas com os quais esses textos lidavam, entretanto, pareciam tão remotos, ou tão facilmente solucionáveis com um pouco de bom senso, que, depois de um tempo, perdeu a paciência com eles.

Então passou a ouvir ópera, normalmente em italiano ou alemão, para não se distrair sequer com o mínimo de conteúdo intelectual que a maioria das óperas continha. Essa fase durou duas semanas, antes que ele percebesse que o som daquelas vozes soberbamente treinadas só estava exacerbando sua solidão. Mas o que finalmente encerrou esse ciclo foi a *Missa de Réquiem* de Verdi, que ele nunca tinha ouvido ser executada na Terra. O *Dies Irae*, rugindo de maneira lúgubre e apropriada pela nave vazia, deixou-o completamente abalado; e quando as trombetas do Juízo Final ecoaram dos céus, não conseguiu suportar mais.

Dali em diante, passou a tocar somente música instrumental. Começou com compositores românticos, mas os descartou um a um, à medida que suas expansões emocionais se tornaram opressivas demais. Sibelius, Tchaikovsky. Berlioz durou algumas semanas, Beethoven um pouco mais. Finalmente, encontrou paz, como tantos outros já tinham encontrado, na arquitetura abstrata de Bach, ocasionalmente ornamentada por Mozart.

E assim a *Discovery* seguia na direção de Saturno, a maior parte do tempo soando com a música serena do cravo, executando os pensamentos congelados de um cérebro que tinha virado pó há duzentos anos.

* * *

Mesmo à distância de seus atuais dezesseis milhões de quilômetros, Saturno já parecia maior do que a Lua vista da Terra. A olho nu, era um glorioso espetáculo; pelo telescópio, era inacreditável.

O corpo do planeta poderia ter sido confundido com Júpiter, num de seus momentos mais tranquilos. Havia as mesmas faixas de nuvens – embora mais pálidas e menos distintas do que naquele mundo ligeiramente maior – e as mesmas perturbações de tamanho continental movendo-se lentamente ao longo da atmosfera. Entretanto, havia uma diferença impressionante entre os dois planetas, mesmo de relance. Era óbvio que Saturno não era esférico. Era tão achatado nos polos que, às vezes, dava a impressão de uma ligeira deformidade.

Mas a glória dos anéis atraía continuamente o olhar de Bowman para longe do planeta. Em sua complexidade de detalhes, e delicadeza de sombreamento, eram um universo em si mesmos. Além do grande abismo principal entre os anéis internos e externos, existiam pelo menos cinquenta outras subdivisões ou fronteiras, onde havia mudanças distintas no brilho do halo gigantesco do planeta. Era como se Saturno fosse cercado por dezenas de aros concêntricos, todos se tocando, todos tão achatados que podiam ter sido cortados do papel mais fino possível. O sistema de anéis parecia uma delicada obra de arte, ou um brinquedo frágil a ser admirado, mas nunca tocado. Nenhuma força de vontade faria com que Bowman conseguisse de fato apreciar sua verdadeira escala, e convencer a si mesmo de que todo o planeta Terra, se colocado ali, iria parecer uma esfera de rolamento circulando na borda de um prato de jantar.

Às vezes, uma estrela passava atrás dos anéis, perdendo apenas um pouco de seu brilho ao fazê-lo. Ela continuava a brilhar através do material translúcido, embora com frequência ela piscasse de leve, quando fragmentos de escombros maiores em órbita a eclipsavam.

Os anéis, como se sabia desde o século 19, não eram sólidos; isso era uma impossibilidade mecânica. Eles consistiam em incontáveis miríades de fragmentos, talvez os restos de uma lua que havia se aproximado demais e sido despedaçada pela grande força de maré do planeta. Qualquer que fosse sua origem, a raça humana teve a sorte de ter visto tal maravilha; ela só poderia existir por um breve momento na história do Sistema Solar.

Há muito tempo, em 1945, um astrônomo britânico havia enfatizado que os anéis eram efêmeros; havia forças gravitacionais em ação que em breve os destruiriam. Recuando esse argumento no tempo, deduziu-se que eles haviam sido criados apenas recentemente – uns meros dois ou três milhões de anos atrás.

Mas ninguém jamais pensara minimamente na curiosa coincidência de que os anéis de Saturno haviam nascido ao mesmo tempo que a raça humana.

34

O GELO EM ÓRBITA

A *Discovery* estava agora bem no interior do imenso sistema de luas, e o grande planeta propriamente dito estava a menos de um dia de distância. A nave há muito tempo ultrapassara a fronteira demarcada pela lua mais distante, Febe, que se movia para trás, numa órbita solitariamente excêntrica, a doze milhões de quilômetros de seu planeta. À sua frente, estavam agora Jápeto, Hipérion, Titã, Reia, Dione, Tétis, Encélado, Mimas – e os anéis propriamente ditos. Todos os satélites mostravam um labirinto de detalhes de superfície no telescópio, e Bowman havia transmitido para a Terra o maior número de fotografias que pôde tirar. Só Titã – quase cinco mil quilômetros de diâmetro e tão grande quanto o planeta Mercúrio – ocuparia uma equipe de análise por meses; ele só poderia dar a Titã, e a todos os seus companheiros gelados, o mais breve dos olhares. Não havia necessidade de mais; já tinha absoluta certeza de que Jápeto era de fato seu objetivo.

Todos os outros satélites estavam marcados por ocasionais crateras de meteoros – embora fossem em muito menor número do que em Marte e mostrassem padrões aparentemente aleatórios de luz e sombra, com alguns pontos brilhantes aqui e ali, provavelmente trechos de gás congelado. Somente Jápeto tinha uma geografia distinta e, na verdade, muito estranha.

Um hemisfério do satélite – que, assim como seus companheiros, mantinha a mesma face sempre virada na direção de Saturno – era extremamente escuro, e mostrava muito poucos detalhes de superfície. Em completo contraste, o outro era dominado por uma oval branca brilhante, com cerca de seiscentos quilômetros de comprimento e trezentos de largura. No momento, apenas parte daquela formação impressionante estava na luz do dia, mas a razão para as extraordinárias variações de brilho de Jápeto era agora bastante óbvia. No lado oeste da órbita da lua, a elipse brilhante era apresentada na direção do Sol – e da Terra. Na fase leste, o trecho ficava voltado para o outro lado, e só o hemisfério que refletia mal a luz podia ser observado.

A grande elipse era perfeitamente simétrica, estendendo-se pelo equador de Jápeto com seu eixo maior apontando na direção dos polos, e tinha as bordas tão definidas que quase parecia que alguém havia cuidadosamente pintado uma grande oval branca na face da pequena lua. Ela era completamente plana, e Bowman imaginou se poderia ser um lago de líquido congelado, embora isso dificilmente explicasse seu aspecto assombrosamente artificial.

Mas não tinha muito tempo para estudar Jápeto no seu caminho rumo ao coração do sistema saturnino, pois o clímax da viagem – a última manobra de perturbação da *Discovery* – estava se aproximando rapidamente. Na passagem por Júpiter, a nave tinha usado o campo gravitacional do planeta para aumentar sua velocidade. Agora, ela devia fazer o reverso: tinha de perder o máximo de velocidade possível, para não fugir do Sistema Solar e sair voando para as estrelas. Seu curso atual era traçado para aprisioná-la, de modo a se tornar outra lua de Saturno, indo e vindo ao longo de uma elipse estreita de três milhões de quilômetros de extensão. Em seu ponto mais próximo, ela quase tocaria no planeta; em seu ponto mais distante, tocaria a órbita de Jápeto.

Os computadores lá da Terra, embora suas informações estivessem sempre três horas atrasadas, garantiram a Bowman que tudo estava em ordem. Velocidade e atitude estavam corretas; não havia mais nada a fazer, até o momento da maior aproximação.

* * *

O imenso sistema de anéis agora cobria o céu, e a nave já estava passando por sua borda mais externa. Ao olhar para eles de uma altura de cerca de quinze mil quilômetros, Bowman pôde ver pelo telescópio que os anéis eram compostos, em grande parte, de gelo, reluzindo e cintilando à luz do Sol. Era como se ele estivesse voando sobre uma nevasca que ocasionalmente clareasse para revelar, onde deveria ser o chão, lampejos surpreendentes de noite e estrelas.

Enquanto a *Discovery* fazia uma curva e se aproximava ainda mais de Saturno, o Sol descia lentamente na direção dos múltiplos arcos dos anéis. Agora, eles haviam se tornado uma fina ponte prateada que cobria todo o céu. Embora fossem tênues demais para fazer algo mais do que diminuir o brilho da luz solar, suas miríades de cristais refratavam e espalhavam-na numa pirotecnia estonteante. E, à medida que o Sol se movia para trás dos pedaços de mil quilômetros de largura de gelo orbitante, pálidos fantasmas de si mesmos marchavam e se fundiam pelo céu, e os céus se enchiam de clarões e lampejos cambiantes. Então o Sol afundou abaixo dos anéis, de forma que eles o enquadraram com seus arcos, e os fogos de artifício celestiais cessaram.

Um pouco mais tarde, a nave fez a curva para a sombra de Saturno, ao realizar sua maior aproximação sobre o lado noturno do planeta. Acima brilhavam as estrelas e os anéis; abaixo jazia um mar de nuvens pouco visível. Não havia nenhum dos misteriosos padrões de luminosidade que brilhavam na noite joviana; talvez Saturno fosse frio demais para esses espetáculos. A sarapintada paisagem de nuvens revelava-se apenas pela irradiação fantasmagórica refletida dos icebergs orbitantes, ainda iluminados pelo Sol oculto. Mas, no centro do arco, havia um grande e extenso abismo escuro, como a parte que faltava de uma ponte incompleta, onde a sombra do planeta jazia sobre seus anéis.

O contato de rádio com a Terra foi interrompido, e não poderia ser retomado até que a nave emergisse da massa eclipsante de Saturno. Talvez fosse bom que Bowman estivesse ocupado demais agora para pensar em sua solidão subitamente ampliada. Durante as próximas horas, cada segundo estaria tomado pela checagem das manobras de frenagem, já programadas pelos computadores da Terra.

Após meses de inatividade, os propulsores principais começaram a derramar suas cataratas de quilômetros de comprimento, rios de plasma reluzente. A gravidade retornou, ainda que brevemente, ao mundo sem peso do Convés de Controle. E, centenas de quilômetros abaixo, as nuvens de metano e amônia congelada queimavam com uma luz que elas nunca tinham conhecido antes, enquanto a *Discovery*, um sol minúsculo e feroz, varria a noite de Saturno.

Finalmente, a aurora pálida estava à frente. A nave, que se movia cada vez mais devagar agora, emergia para a luz do dia. Não podia mais fugir do Sol, ou mesmo de Saturno, mas ainda estava se movendo com rapidez suficiente para sair do planeta até roçar a órbita de Jápeto, a três milhões de quilômetros de distância.

A *Discovery* levaria quatorze dias para fazer aquela escalada, ao costear uma vez mais, embora em ordem inversa, os caminhos de todas as luas interiores. Uma a uma, ela atravessaria as órbitas de Mimas, Encélado, Tétis, Dione, Reia, Titã, Hipérion... mundos portando os nomes de deuses e deusas que haviam desaparecido apenas ontem, na forma como o tempo era contado ali.

Então, ela chegaria a Jápeto e deveria realizar seu encontro. Se não conseguisse, voltaria a cair na direção de Saturno e repetiria sua elipse de vinte e oito dias indefinidamente.

Não haveria chance de um segundo encontro se a *Discovery* perdesse essa tentativa. Na próxima volta, Jápeto estaria muito longe, quase do outro lado de Saturno.

Era verdade que eles se encontrariam de novo, quando as órbitas da nave e do satélite se cruzassem uma segunda vez. Mas essa reunião estava a tantos anos no futuro que, o que quer que acontecesse, Bowman sabia que não iria testemunhá-la.

35

O OLHO DE JÁPETO

Quando Bowman observou Jápeto pela primeira vez, aquele curioso trecho elíptico de brilho estava parcialmente na sombra, iluminado apenas pela luz de Saturno. Agora, à medida que a lua se movia devagar ao longo de sua órbita de setenta e nove dias, emergia para a plena luz do dia.

Enquanto a observava crescer, e a *Discovery* subia cada vez mais lentamente na direção de seu inevitável compromisso, Bowman se deu conta de uma obsessão perturbadora. Ele nunca a mencionara em suas conversas – ou melhor, em seus comentários de passagem – com o Controle da Missão, pois poderia parecer que ele já estivesse sofrendo de delírios.

E talvez de fato estivesse, pois ele meio que havia se convencido de que a elipse brilhante, disposta contra o fundo escuro do satélite, era um imenso olho vazio, cravado nele enquanto se aproximava. Era um olho sem pupila, pois em nenhum lugar conseguia ver nada que estragasse sua perfeita brancura.

Somente quando a nave estava a oitenta mil quilômetros de distância, e Jápeto era duas vezes maior do que a Lua familiar da Terra, ele reparou no minúsculo ponto preto no centro exato da elipse. Mas não havia tempo, naquele momento, para nenhum exame detalhado; já era hora das manobras terminais.

Pela última vez, o propulsor principal da *Discovery* liberou suas energias. Pela última vez, a fúria incandescente de átomos moribundos resplandeceu entre as luas de Saturno. Para David Bowman, o sussurro distante e o impulso crescente dos jatos traziam um sentimento de orgulho – e de tristeza. Os soberbos motores haviam cumprido seu dever com eficiência impecável. Haviam levado a nave da Terra até Júpiter, e de lá até Saturno; agora, era a última vez que funcionariam. Quando a *Discovery* esvaziasse seus tanques de combustível, ficaria tão indefesa e inerte quanto qualquer cometa ou asteroide, uma impotente prisioneira da gravitação. Mesmo quando a nave de resgate chegasse, em alguns anos, não seria viável economicamente reabastecê-la para que pudesse voltar à Terra. Ela seria, eternamente em órbita, um monumento aos primeiros tempos da exploração planetária.

Os milhares de quilômetros se reduziram a centenas, e, quando isso aconteceu, os marcadores de combustível foram rapidamente caindo na direção do zero. No painel de controle, os olhos de Bowman iam e vinham, ansiosos, entre a tela de situação e os mapas improvisados que ele agora tinha de consultar para todas as decisões em tempo real. Seria um horrível anticlímax se, depois de ter sobrevivido a tanta coisa, não conseguisse realizar o encontro por falta de alguns quilos de combustível...

O assovio dos jatos se desvaneceu, quando o propulsor principal morreu e apenas os motores *vernier* continuaram a empurrar a *Discovery* delicadamente na direção da órbita. Jápeto era agora um crescente gigante que preenchia o céu. Até aquele momento, Bowman sempre pensara nele como um objeto minúsculo e insignificante – como de fato era, se comparado ao mundo em torno do qual girava. Agora, assomando ameaçadoramente acima dele, parecia enorme – um martelo cósmico pronto para esmagar a *Discovery* como uma casca de noz.

Jápeto estava se aproximando tão devagar que mal parecia se mover, e foi impossível dizer o momento exato em que fez a mudança sutil de um corpo astronômico para uma paisagem, apenas oitenta quilômetros abaixo. Os fiéis *verniers* deram seus últimos espasmos de impulsão, e depois se fecharam para sempre. A nave estava em sua órbita final, completando uma revolução a cada três horas em meros mil quilômetros por hora – toda a velocidade necessária naquele fraco campo gravitacional.

A *Discovery* havia se tornado o satélite de um satélite.

36

O IRMÃO MAIOR

– Estou dando a volta para o lado diurno novamente, e está exatamente como reportei na última órbita. Este lugar parece ter apenas dois tipos de material de superfície. A coisa preta parece *queimada*, quase como carvão, e com o mesmo tipo de textura, até onde consigo julgar pelo telescópio. Na verdade, me lembra muito torrada queimada...

... Ainda não consigo entender a área branca. Ela começa numa fronteira de bordas absolutamente bem definidas, e não revela nenhum detalhe de superfície. Poderia até ser um líquido – é plana o suficiente. Não sei qual a impressão que vocês tiveram a partir dos vídeos que transmiti, mas se imaginaram um mar de leite congelado, têm a ideia exata...

... Poderia até ser algum gás pesado; não, suponho que isso seja impossível. Às vezes, tenho a sensação de que está se movendo, bem devagar, mas nunca consigo ter certeza...

... Estou sobre a área branca mais uma vez, em minha terceira órbita. Desta vez, espero passar mais perto da marca que avistei em seu centro exato, quando estava chegando aqui. Se meus cálculos estiverem corretos, deverei passar a oitenta quilômetros daquilo... o que quer que seja...

... Sim, há alguma coisa à frente, exatamente onde calculei. Está aparecendo sobre o horizonte... e Saturno também, quase no mesmo quadrante do céu. Vou mover o telescópio...

... Olá! Parece algum tipo de edifício... completamente preto, bem difícil de ver. Sem janelas ou qualquer outra característica. Apenas uma placa vertical grande... deve ter pelo menos um quilômetro e meio de altura para ser visível desta distância. Me lembra... é claro! *É exatamente igual à coisa que vocês acharam na Lua!* É o irmão maior da A.M.T.-1!

37

EXPERIÊNCIA

Chamem-no Portal das Estrelas.

Por três milhões de anos ele orbitara Saturno, esperando um momento do destino que poderia nunca vir. Em sua criação, uma lua havia sido despedaçada, e os destroços de sua criação ainda orbitavam.

Agora, a longa espera estava terminando. Em outro mundo, a inteligência havia nascido e estava escapando de seu berço planetário. Uma antiga experiência estava prestes a atingir seu clímax.

Aqueles que haviam iniciado essa experiência, tanto tempo atrás, não tinham sido homens, nem sequer remotamente humanos. Mas eram de carne e osso e, quando olharam para as profundezas do espaço, sentiram assombro, e maravilhamento, e solidão. Assim que tiveram o poder, partiram para as estrelas.

Em suas explorações, encontraram vida em muitas formas e observaram o curso da evolução em mil mundos. Viram com que frequência as primeiras tênues centelhas de inteligência bruxulearam e se apagaram na noite cósmica.

E como, em toda a Galáxia, não encontraram nada mais precioso do que a Mente, incentivaram seu despertar em toda parte. Tornaram-se fazendeiros nos campos de estrelas; plantavam, e às vezes colhiam.

E, às vezes, imparcialmente, tinham de eliminar as ervas daninhas.

Os grandes dinossauros há muito haviam perecido quando a nave de exploração penetrou no Sistema Solar, depois de uma viagem que já durava mil anos. Ela passou direto pelos planetas externos congelados, fez uma breve pausa sobre os desertos do moribundo Marte e, em seguida, olhou para a Terra.

Descortinando-se abaixo deles, os exploradores viram um mundo fervilhando de vida. Por anos, estudaram, coletaram, catalogaram. Quando aprenderam tudo o que podiam, começaram a modificá-lo. Brincaram com o destino de muitas espécies, em terra e no oceano. Mas quais de suas experiências dariam certo, não tinham como saber, por pelo menos um milhão de anos.

Eles eram pacientes, mas ainda não eram imortais. Havia muito a fazer nesse universo de cem bilhões de sóis, e outros mundos estavam chamando. Então, partiram uma vez mais para o abismo, sabendo que nunca mais passariam por ali.

Nem havia mais necessidade disso. Os servos que haviam deixado para trás fariam o resto.

Na Terra, os glaciares iam e vinham, enquanto acima deles a imutável Lua ainda carregava seu segredo. Com um ritmo ainda mais lento do que o gelo polar, as marés das civilizações fluíam e refluíam pela Galáxia. Estranhos, belos e terríveis impérios se ergueram e caíram, e passaram seu conhecimento para seus sucessores. A Terra não foi esquecida, mas outra visita não faria muito sentido. Ela era um dentre um milhão de mundos silenciosos, poucos dos quais jamais viriam a falar.

E agora, lá fora entre as estrelas, a evolução estava se dirigindo para novos objetivos. Os primeiros exploradores da Terra há muito haviam chegado aos limites da carne e do osso. Assim que suas máquinas ficaram melhores do que seus corpos, chegara a hora de mudar. Primeiro seu cérebro, depois apenas seus pensamentos, eles transferiram para novos lares reluzentes de metal e plástico.

Neles, vagaram entre as estrelas. Eles não construíam mais espaçonaves. Eles *eram* as espaçonaves.

Mas a era das entidades-Máquinas passou rapidamente. Em seus incessantes experimentos, haviam aprendido a armazenar conhecimento na estrutura do próprio espaço, e a preservar seus pensamentos por toda a eternidade em moléculas congeladas de luz. Tornaram-se criaturas de radiação, finalmente livres da tirania da matéria.

Em pura energia, portanto, eles se transformaram em seguida; e, em mil mundos, as cascas vazias que eles descartaram estrebucharam durante um tempo, numa dança maquinal de morte, e depois se desintegraram em ferrugem.

Agora, eles eram os senhores da Galáxia, e além do alcance do tempo. Podiam perambular à vontade por entre as estrelas, e afundar como uma névoa sutil através dos próprios interstícios do espaço. Mas, apesar de seus poderes divinos, não haviam esquecido completamente sua origem, na gosma quente de um mar desaparecido.

E ainda cuidavam das experiências que seus ancestrais haviam iniciado há tanto tempo.

38

A SENTINELA

– O ar na nave está ficando bastante viciado, e passo a maior parte do tempo com dor de cabeça. Ainda há muito oxigênio, mas os purificadores nunca chegaram a limpar toda a sujeira, depois que os líquidos a bordo começaram a ferver no vácuo. Quando as coisas ficam muito ruins, eu desço até a garagem e abro um pouco de oxigênio dos casulos...

... Não houve nenhuma reação aos meus sinais, e, devido à minha inclinação orbital, estou lentamente ficando cada vez mais distante da A.M.T.-2. A propósito, o nome que vocês deram é duplamente inadequado – ainda não há vestígio de campo magnético...

... No momento, minha aproximação maior é de cem quilômetros; ela aumentará para cerca de cento e sessenta quando Jápeto rotacionar abaixo de mim, depois voltará a zero. Vou passar diretamente sobre a coisa em trinta dias, mas isso é tempo demais para esperar e, de qualquer maneira, a coisa estará na escuridão...

... Mesmo agora, ela só fica visível por alguns minutos, antes de cair abaixo do horizonte novamente. É muito frustrante; não consigo fazer nenhuma observação séria...

... Então, eu gostaria de sua aprovação para este plano. Os casulos espaciais têm delta-v mais do que suficiente para aterrissar lá e retornar à nave. Quero fazer um extraveicular e uma inspeção de perto do objeto. Se parecer seguro, vou pousar ao lado dele, ou até mesmo em cima dele...

... A nave ainda estará acima do meu horizonte, enquanto eu estiver descendo, assim posso transmitir tudo a vocês. Eu me comunico de novo na próxima órbita, então, só ficarei sem contato por noventa minutos...

... Estou convencido de que esta é a única coisa a fazer. Percorri um bilhão e meio de quilômetros; não quero que os últimos cem me detenham.

* * *

Por semanas, enquanto ele encarava o Sol eternamente com seus estranhos sentidos, o Portal das Estrelas havia observado a nave se aproximando. Seus criadores o haviam preparado para muitas coisas, e esta era uma delas. Ele reconhecia o que estava subindo em sua direção, vindo do coração quente do Sistema Solar.

Se estivesse vivo, teria sentido empolgação, mas tal emoção estava inteiramente além de seus poderes. Mesmo que a nave tivesse passado direto por ele, não teria conhecido o menor vestígio de decepção. Ele havia esperado três milhões de anos; estava preparado para esperar a eternidade.

Observou, registrou e não efetuou nenhuma ação quando o visitante verificou sua velocidade com jatos de gás incandescente. Logo sentiu o toque suave de radiações, tentando sondar seus segredos. E ainda assim não fez nada.

Agora, a nave estava em órbita, circulando baixo acima da superfície dessa estranha lua malhada. Ela começou a falar, com rajadas de ondas de rádio, contando os números primos de 1 a 11, repetindo sem parar. Logo essa contagem foi substituída por sinais mais complexos, em muitas frequências – ultravioleta, infravermelhos, raios X. O Portal das Estrelas não respondeu; não tinha nada a dizer.

Então, houve uma longa pausa, antes que ele observasse que havia alguma coisa caindo da nave em órbita em sua direção. Pesquisou suas memórias, e os circuitos lógicos tomaram suas decisões, de acordo com as ordens recebidas há muito tempo.

Sob a luz fria de Saturno, o Portal das Estrelas despertou seus poderes adormecidos.

39

DENTRO DO OLHO

A *Discovery* estava do jeito que ele a tinha visto pela última vez no espaço, flutuando na órbita lunar, com a Lua ocupando metade do céu. Talvez houvesse uma ligeira alteração; ele não tinha certeza, mas parte da pintura de suas letras externas, que anunciavam o objetivo de várias comportas, conexões, cabos umbilicais e outros dispositivos de ligação, havia se desvanecido durante sua longa exposição desprotegida ao Sol.

Aquele Sol era agora um objeto que nenhum homem teria reconhecido. Era brilhante demais para ser uma estrela, mas era possível olhar diretamente para seu minúsculo disco sem desconforto. Ele não emitia nenhum calor; quando Bowman estendeu as mãos sem luvas em seus raios, que se derramavam pela janela do casulo espacial, não sentiu nada na pele. Era como se tentasse se aquecer à luz da Lua; nem mesmo a paisagem alienígena, oitenta quilômetros abaixo, lembrava-lhe mais vividamente sua distância da Terra.

Agora estava deixando, talvez pela última vez, o mundo de metal que havia sido seu lar por tantos meses. Mesmo que jamais retornasse, a nave continuaria a executar suas tarefas, transmitindo leituras de instrumentos para a Terra até que houvesse algum último e catastrófico defeito em seus circuitos.

E se ele *conseguisse* retornar? Bem, poderia continuar vivo, e talvez até são, por mais alguns meses. Mas isso era tudo, pois os sistemas de hibernação eram inúteis sem computador para monitorá-los. Ele não conseguiria sobreviver até que a *Discovery II* fizesse seu encontro com Jápeto, dali a quatro ou cinco anos.

Pôs de lado esses pensamentos quando o crescente dourado de Saturno se ergueu no céu à frente. Em toda a história, ele era o único homem a ter visto aquela cena. Para todos os outros olhos, Saturno sempre havia mostrado todo o seu disco iluminado, inteiramente virado para o Sol. Agora ele era um arco delicado, com os anéis formando uma fina linha que o cortava – como uma flecha prestes a ser disparada, na face do próprio Sol.

Também na linha dos anéis estava a estrela brilhante de Titã, e as fagulhas mais fracas das outras luas. Antes que este século chegasse à metade, os homens teriam visitado todas elas; mas, quaisquer que fossem os segredos que elas pudessem conter, ele jamais os conheceria.

A fronteira de bordas definidas do olho branco e cego vinha rapidamente em sua direção; faltavam menos de duzentos quilômetros a percorrer, e Bowman estaria sobre seu alvo em menos de dez minutos. Desejou que houvesse algum modo de saber se suas palavras estavam chegando à Terra, agora a uma hora e meia de distância à velocidade da luz. Seria a suprema ironia se, devido a alguma falha no sistema de transmissão, ele desaparecesse no silêncio, e ninguém jamais soubesse o que lhe aconteceu.

A *Discovery* ainda era uma estrela brilhante no céu escuro acima. Ele estava ganhando impulso para a frente, à medida que sua velocidade aumentava durante a descida, mas logo os jatos de frenagem do casulo reduziriam a velocidade, e a nave sairia de vista, deixando-o sozinho naquela planície reluzente com o mistério preto em seu centro.

Um bloco de ébano estava escalando a linha do horizonte, eclipsando as estrelas à frente. Ele girou o casulo em torno de seus giroscópios e usou a propulsão total para interromper a velocidade orbital. Num longo arco achatado, desceu na direção da superfície de Jápeto.

Num mundo de gravidade mais alta, a manobra teria sido extravagante demais, em termos de combustível. Mas ali, o casulo espacial pesava apenas alguns quilos; ele tinha vários minutos de tempo de flutuação antes de entrar perigosamente na reserva e ficar encalhado, sem qualquer esperança de retorno à *Discovery*, que ainda estava em órbita. Não, talvez, que fizesse muita diferença...

Sua altitude ainda era de cerca de oito quilômetros, e ele ia direto para a imensa massa escura que planava, em sua perfeição geométrica, sobre a planície uniforme. Ela era tão lisa quanto a superfície branca abaixo; até agora, ele não havia se dado conta de como ela era realmente enorme. Havia pouquíssimos edifícios na Terra tão grandes quanto aquilo; suas fotografias cuidadosamente medidas indicavam uma altura de quase seiscentos metros. E, até onde era possível julgar, suas proporções eram precisamente as mesmas da A.M.T.-1 – aquela curiosa razão de 1:4:9.

– Estou apenas a cinco quilômetros agora, mantendo uma altitude de mil e duzentos metros. Nenhum sinal de atividade ainda – nada em nenhum dos instrumentos. As faces parecem absolutamente lisas e polidas. Certamente seria de se esperar *algum* dano de meteoritos depois de todo esse tempo!...

... E não há destroços sobre o... suponho que poderíamos chamar de telhado. Também não há sinal de nenhuma abertura. Eu esperava que houvesse alguma entrada...

... Agora estou bem em cima dela, pairando a cento e cinquenta metros de altura. Não quero perder tempo, já que a *Discovery* logo ficará fora de alcance. Vou pousar. Ela é certamente sólida o bastante – e, se não for, eu decolo imediatamente...

... Só um minuto... que estranho...

A voz de Bowman morreu no silêncio, de absoluta perplexidade. Ele não estava alarmado; ele, literalmente, não conseguia descrever o que estava vendo.

Esteve pairando sobre um retângulo grande e plano, de duzentos e quarenta metros de comprimento e trinta de largura, feito de algo que parecia sólido como rocha. Mas, agora, parecia estar se afastando dele; era exatamente como uma daquelas ilusões de óptica, quando um objeto tridimensional pode, por vontade própria, parecer virar do avesso – os lados da frente e de trás subitamente trocando de lugar.

Era o que estava acontecendo com aquela estrutura imensa, aparentemente sólida. De modo impossível, incrível, ela não era mais um monolito erguendo-se bem alto sobre uma planície. O que parecia ser seu telhado havia se afastado para profundezas infinitas; por um vertiginoso momento, ele parecia estar olhando para baixo num poço vertical – um duto retangular que desafiava as leis da perspectiva, pois seu tamanho não diminuía com a distância...

O Olho de Jápeto havia piscado, como se para remover um cisco irritante. David Bowman teve tempo para apenas uma frase entrecortada, a qual os homens que aguardavam no Controle da Missão, a quase dois bilhões de quilômetros de distância e noventa minutos no futuro, jamais iriam esquecer:

– A coisa é oca... ela continua para sempre... e... ah, meu Deus... *está cheia de estrelas!*

40

SAÍDA

O Portal das Estrelas se abriu. O Portal das Estrelas se fechou.

Num intervalo de tempo curto demais para ser medido, o Espaço se virou e se retorceu sobre si mesmo.

Então, Jápeto ficou sozinho mais uma vez, como havia ficado por três milhões de anos – sozinho, exceto por uma nave deserta, mas ainda não abandonada, enviando aos seus criadores mensagens em que eles não podiam acreditar, nem compreender.

VI

ATRAVÉS DO PORTAL DAS ESTRELAS

41

ESTAÇÃO CENTRAL

Não havia sensação de movimento, mas ele estava caindo na direção daquelas estrelas impossíveis, brilhando ali no coração escuro de uma lua. Não – *aquilo* não era onde elas realmente estavam, ele tinha certeza. Ele desejava, agora que era tarde demais, ter prestado mais atenção àquelas teorias de hiperespaço, de dutos transdimensionais. Para David Bowman, não eram mais teorias.

Talvez aquele monolito de Jápeto fosse oco; talvez o "telhado" fosse apenas uma ilusão, ou alguma espécie de diafragma que se abrisse para deixá-lo passar. (Mas para dentro de *quê*?) Até onde podia confiar nos seus sentidos, parecia estar caindo verticalmente dentro de um enorme poço retangular com vários milhares de metros de profundidade. Estava se movendo cada vez mais rápido, mas o fim nunca mudava de tamanho e permanecia sempre à mesma distância dele.

Só as estrelas se moviam, no começo, tão devagar que ele demorou algum tempo para perceber que elas estavam escapando da moldura que as prendia. Mas, logo depois, ficou óbvio que o campo de estrelas estava se expandindo, como se corresse na direção dele a uma velocidade incrível. A expansão era não linear; as estrelas no centro mal pareciam se mover, enquanto as que estavam na borda aceleravam cada vez mais rápido, até se tornarem riscos de luz logo antes de sumirem de vista.

Havia outras para substituí-las, fluindo para o centro do campo de uma fonte aparentemente inexaurível. Bowman ficou imaginando o que aconteceria se uma estrela viesse direto em cima dele; ela continuaria a se expandir até mergulhar direto na face de um sol? Mas nenhuma chegou perto o bastante para mostrar um disco; com o tempo, todas caíam para os lados e saíam rapidamente pelas bordas da moldura retangular.

E, ainda assim, a outra extremidade do poço não chegava. Era quase como se as paredes se movessem junto com ele, carregando-o até seu destino desconhecido. Ou, talvez, ele na verdade estivesse imóvel, e o espaço é que estava passando por ele...

Não só o espaço, ele subitamente percebeu, estava envolvido no que quer que estivesse acontecendo com ele agora. O relógio no painel de instrumentos do casulo também estava se comportando de modo estranho.

Normalmente, os números na janela de décimos de segundo passavam tão rápido que era quase impossível lê-los; agora estavam aparecendo e desaparecendo a intervalos distintos, e ele podia contá-los um a um sem dificuldade. Os próprios segundos estavam escoando com incrível lentidão, como se o próprio tempo estivesse parando. Por fim, o contador de décimos de segundo congelou entre cinco e seis.

No entanto, ele ainda podia pensar, e até mesmo observar, enquanto as paredes de ébano passavam fluidas a uma velocidade que podia ser qualquer coisa entre zero e um milhão de vezes a velocidade da luz. De algum modo, não estava nem um pouco surpreso, nem alarmado. Pelo contrário, tinha uma sensação de expectativa tranquila, como sentira quando os médicos espaciais lhe haviam aplicado testes com drogas alucinógenas. O mundo ao seu redor era estranho e maravilhoso, mas não havia nada a temer. Ele viajara aqueles milhões de quilômetros em busca de mistério; e agora, ao que parecia, o mistério vinha em sua direção.

O retângulo à frente estava clareando. Os riscos luminosos das estrelas estavam empalidecendo contra um céu leitoso, cujo brilho aumentava a cada momento. Parecia que o casulo espacial estava se dirigindo para uma banquisa de nuvens, uniformemente iluminadas pelos raios de um sol invisível.

Ele estava emergindo do túnel. A outra extremidade, que até agora havia permanecido naquela mesma distância indeterminada, sem se aproximar nem se afastar, havia subitamente começado a obedecer às leis normais da perspectiva. Ela estava chegando mais perto, e se ampliando cada vez mais à sua frente. Ao mesmo tempo, sentiu que estava se movendo para cima e, por um instante passageiro, imaginou se havia atravessado Jápeto de uma ponta a outra e estaria agora subindo pelo outro lado. Mas, mesmo antes que o casulo espacial saísse em campo aberto, ele já sabia que aquele lugar nada tinha a ver com Jápeto, nem com qualquer mundo dentro da experiência humana.

Não havia atmosfera, pois ele podia ver todos os detalhes com total nitidez, até um horizonte incrivelmente remoto e plano. Ele devia estar pairando sobre um mundo de tamanho enorme – talvez muito maior do que a Terra. Entretanto, apesar de sua extensão, toda a superfície que Bowman podia ver estava coberta por um mosaico de formas obviamente artificiais, que deviam ter quilômetros de cada lado. Era como o quebra-cabeça de um gigante que brincasse com planetas; e, nos centros de muitos daqueles quadrados, triângulos e polígonos, havia poços escuros escancarados, iguais aos do abismo do qual ele acabara de emergir.

Mas o céu acima dele era mais estranho – e, à sua maneira, mais perturbador – do que a improvável terra abaixo, pois não havia estrelas; tampouco havia a escuridão do espaço. Havia apenas uma branquidão leitosa de brilho suave que dava a impressão de uma distância infinita. Bowman se lembrou de uma descrição que um dia ouvira do temido "branco total" antártico: "É como estar dentro de uma bola de pingue-pongue". Essas palavras podiam se aplicar perfeitamente àquele lugar esquisito, mas a explicação devia ser completamente diferente. Aquele céu não podia ser o efeito meteorológico de neblina e neve; ali havia um vácuo perfeito.

Então, quando os olhos de Bowman se acostumaram ao brilho perolado que preenchia os céus, ele percebeu mais um detalhe. O céu não estava, como ele havia pensado à primeira vista, completamente vazio. Pontilhando tudo, imóveis e formando padrões aparentemente aleatórios, havia miríades de minúsculos pontos pretos.

Eram difíceis de ver, pois eram meros pontos de escuridão, mas, uma vez detectados, eram absolutamente inconfundíveis. Lembravam Bowman de alguma coisa – algo tão familiar, mas tão insano, que ele se recusava a aceitar o paralelo, até que a lógica o obrigou a isso.

Os buracos negros no céu branco eram estrelas; ele podia estar olhando para um negativo fotográfico da Via Láctea.

"Onde, em nome de Deus, eu estou?, Bowman se perguntou; e no mesmo instante em que fez essa pergunta, teve a certeza de que jamais saberia a resposta. Parecia que o Espaço tinha sido virado do avesso: ali não era lugar para os homens. Embora a cápsula fosse confortavelmente quente, sentiu um frio súbito, e foi atacado por um tremor quase incontrolável. Quis fechar os olhos, e fechar o nada perolado que o cercava, mas esse era o ato de um covarde, e ele não cederia.

O planeta perfurado e facetado rolava lentamente abaixo dele, sem nenhuma mudança real de paisagem. Estimou estar a cerca de quinze quilômetros acima da superfície, e deveria, facilmente, ser capaz de ver algum sinal de vida. Mas aquele mundo inteiro estava deserto; a inteligência havia chegado ali, imposto sua vontade sobre ele, e partido novamente.

Então reparou, amontoada sobre a planície, talvez a uns trinta quilômetros de distância, uma pilha de destroços mais ou menos cilíndrica, que só podia ser a carcaça de uma nave gigantesca. Estava longe demais para que ele pudesse ver qualquer detalhe, e sumiu de vista em alguns segundos, mas ele conseguiu distinguir estruturas quebradas e placas de metal que emitiam um brilho fosco e haviam sido parcialmente descascadas, como a casca de uma laranja. Ele imaginou por quantos milhares de anos a ruína havia ficado ali naquele tabuleiro de xadrez deserto – e que espécie de criaturas a teriam utilizado para navegar entre as estrelas.

Então, esqueceu a nave abandonada, pois alguma coisa estava subindo pelo horizonte.

No começo, parecia um disco achatado, mas isso era porque estava vindo quase diretamente em sua direção. Quando se aproximou e passou por baixo, ele viu que a coisa tinha o formato de um fuso e várias centenas de metros de comprimento. Embora houvesse faixas ligeiramente visíveis aqui e ali ao longo de seu comprimento, era difícil concentrar o olhar nelas; o objeto parecia estar vibrando, ou talvez girando, a uma velocidade muito grande.

Ele afinava nas duas pontas, e não havia sinal de propulsão. Apenas uma coisa nele era familiar aos olhos humanos, e era sua cor. Se era de fato um artefato sólido, e não um fantasma óptico, então seus criadores talvez compartilhassem algumas das emoções dos homens. Mas eles certamente não compartilhavam suas limitações, pois o fuso parecia feito de ouro.

Bowman moveu sua cabeça para o sistema de visão de popa, para ver a coisa ficar para trás. Ela o havia ignorado completamente, e agora ele a via caindo do céu na direção de uma daquelas milhares de grandes fendas. Alguns segundos depois, desapareceu num último clarão dourado, ao mergulhar dentro do planeta. Ele estava sozinho novamente, sob aquele céu sinistro, e a sensação de isolamento e afastamento era mais devastadora do que nunca.

Então viu que ele também estava afundando na direção da superfície sarapintada do mundo gigante, e que outro dos abismos retangulares bocejava imediatamente abaixo. O céu vazio se fechou acima dele, o relógio se arrastou até parar, e, uma vez mais, seu casulo começou a cair entre infinitas paredes de ébano, na direção de outro distante campo de estrelas. Mas agora ele tinha certeza de que não estava voltando ao Sistema Solar, e num lampejo, que poderia ser inteiramente espúrio, percebeu o que aquela coisa certamente devia ser.

Era alguma espécie de dispositivo cósmico de comutação, gerenciando o tráfego das estrelas através de inimagináveis dimensões de espaço e tempo. Ele estava passando por uma Estação Central da Galáxia.

42

O CÉU ALIENÍGENA

Bem à frente, as paredes da fenda estavam se tornando vagamente visíveis mais uma vez, na luz fraca que se difundia para baixo, vinda de alguma fonte ainda oculta. E então a escuridão foi abruptamente dissipada, quando o minúsculo casulo espacial disparou para cima num céu fulgurante de estrelas.

Ele estava de volta ao espaço como o conhecia, mas um único relance lhe disse que estava a séculos-luz da Terra. Nem tentou encontrar alguma das constelações familiares que desde o início da história eram amigas do Homem. Talvez nenhuma das estrelas que agora reluziam ao seu redor já tivessem sido vistas pelo olho humano sem auxílio de instrumentos.

A maioria delas estava concentrada num cinturão brilhante, rompido aqui e ali por faixas escuras de poeira cósmica, que circundava completamente o céu. Era como a Via Láctea, mas dezenas de vezes mais resplandecente. Bowman se perguntou se aquela seria de fato sua própria Galáxia, vista de um ponto muito mais próximo ao seu centro brilhante e apinhado.

Esperava que fosse; assim, não estaria tão longe de casa. Mas esse, ele percebeu na hora, era um pensamento infantil. Ele estava tão inconcebivelmente afastado do Sistema Solar que não fazia muita diferença se estava em sua própria Galáxia, ou na mais distante que qualquer telescópio já tivesse vislumbrado.

Olhou para trás para ver a coisa da qual estava subindo, e teve outro choque. Ali não existia nenhum mundo gigante multifacetado, nem uma cópia de Jápeto. Não havia *nada*, a não ser uma sombra escura contra as estrelas, como uma porta se abrindo de um quarto escuro para uma noite ainda mais escura. Diante de seus olhos, essa porta se fechou. Ela não recuou; lentamente se encheu de estrelas, como se um rasgão no tecido do espaço tivesse sido consertado. Então ele ficou sozinho sob o céu alienígena.

O casulo espacial estava se virando lentamente e, ao fazê-lo, trouxe novas maravilhas à sua visão. Primeiro, ele viu um enxame de estrelas perfeitamente esféricas, tornando-se cada vez mais densamente aglomeradas em direção ao centro, até seu núcleo se tornar uma incandescência ininterrupta de luz. Suas margens externas não estavam bem definidas – um halo de sóis que iam lentamente se dispersando e se fundindo de modo imperceptível contra o fundo de estrelas mais distantes.

Essa aparição gloriosa, Bowman sabia, era um aglomerado globular. Ele estava olhando para uma coisa que nenhum olho humano jamais vira, a não ser por um borrão de luz no campo de um telescópio. Ele não conseguia lembrar a distância até o aglomerado conhecido mais próximo, mas tinha certeza de que não havia nenhum no raio de mil anos-luz do Sistema Solar.

O casulo continuou sua lenta rotação e revelou uma visão ainda mais estranha: um imenso sol vermelho, muitas vezes maior do que a Lua vista da Terra. Bowman podia olhar direto para a sua face, sem desconforto; a julgar pela cor, não era mais quente do que um carvão em brasa. Aqui e ali, encaixados no vermelho sombrio, havia rios de amarelo-vivo – Amazonas incandescentes, traçando curvas por milhares de quilômetros, antes de se perderem nos desertos daquele sol moribundo.

Moribundo? Não; essa era uma impressão totalmente falsa, nascida da experiência humana e das emoções despertadas pelos tons do crepúsculo, ou pela incandescência de brasas morrendo. Aquela era uma estrela que havia deixado para trás as extravagâncias inflamadas da juventude, havia passado pelos violeta, azuis e verdes do espectro em alguns rápidos bilhões de anos, e agora havia se acomodado numa tranquila maturidade de duração inimaginável. Tudo o que havia se passado antes não era um milionésimo do que ainda estava por vir; a história daquela estrela mal havia começado.

O casulo parou de girar; o grande sol vermelho estava bem à frente. Embora não houvesse sensação de movimento, Bowman sabia que ainda estava preso pela mesma força controladora que o havia levado de Saturno até ali. Toda a ciência e engenharia da Terra pareciam terrivelmente primitivas agora, contra os poderes que o conduziam a algum destino inimaginável.

Encarou o céu à sua frente, tentando imaginar para onde estava sendo levado – talvez um planeta orbitando aquele grande sol. Mas não havia nada que mostrasse algum disco visível de brilho excepcional; se havia algum planeta orbitando ali, ele não podia distingui-lo do fundo estelar.

Então reparou que alguma coisa estranha estava acontecendo com a própria margem do disco rubro do sol. Uma luminosidade branca aparecera ali, e estava rapidamente aumentando de brilho; ele se perguntou se estaria vendo uma daquelas súbitas erupções, ou explosões, que perturbam a maioria das estrelas de tempos em tempos.

A luz tornava-se mais brilhante e mais azul, e começou a se espalhar ao longo da borda do sol, cujos tons de vermelho-sangue rapidamente empalideciam, em comparação. "Era quase", Bowman disse a si mesmo, sorrindo com o absurdo do pensamento, "como se estivesse vendo o nascer do Sol – *em um sol*."

E era o que de fato estava acontecendo. Acima do horizonte ardente surgia uma coisa não maior do que uma estrela, mas tão brilhante que os olhos não suportavam encarar. Um simples ponto radiante branco-azulado, como um arco elétrico, movia-se a uma velocidade inacreditável ao longo da face do grande sol. Devia estar bem perto de seu companheiro gigante, pois, imediatamente abaixo dele, atraído para cima por seu empuxo gravitacional, havia uma coluna de labaredas com milhares de quilômetros de altura. Era como se uma onda de maré de fogo estivesse marchando continuamente ao longo do equador daquela estrela, perseguindo em vão a aparição abrasadora em seu céu.

Aquele pontinho de incandescência devia ser uma Anã Branca – uma daquelas estranhas e ferozes estrelas pequenas, menores do que a Terra, mas contendo uma massa um milhão de vezes maior. Esses estranhos pares estelares não eram incomuns, mas Bowman nunca sonhara que um dia veria um com os próprios olhos.

A Anã Branca havia transitado por quase metade do disco de sua companheira – devia levar apenas minutos para uma órbita completa – quando Bowman finalmente teve certeza de que também estava se movendo. À sua frente, uma das estrelas tornava-se rapidamente mais brilhante, e começava a vagar contra seu fundo. Ela devia ser um corpo pequeno e próximo – talvez o mundo na direção do qual ele estava viajando.

Aproximou-se dele com uma velocidade inesperada e viu que não era, absolutamente, um mundo.

Uma teia ou rede metálica de brilho fosco, com centenas de quilômetros de extensão, cresceu do nada até preencher todo o céu. Espalhadas ao longo de sua superfície de tamanho continental, havia estruturas que deviam ter o tamanho de cidades, mas que pareciam ser máquinas. Ao redor de muitas delas, reuniam-se dezenas de objetos menores, dispostos em fileiras ou colunas organizadas. Bowman havia passado por diversos grupos assim até perceber que eram frotas de espaçonaves; ele estava voando sobre um gigantesco estacionamento orbital.

Como não havia nenhum objeto familiar com base no qual pudesse julgar a escala da cena que passava rápido abaixo, era quase impossível estimar o tamanho dos veículos flutuando ali no espaço. Mas certamente eram enormes; alguns deviam ter quilômetros de comprimento. Eram de muitos modelos diferentes – esferas, cristais multifacetados, cilindros finos, formas ovoides, discos. Aquele devia ser um dos pontos de encontro para o comércio das estrelas.

Ou *havia* sido, talvez um milhão de anos atrás, pois Bowman não via sinal de atividade em lugar nenhum. Aquele espaçoporto gigante estava tão morto quanto a Lua.

Ele sabia que não era apenas pela ausência de qualquer movimento, mas por sinais inconfundíveis, como grandes buracos abertos na teia de metal pelos impactos de asteroides que deviam tê-la arrebentado há eras. Aquilo não era mais um estacionamento: era um ferro-velho cósmico.

Bowman se desencontrara de seus construtores por questão de eras e, ao perceber isso, sentiu uma súbita pontada de tristeza no coração. Embora não soubesse o que esperar, pelo menos esperava encontrar alguma inteligência vinda das estrelas. Agora, ao que parecia, era tarde demais. Ele havia sido capturado por uma armadilha antiga e automática, armada para algum propósito desconhecido, e que ainda funcionava, quando seus criadores estavam mortos já há muito tempo. Ela o havia feito atravessar a Galáxia, e o atirara (com quantos outros?) naquele Mar de Sargaços celestial, condenado a morrer em breve quando seu ar acabasse.

Bem, não era sensato esperar mais. Ele já tinha visto maravilhas pelas quais muitos homens teriam sacrificado suas vidas. Pensou em seus companheiros mortos; não tinha motivos para reclamar.

Então viu que o espaçoporto abandonado ainda estava deslizando por ele sem reduzir a velocidade. Estava passando por seus subúrbios periféricos. A margem serrilhada passou e, subitamente, não estava mais eclipsando parcialmente as estrelas. Em alguns minutos, ela havia ficado para trás.

Seu destino não era ali, mas adiante, no imenso sol rubro na direção do qual o casulo espacial estava agora inconfundivelmente caindo.

43

INFERNO

Agora havia apenas o sol vermelho preenchendo toda a extensão do céu. Bowman estava tão perto que a superfície do astro não parecia mais imóvel pela escala. Havia nódulos luminosos se movimentando de um lado para outro, ciclones de gás ascendente e descendente, proeminências disparando lentamente na direção dos céus. Lentamente? Eles deviam estar subindo a mais de um milhão de quilômetros por hora, para seu movimento ser visível aos seus olhos...

Ele sequer tentou apreender a escala do inferno na direção do qual estava descendo. As imensidões de Júpiter e Saturno o haviam derrotado, durante a passagem da *Discovery* naquele sistema solar, a um número agora desconhecido de gigaquilômetros de distância. Mas tudo o que ele via ali era ainda cem vezes maior; não podia fazer nada a não ser aceitar as imagens que inundavam sua mente, sem tentar interpretá-las.

Quando aquele mar de fogo se expandiu abaixo dele, Bowman devia ter sentido medo, mas, curiosamente, agora sentia apenas uma ligeira apreensão. Não que sua mente estivesse entorpecida de maravilhas. A lógica lhe dizia que ele certamente estava sob a proteção de alguma inteligência controladora e quase onipotente. Ele estava agora tão perto do sol vermelho que teria sido incinerado num instante, se a radiação não tivesse sido contida por algum escudo invisível. E, durante a viagem, fora submetido a acelerações que deveriam tê-lo esmagado instantaneamente, mas não havia sentido nada. Se tanto esforço fora despendido para preservá-lo, ainda havia motivo para esperança.

O casulo espacial estava agora se movendo ao longo de um arco aberto quase paralelo à superfície da estrela, mas lentamente descendo na direção dela. E, então, pela primeira vez, Bowman percebeu sons. Havia um rugido fraco e constante, interrompido de vez em quando por estalidos semelhantes a papel sendo rasgado, ou o som de relâmpagos distantes. Só podiam ser os ecos de alguma cacofonia inimaginável; a atmosfera que o cercava devia estar sendo devastada por abalos que podiam reduzir qualquer objeto material a átomos. Mas ele estava protegido tanto daquele tumulto destruidor como do calor com muita eficiência. Embora cordilheiras de chamas com milhares de quilômetros de altura estivessem subindo e descendo lentamente ao seu redor, ele estava completamente isolado de toda essa violência. As energias da estrela passavam em fúria por ele como se estivessem em outro universo; o casulo se movia tranquilamente em meio a elas, sem trepidações nem queimaduras.

Os olhos de Bowman, não mais confusos nem perdidos pelo esplendor e pela estranheza da cena, começaram a distinguir detalhes que deviam estar ali antes, mas que ele não tinha percebido ainda. A superfície da estrela não era um caos informe; havia um padrão ali, assim como em todas as coisas que a natureza cria.

Primeiro, reparou nos pequenos redemoinhos de gás – provavelmente não maiores que a Ásia ou a África – que vagavam sobre a superfície da estrela. Às vezes, conseguia olhar diretamente para um deles, e via regiões mais escuras e frias bem abaixo. Curiosamente, não parecia haver manchas solares; talvez fossem uma doença peculiar à estrela que brilhava na Terra.

E havia uma nuvem ou outra, como fiapos de fumaça soprados antes de um vendaval. Talvez fossem de fato fumaça, pois aquele sol era tão frio que poderia existir fogo de verdade ali. Componentes químicos podiam nascer e viver por alguns segundos antes de serem novamente despedaçados pela violência nuclear mais feroz que os cercava.

O horizonte clareava, e a cor mudava de um vermelho sombrio para amarelo, azul e um violeta intenso. A Anã Branca estava aparecendo sobre a linha do horizonte, arrastando atrás de si a onda de maré de matéria estelar.

Bowman protegeu os olhos contra o brilho intolerável do pequeno sol e se concentrou na paisagem estelar perturbada, que seu campo gravitacional sugava para o céu. Certa vez tinha visto uma tromba d'água cruzando a face do Caribe. Aquela torre de chamas tinha quase o mesmo formato. Somente a escala era ligeiramente diferente, pois, na sua base, a coluna era provavelmente maior do que o planeta Terra.

E então, imediatamente abaixo dele, Bowman reparou em alguma coisa certamente nova, já que dificilmente poderia ter deixado de vê-la se estivesse lá antes. Miríades de gotas brilhantes cruzavam o oceano de gás reluzente. Brilhavam com uma luz perolada que aumentava e diminuía no período de alguns segundos. E todas viajavam na mesma direção, como salmões subindo um rio; às vezes iam e vinham, de forma que seus caminhos se entrecruzavam, mas nunca se tocavam.

Havia milhares delas, e, quanto mais Bowman olhava, mais convencido ficava de que aquele movimento tinha um objetivo. Estavam muito longe para que ele conseguisse distinguir detalhes de sua estrutura. O fato de que ele conseguia vê-las naquele panorama colossal significava que deviam ter dezenas – talvez centenas – de quilômetros de extensão. Se eram entidades organizadas, eram de fato leviatãs, construídas para combinar com a escala do mundo que habitavam.

Talvez fossem apenas nuvens de plasma, que haviam obtido uma estabilidade temporária graças a alguma estranha combinação de forças naturais – como os efêmeros raios globulares que ainda intrigavam os cientistas terrestres. Era uma explicação fácil, e talvez reconfortante, mas, quando Bowman olhou para aquele feixe da largura de uma estrela, não conseguiu realmente acreditar nele. Aqueles nódulos de luz cintilante *sabiam* para onde iam: estavam convergindo deliberadamente para o pilar de fogo erguido pela Anã Branca que orbitava acima.

Bowman fitou uma vez mais aquela coluna ascendente, marchando agora ao longo do horizonte abaixo da minúscula e passiva estrela que a governava. Seria pura imaginação, ou havia trechos de maior luminosidade se arrastando por aquele grande gêiser de gás, como se miríades de fagulhas cintilantes tivessem se combinado em continentes inteiros de fosforescência?

A ideia estava quase além da fantasia, mas talvez ele estivesse observando nada menos do que uma migração de estrela a estrela, por uma ponte de fogo. Se era um movimento natural de feras cósmicas impulsionadas espaço afora por alguma necessidade, como a dos lemingues, ou um vasto agrupamento de entidades inteligentes, ele provavelmente jamais saberia.

Ele estava passando por uma nova ordem da criação, com a qual poucos homens já haviam sonhado. Além dos reinos de terra, mar e ar, havia os reinos de fogo, que só ele tivera o privilégio de vislumbrar. Era demais esperar que ele também os compreendesse.

44

RECEPÇÃO

O pilar de fogo marchava sobre a borda do sol, como uma tempestade passando além do horizonte. As manchas apressadas de luz não mais atravessavam a avermelhada paisagem estelar, ainda a milhares de quilômetros abaixo. Dentro de seu casulo espacial, a salvo de um ambiente que poderia aniquilá-lo em um milissegundo, David Bowman aguardava o que quer que tivesse sido preparado.

A Anã Branca afundava rapidamente, enquanto disparava ao longo de sua órbita; em seguida tocou o horizonte, incendiou-o e desapareceu. Um falso crepúsculo caiu sobre o inferno abaixo e, na súbita mudança de iluminação, Bowman percebeu que alguma coisa acontecia no espaço ao seu redor.

O mundo do sol vermelho pareceu ondular, como se ele o olhasse através de água corrente. Por um momento, imaginou ser algum efeito de refração, talvez provocado pela passagem de uma onda de choque excepcionalmente violenta pela atmosfera torturada na qual ele estava imerso.

A luz estava se apagando; parecia que um segundo crepúsculo estava prestes a cair. Involuntariamente, Bowman olhou para cima, mas se deteve envergonhado ao se lembrar de que, ali, a principal fonte de luz não era o céu, mas o mundo incandescente abaixo.

Era como se paredes de algum material como vidro fumê estivessem se espessando ao redor dele, interrompendo o brilho vermelho e obscurecendo a vista. Ficou cada vez mais escuro; o débil rugido dos furacões estelares também cessou. O casulo espacial flutuava no silêncio, e na noite. Um instante depois, ele sentiu o mais suave dos solavancos quando o casulo pousou em alguma superfície dura e parou.

"Parou *no quê?*", Bowman se perguntou, incrédulo. Então a luz retornou; e a incredulidade deu lugar a um desespero acabrunhado, pois, ao ver o que havia ao seu redor, percebeu que devia ter enlouquecido.

Achou que estivesse preparado para qualquer maravilha. A única coisa que jamais esperava era o absoluto lugar-comum.

O casulo espacial estava parado sobre o piso polido de uma elegante e anônima suíte de hotel, que poderia estar em qualquer grande cidade da Terra. Estava olhando para uma sala de estar com mesa de centro, divã, uma dezena de cadeiras, uma escrivaninha, vários abajures, uma estante baixa de livros semipreenchida com algumas revistas, e até mesmo um vaso de flores. O quadro *A Ponte em Langlois*, de Van Gogh, estava pendurado numa das paredes, e *Christina's World*, de Wyeth, em outra. Tinha certeza de que, quando abrisse a gaveta daquela escrivaninha, iria encontrar uma Bíblia Internacional dos Gideões dentro dela...

Se estava de fato louco, suas ilusões eram lindamente organizadas. Tudo era perfeitamente real; nada desaparecia quando ele virava as costas. O único elemento incongruente na cena – e certamente um grande elemento – era o próprio casulo espacial.

Por muitos minutos, Bowman não saiu de seu assento. Ele meio que esperava que a visão ao seu redor desaparecesse, mas ela permaneceu tão sólida quanto qualquer coisa que já tivesse visto na vida.

Era real – ou então era um fantasma dos sentidos tão soberamente construído, que não havia maneira de distingui-lo da realidade. Talvez fosse alguma espécie de teste; se fosse, não só o seu destino, mas o da raça humana, poderia depender de suas ações nos próximos minutos.

Poderia ficar sentado ali esperando que algo acontecesse, ou poderia abrir o casulo e sair para desafiar a realidade do cenário à sua volta. O chão parecia sólido; pelo menos estava suportando o peso do casulo. Bowman provavelmente não iria cair através daquilo – o que quer que "aquilo" realmente fosse.

Mas ainda havia a questão do ar, pois, até onde sabia, aquele quarto podia estar no vácuo, ou poderia conter uma atmosfera venenosa. Achava muito improvável – ninguém se daria a tanto trabalho sem prestar atenção em um detalhe tão essencial –, mas não se propunha a correr riscos desnecessários. De toda maneira, seus anos de treinamento o tornaram alerta para contaminações. Relutava em se expor a um ambiente desconhecido, até saber que não havia alternativa. Aquele lugar *parecia* um quarto de hotel em algum lugar dos Estados Unidos. Isso não alterava o fato de que, na realidade, devia estar a centenas de anos-luz do Sistema Solar.

Fechou o capacete do seu traje, selando-se dentro dele, e acionou a escotilha do casulo. Houve um breve sibilo de equalização de pressão; então, ele saiu para o quarto.

Até onde podia dizer, estava num campo gravitacional perfeitamente normal. Levantou um dos braços, depois o deixou cair livremente. Ele caiu ao seu lado em menos de um segundo.

Isso fez tudo parecer duplamente irreal. Ali estava ele, vestindo um traje espacial, parado em pé – quando deveria estar flutuando – do lado de fora de um veículo que só funcionava adequadamente na ausência de gravidade. Todos os seus reflexos normais de astronauta estavam perturbados; tinha de pensar antes de cada movimento.

Como um homem em transe, caminhou lentamente de sua metade do quarto, vazia e sem mobília, na direção da suíte do hotel. Ela não desapareceu, como ele quase havia esperado, quando se aproximou, mas permaneceu perfeitamente real – e, ao que parecia, perfeitamente sólida.

Parou ao lado da mesinha de centro. Havia sobre ela um Picturephone convencional da Bell System, com o catálogo telefônico local. Ele se curvou e apanhou o volume com suas mãos enluvadas e desajeitadas.

Ele trazia, na tipografia familiar que ele havia visto milhares de vezes, o nome: WASHINGTON, D.C.

Então, olhou com mais atenção; e, pela primeira vez, teve provas objetivas de que, embora aquilo tudo pudesse ser real, ele não estava na Terra.

Ele só conseguia ler a palavra WASHINGTON; o resto da impressão estava borrado, como se tivesse sido copiado de uma fotografia de jornal. Abriu o catálogo aleatoriamente e folheou as páginas. Eram todas folhas vazias de material branco áspero, que certamente não era papel, embora muito parecido.

Ele levantou o fone e o pressionou contra o plástico de seu capacete. Se houvesse um tom de discagem, ele poderia tê-lo ouvido através do material condutor. Mas, conforme esperava, só havia silêncio.

Então, era tudo uma fabricação, embora fantasticamente bem elaborada. E, obviamente, não feita com o propósito de enganar, mas – assim ele esperava – de reconfortar. Era um pensamento muito tranquilizador; não obstante, ele não tiraria seu traje até ter completado sua etapa de exploração.

Toda a mobília parecia sólida o bastante; experimentou as cadeiras e elas aguentaram seu peso. Mas as gavetas da escrivaninha não abriam: eram falsas.

Também eram falsos os livros e as revistas, assim como o catálogo telefônico, em que apenas os títulos eram legíveis. Eles formavam uma estranha seleção, em sua maior parte *best-sellers* um tanto vagabundos, umas poucas obras sensacionalistas de não ficção, e algumas autobiografias muito divulgadas. Não havia nada com menos de três anos de idade, e pouca coisa com conteúdo intelectual. Não que importasse, pois os livros não podiam sequer ser retirados das prateleiras.

Havia duas portas que se abriam com facilidade. A primeira o levou a um pequeno mas confortável recinto para dormir, mobiliado com cama, cômoda, duas cadeiras, interruptores de luz que realmente funcionavam e um armário de roupas. Ele abriu esse armário e viu-se diante de quatro ternos, um roupão, uma dezena de camisas brancas e vários conjuntos de roupa de baixo, todos impecavelmente pendurados em cabides.

Tirou um dos ternos e o inspecionou cuidadosamente. Até onde suas mãos enluvadas podiam julgar, era feito de um material mais semelhante a pele do que lã. Também estava um pouco fora de moda; na Terra, ninguém usava paletó abotoado ao meio há pelo menos quatro anos.

Ao lado do quarto havia um banheiro com instalações que, ficou aliviado em notar, não eram falsas, mas funcionavam de maneira perfeitamente normal. E depois dele havia uma quitinete, com fogão elétrico, geladeira, armários, louças e talheres, pia, mesa e cadeiras. Bowman começou a explorá-la não só com curiosidade, mas com uma fome que aumentava cada vez mais.

Primeiro abriu a geladeira, e uma onda de neblina fria saiu em rolos. As prateleiras estavam bem guarnecidas com pacotes e latas, todos de aspecto perfeitamente familiar a distância, embora, de perto, seus rótulos estivessem borrados e ilegíveis. Entretanto, havia uma ausência notável de ovos, leite, manteiga, carne, frutas ou qualquer outro alimento não processado; a geladeira continha somente produtos embalados de alguma forma.

Bowman apanhou a caixa de um conhecido cereal de café da manhã, pensando, ao fazê-lo, que era estranho mantê-lo refrigerado. No momento em que levantou o pacote, percebeu que ele certamente não continha flocos de milho; era pesado demais.

Arrancou a tampa e examinou o conteúdo. A caixa continha uma substância azul ligeiramente úmida, com aproximadamente o peso e a textura de pudim de pão. Tirando sua cor estranha, parecia um tanto apetitosa.

"Mas isto é ridículo", Bowman disse a si mesmo. Eu estou certamente sendo observado, e devo parecer um idiota vestindo este traje. Se isso é alguma espécie de teste de inteligência, provavelmente já fui reprovado.

Sem mais hesitação, voltou ao quarto e começou a abrir a trava de seu capacete. Quando ela afrouxou, ele ergueu o capacete uma fração de centímetro, rompeu o selo e inspirou com cuidado. Até onde podia dizer, estava respirando um ar perfeitamente normal.

Soltou o capacete em cima da cama e, com satisfação – e bastante falta de jeito – começou a se livrar de seu traje. Ao terminar, se espreguiçou, respirou fundo algumas vezes e pendurou com cuidado o traje espacial entre as roupas mais convencionais no armário. O traje ficou muito estranho ali, mas a compulsão por arrumação que Bowman compartilhava com todos os astronautas jamais lhe teria permitido deixá-lo em outro lugar.

Então, voltou rapidamente para a cozinha e começou a inspecionar a caixa de "cereais" mais de perto.

O pudim de pão azul tinha um leve cheiro de especiaria, algo como um *macaron*. Bowman o pesou na mão, quebrou um pedaço e o cheirou com cautela. Embora tivesse certeza agora de que não haveria nenhuma tentativa deliberada de envená-lo, sempre havia a possibilidade de erros – especialmente num assunto tão complexo quanto bioquímica.

Mordiscou algumas migalhas, depois mastigou e engoliu o fragmento de comida. Era excelente, embora de sabor tão indefinido que era quase indescritível. Se fechasse os olhos, poderia imaginar que fosse carne, ou pão integral, ou até mesmo frutas secas. A menos que houvesse efeitos colaterais inesperados, ele não precisava ter medo de morrer de fome.

Depois de comer apenas alguns pedaços da substância, e já se sentir bem satisfeito, procurou algo para beber. Havia meia dúzia de latas de cerveja – também de uma marca famosa – no fundo da geladeira, e puxou o lacre de uma delas para abri-la.

A tampa de metal resistente se destacou com um estalido ao longo de suas linhas de tensão, exatamente como de costume. Mas a lata não tinha cerveja. Para decepção e surpresa de Bowman, ela continha novamente o alimento azul.

Em poucos segundos, ele já havia aberto meia dúzia dos outros pacotes e latas. Quaisquer que fossem os rótulos, os conteúdos eram os mesmos; parecia que sua dieta ia ser um pouco monótona, e que ele não teria nada a não ser água para beber. Encheu um copo da torneira da cozinha e provou dele com cautela.

Cuspiu as primeiras gotas na hora; o gosto era horrível. Então, um tanto envergonhado de sua reação instintiva, forçou-se a beber o resto.

Aquele primeiro gole havia sido o suficiente para identificar o líquido. Ele tinha um gosto terrível porque não tinha gosto nenhum; a torneira estava fornecendo água pura e destilada. Seus anfitriões desconhecidos obviamente não estavam correndo nenhum risco com sua saúde.

Sentindo-se bem revigorado, ele então tomou uma ducha rápida. Não havia sabonete, outro pequeno inconveniente, mas havia um secador de ar quente muito eficiente, no qual ele se refestelou durante um tempo antes de experimentar uma cueca, uma camiseta e um roupão retirados do armário. Depois disso, deitou-se na cama, olhou para o teto e tentou entender aquela fantástica situação.

Nao havia feito muitos progressos, quando foi distraído por outra linha de pensamento. Imediatamente acima da cama havia a típica tela de TV de teto de hotéis. Ele tinha imaginado que, assim como o telefone e os livros, fosse falsa.

Mas a unidade de controle localizada no braço móvel ao lado da cama parecia tão realista que ele não pôde resistir a brincar com ela e, quando seus dedos tocaram o disco sensor de LIGA, a tela se iluminou.

Febrilmente, ele começou a digitar códigos de seleção de canais aleatoriamente, e quase no mesmo instante obteve sua primeira imagem.

Era um famoso comentarista de notícias africano, discutindo as tentativas que estavam sendo realizadas para preservar os últimos remanescentes da vida selvagem de seu país. Bowman ouviu por alguns segundos, tão cativado pelo som de uma voz humana que não estava dando a mínima para o que ela falava. Então mudou de canais.

Nos cinco minutos seguintes, viu uma orquestra sinfônica tocando o *Concerto para Violino,* de Walton, uma discussão sobre o triste estado do verdadeiro teatro, um faroeste, uma demonstração de uma nova cura para a dor de cabeça, um jogo de celebridades em algum idioma oriental, um psicodrama, três noticiários, uma partida de futebol, uma palestra sobre geometria sólida (em russo) e diversos sinais de ajuste fino e transmissões de dados. Era, na verdade, uma seleção perfeitamente normal dos programas de TV do mundo e, tirando o bem-estar psicológico que lhe proporcionou, confirmou uma suspeita que já tinha se formado em sua mente.

Todos os programas tinham cerca de dois anos de idade. Isso foi por volta da época em que a A.M.T.-1 fora descoberta, e era difícil acreditar que fosse mera coincidência. *Alguma coisa* havia monitorado as ondas de rádio; aquele bloco de ébano havia estado mais ocupado do que o Homem suspeitara.

Ele continuou a vagar ao longo do espectro e, subitamente, reconheceu uma cena familiar. Ali estava aquela mesma suíte, agora ocupada por um ator famoso, denunciando furiosamente uma amante infiel. Bowman olhou com um choque de reconhecimento a sala de estar que havia acabado de deixar – e, quando a câmera seguiu o casal indignado na direção do quarto, ele involuntariamente olhou para a porta para ver se alguém entraria.

Então fora assim que aquela área de recepção tinha sido preparada para ele: seus anfitriões haviam baseado suas ideias de vida terrestre em programas de TV. Sua sensação de que estava dentro de um cenário de filme era quase literalmente verdadeira.

Ele havia assimilado tudo o que desejava no momento, e desligou o aparelho. "O que faço agora?", ele se perguntou, entrelaçando os dedos atrás da cabeça e olhando para a tela em branco.

Estava física e emocionalmente exausto, mas parecia impossível que alguém pudesse dormir num ambiente tão fantástico, e mais longe da Terra do que qualquer homem na história jamais havia estado. Mas a cama confortável e a sabedoria instintiva do corpo conspiraram contra a sua vontade.

Procurou pelo interruptor de luz, e o quarto mergulhou na escuridão. Em poucos segundos, passou para além do alcance dos sonhos.

Então, pela última vez, David Bowman dormiu.

45

RECAPITULAÇÃO

Como não havia mais utilidade para ela, a mobília da suíte se dissolveu de volta para a mente de seu criador. Somente a cama permaneceu – e as paredes, que protegiam aquele frágil organismo oriundo de energias que ele não podia ainda controlar.

Em seu sono, David Bowman se mexia inquieto. Ele não acordou, tampouco sonhava, mas não estava mais totalmente inconsciente. Como uma neblina se esgueirando através de uma floresta, alguma coisa invadia sua mente. Ele só a sentia vagamente, pois o impacto completo o teria destruído tão certamente quanto os incêndios furiosos além daquelas paredes. Sob aquele escrutínio desapaixonado, ele não sentia nem esperança nem medo; toda emoção havia sido drenada.

Ele parecia estar flutuando no espaço livre, enquanto ao seu redor se estendia, em todas as direções, uma infinita rede geométrica de linhas ou fios pretos, ao longo dos quais moviam-se minúsculos nós de luz – uns lentamente, outros a uma velocidade vertiginosa. Certa vez, ele havia olhado o corte transversal de um cérebro humano através de um microscópio, e em sua rede de fibras nervosas vislumbrara a mesma complexidade labiríntica. Mas aquilo estava morto e estático, ao passo que isto transcendia a própria vida. Ele sabia – ou acreditava saber – que estava observando a operação de alguma mente gigantesca, contemplando o universo do qual ele era uma parte minúscula.

A visão, ou ilusão, durou apenas um momento. Então, os planos e as estruturas cristalinas, e as perspectivas entrecruzadas de luz em movimento piscaram e desapareceram, enquanto David Bowman passava para um reino da consciência que nenhum homem havia vivenciado antes.

No começo, era como se o próprio Tempo estivesse correndo para trás. Até mesmo essa maravilha ele estava preparado para aceitar, antes de perceber a verdade mais sutil.

As fontes da memória estavam sendo acessadas. Numa recordação controlada, ele estava revivendo o passado. Ali estava o quarto do hotel – ali o casulo espacial – ali as ardentes paisagens estelares do sol vermelho – ali o núcleo brilhante da nossa Galáxia – ali o portal através do qual ele havia reemergido no Universo. E não apenas a visão, mas todas as impressões dos sentidos, e todas as emoções que sentira em cada momento passavam em disparada por ele, cada vez mais rápido. Sua vida se desenrolava como um gravador de fita tocando de trás para a frente, a uma velocidade cada vez maior.

Agora ele estava uma vez mais a bordo da *Discovery*, e os anéis de Saturno preenchiam o céu. Antes disso, repetia aquele último diálogo com Hal; via Frank Poole partir em sua última missão; ouvia a voz da Terra, assegurando-lhe que estava tudo bem.

E, enquanto revivia esses eventos, sabia que realmente estava tudo bem. Estava regredindo pelos corredores do tempo, sendo drenado de conhecimentos e experiências à medida que ia voltando na direção de sua infância. Mas nada se perdia; tudo o que ele já tinha sido, em cada momento de sua vida, estava sendo transferido para um local de armazenamento mais seguro. Enquanto um David Bowman deixava de existir, outro se tornava imortal.

Mais rápido, cada vez mais rápido, ele voltava para anos esquecidos e um mundo mais simples. Rostos que um dia amara e pensara ter esquecido mais além de toda recordação sorriam docemente para ele. Ele retribuía o sorriso com carinho, e sem dor.

Agora, finalmente, a impetuosa regressão diminuía de velocidade; os poços da memória estavam quase secos. O tempo fluía cada vez mais devagar, aproximando-se de um momento de estase – como um pêndulo, no limite do arco de sua trajetória, parece congelado por um instante eterno, antes do início do ciclo seguinte.

O instante atemporal passou; o pêndulo reverteu seu movimento. Em um quarto vazio, flutuando no meio dos fogos de uma estrela dupla a vinte mil anos-luz da Terra, um bebê abriu os olhos e começou a chorar.

46

TRANSFORMAÇÃO

Então ele fez silêncio, ao ver que não estava mais só.

Um retângulo fantasmagórico e tremeluzente havia se formado em pleno ar. Solidificou-se em uma tabuleta de cristal, perdeu sua transparência e foi envolto por uma luminescência pálida e leitosa. Fantasmas atraentes e indistintos moveram-se por sua superfície e em suas profundezas. Fundiram-se em barras de luz e sombra, e depois formaram aros entrelaçados que começaram a girar lentamente, em compasso com o ritmo pulsante que agora parecia preencher o espaço inteiro.

Era um espetáculo para atrair e cativar a atenção de qualquer criança – ou de qualquer homem-macaco. Mas, assim como havia acontecido três milhões de anos antes, aquilo era apenas a manifestação externa de forças sutis demais para serem percebidas conscientemente. Era apenas um brinquedo para distrair os sentidos, enquanto o verdadeiro processamento ocorria em níveis bem mais profundos da mente.

Dessa vez, o processamento foi rápido e certeiro, enquanto o novo desenho era tecido; pois, nas eras desde seu último encontro, o tecelão aprendera muita coisa, e o material no qual ele praticava essa arte era agora de uma textura infinitamente mais requintada.

Mas, se ele teria a permissão de fazer parte de sua tapeçaria ainda em crescimento, só o futuro diria.

Com olhos que já tinham desígnio mais do que humano, o bebê olhou para as profundezas do monolito de cristal, vendo – mas ainda não entendendo – os mistérios que jaziam mais além. Ele sabia que havia chegado em casa, que aqui estava a origem de muitas raças, além da sua própria, mas sabia também que não podia ficar. Além daquele momento, havia mais um nascimento, mais estranho do que qualquer outro do passado.

Agora o momento havia chegado; as formas reluzentes não ecoavam mais os segredos no coração do cristal. Quando morreram, as paredes protetoras também se desvaneceram na não existência da qual haviam emergido por um breve momento, e o sol vermelho preencheu o céu.

O metal e o plástico do casulo espacial esquecido, e as roupas um dia vestidas por uma entidade que havia se chamado David Bowman se incendiaram. Os últimos elos com a Terra desapareceram, voltando aos seus átomos componentes.

Mas a criança mal reparou, enquanto se ajustava ao brilho confortável de seu novo ambiente. Ela ainda precisava, por um tempo, daquela casca de matéria como o ponto focal de seus poderes. Seu corpo indestrutível era a imagem atual que sua mente fazia de si mesma; e, apesar de todos os seus poderes, ele sabia que era ainda um bebê. Assim permaneceria, até optar por uma forma nova, ou transcender as necessidades da matéria.

E, agora, estava na hora de partir, embora, de certa forma, ele jamais fosse deixar aquele lugar onde o haviam feito renascer, pois sempre seria parte da entidade que usara aquela estrela dupla para seus propósitos insondáveis. A direção, embora não a natureza, de seu destino estava clara à sua frente, e não havia necessidade de traçar o caminho tortuoso pelo qual ele tinha vindo. Com os instintos de três milhões de anos, ele agora percebia que havia mais caminhos do que aquele pela porta dos fundos do espaço. Os antigos mecanismos do Portal das Estrelas lhe haviam servido bem, mas não precisaria deles novamente.

A forma retangular reluzente, que antes não parecia mais do que uma placa de cristal, ainda flutuava à sua frente, tão indiferente quanto ele às chamas inofensivas do inferno abaixo. Ela ainda encapsulava segredos insondáveis do espaço e do tempo, mas alguns, pelo menos, ele agora compreendia e era capaz de comandar. Quão óbvia – quão *necessária* – era aquela razão matemática de seus lados, a sequência quadrática de 1:4:9! E quanta ingenuidade ter imaginado que a série terminava naquele ponto, em apenas três dimensões!

Concentrou sua mente nessas simplicidades geométricas, e quando seus pensamentos tocaram nela, a estrutura vazia se preencheu com a escuridão da noite interestelar. O brilho do sol vermelho se desvaneceu, ou melhor, pareceu recuar em todas as direções ao mesmo tempo; e ali, diante dele, estava o redemoinho luminoso da Galáxia.

Poderia ser um modelo bonito e incrivelmente detalhado, embutido em um bloco de plástico. Mas era a realidade, apreendida como um todo, com sentidos agora mais sutis do que a visão. Se desejasse, poderia concentrar sua atenção em qualquer uma de seus bilhões de estrelas, e poderia fazer muito mais do que isso.

Ali estava ele, à deriva naquele grande rio de sóis, a meio caminho entre os fogos ardentes do núcleo galáctico e as estrelas sentinelas, dispersas e solitárias da borda. E *ali* desejava estar, do outro lado desse abismo no céu, essa faixa serpenteante de escuridão, vazia de estrelas. Ele sabia que esse caos disforme, visível somente pelo brilho que separava suas bordas das névoas fulgurantes mais além, era a matéria da criação ainda virgem, a matéria-prima de evoluções ainda por vir. Ali, o Tempo ainda não havia começado; só depois que os sóis que agora ardiam estivessem há muito mortos, a luz e a vida voltariam a dar forma àquele vazio.

Involuntariamente, ele o havia atravessado uma vez: agora deveria atravessá-lo uma vez mais – dessa vez, por sua própria vontade. Esse pensamento o encheu de um terror súbito e paralisante, de modo que, por um momento, ficou completamente desorientado, e sua nova visão do Universo tremeu e ameaçou se estilhaçar em mil fragmentos.

Não era o medo dos abismos galácticos que congelava sua alma, mas uma inquietação mais profunda, brotando do futuro ainda por nascer, pois ele havia deixado para trás as escalas de tempo de sua origem humana. Agora, ao contemplar aquela faixa de noite sem estrelas, conheceu os primeiros sinais da Eternidade que se abria diante dele.

Então se lembrou de que nunca estaria sozinho, e seu pânico lentamente cedeu. A percepção cristalina do Universo lhe foi restaurada, e ele sabia que não tinha sido inteiramente por esforço próprio. Quando precisasse de orientação em seus primeiros passos vacilantes, ele a teria.

Confiante mais uma vez, como um saltador ornamental que tivesse recuperado a coragem, ele se jogou anos-luz adiante. A Galáxia explodiu a partir da estrutura mental na qual ele a havia encapsulado; estrelas e nebulosas passaram em disparada por ele, numa ilusão de velocidade infinita. Sóis fantasmas explodiam e ficavam para trás, enquanto ele escorregava como uma sombra através de seus núcleos; a vastidão fria e escura de poeira cósmica que ele um dia havia temido não parecia mais do que a batida da asa de um corvo contra a face do Sol.

As estrelas iam rareando; o brilho da Via Láctea diminuía, tornando-se um pálido fantasma da glória que ele havia conhecido – e, quando ele estivesse pronto, conheceria novamente.

Ele estava de volta, precisamente onde desejava estar, no espaço que os homens chamavam de real.

47

CRIANÇA-ESTRELA

Ali, à sua frente, como um brinquedo reluzente ao qual nenhuma Criança-Estrela poderia resistir, flutuava o planeta Terra, com todos os seus povos.

Ele havia voltado no tempo. Lá embaixo, naquele globo superpovoado, os alarmes estariam piscando nas telas de radar, os grandes telescópios de rastreamento estariam vasculhando os céus – e a história como os homens a conheciam estaria chegando ao fim.

Mil e quinhentos quilômetros abaixo, ele se deu conta de que uma carga adormecida de morte havia acordado e estava se movendo lentamente em sua órbita. As fracas energias que ela continha não eram ameaça possível para ele, mas ele preferia um céu mais limpo. Fez valer a sua vontade, e os megatons em órbita desabrocharam numa detonação silenciosa que trouxe uma aurora breve e falsa para metade do globo adormecido.

Então esperou, organizando seus pensamentos e meditando sobre seus poderes ainda não testados. Pois, embora fosse senhor do mundo, ele ainda não sabia ao certo o que fazer em seguida.

Mas pensaria em algo.

EXTRAS

Os contos "A Sentinela" (The Sentinel) e "Encontro no Alvorecer" (Encounter in the Dawn) foram textos fundamentais na concepção de *2001: Uma Odisseia no Espaço*. O primeiro, escrito em 1948 e publicado pela primeira vez em 1951 na *The Avon Science Fiction and Fantasy Reader*, foi posteriormente revisto e ampliado para a criação do romance e do filme; originalmente parte da antologia *Expedição à Terra (Expedition to Earth)*, "Encontro no Alvorecer" foi publicado em 1953 na revista *Amazing Stories*, e se tornaria a base para a primeira parte do livro.

303 | *A Sentinela*
317 | *Encontro no Alvorecer*

TRADUÇÃO
Carlos Angelo

A SENTINELA

Da próxima vez que vir a Lua cheia alta no sul, olhe com atenção para sua borda direita e deixe o seu olho seguir para cima, ao longo da curva do disco. Por volta da posição de duas horas, você vai notar uma pequena oval escura: qualquer pessoa com visão normal consegue encontrá-la com bastante facilidade. É a grande planície murada, uma das mais belas da Lua, conhecida como *Mare Crisium*, o Mar das Crises. Com mais de quinhentos quilômetros de diâmetro e quase completamente cercado por um anel de magníficas montanhas, nunca havia sido explorado, até que o adentramos no final do verão de 1996.

Nossa expedição era grande. Tínhamos dois cargueiros pesados que haviam trazido nossas provisões e equipamentos da principal base lunar no *Mare Serenilatis*, a oitocentos quilômetros de distância. Também tínhamos três pequenos foguetes destinados a transporte de curta distância sobre regiões que nossos veículos de superfície não pudessem cruzar. Por sorte, a maior parte do *Mare Crisium* é bastante plana. Não há nenhuma das grandes fendas, tão comuns e tão perigosas em outras partes, e pouquíssimas crateras ou montanhas de qualquer porte. Até onde sabíamos, nossos possantes tratores de esteira não teriam dificuldade em nos levar a qualquer lugar que quiséssemos.

Eu era o geólogo (ou selenólogo, se quiser ser pedante) encarregado do grupo que explorava a região meridional do *Mare*. Havíamos cruzado mais de cento e cinquenta quilômetros dele em uma semana, contornando os contrafortes das montanhas ao longo da costa do que outrora havia sido um mar, alguns bilhões de anos atrás. Quando a vida começava na Terra, aqui ela já estava morrendo. As águas estavam se retraindo, descendo pelos flancos daqueles espantosos penhascos, se recolhendo para o coração oco da Lua. Sobre a terra que cruzávamos, o oceano sem marés já tivera quase um quilômetro de profundidade. Agora, porém, o único sinal de umidade era a geada que, às vezes, se podia encontrar em cavernas onde a luz abrasante do Sol jamais penetrava.

Havíamos começado a nossa jornada no princípio da lenta aurora lunar, e ainda tínhamos quase uma semana de tempo da Terra antes do anoitecer. Em trajes espaciais, saíamos de nossos veículos seis vezes por dia para procurar minerais de interesse ou instalar marcos de orientação para futuros viajantes. Era uma rotina monótona. Não havia nada de perigoso nem mesmo de especialmente empolgante na exploração lunar. Podíamos viver confortavelmente por um mês em nossos tratores pressurizados e, caso tivéssemos algum problema, podíamos sempre pedir ajuda pelo rádio e ficar quietos até uma das espaçonaves vir nos resgatar. Quando isso acontecia, sempre havia terríveis protestos sobre o desperdício de combustível dos foguetes, então um trator só pedia socorro em caso de real emergência.

Acabei de dizer que não havia nada de empolgante na exploração lunar, mas claro que isso não é verdade. Ninguém conseguiria se cansar daquelas montanhas incríveis, tão mais escarpadas que as suaves colinas da Terra. Ao contornar os cabos e promontórios daquele mar extinto, nunca sabíamos que novos esplendores se revelariam. Toda a curva sul do *Mare Crisium* é um vasto delta em que dezenas de rios outrora chegavam ao oceano, talvez alimentados pelas chuvas torrenciais que devem ter açoitado as montanhas na breve era vulcânica, quando a Lua era jovem. Cada um desses antigos vales era um convite, nos desafiando a escalar até os planaltos inexplorados do outro lado. No entanto, ainda tínhamos cento e cinquenta quilômetros para cobrir, e podíamos apenas olhar cobiçosos para as alturas que outros escalariam.

Mantínhamos o horário da Terra a bordo do trator e, precisamente às 22h00, a mensagem final de rádio seria enviada para a Base e encerraríamos o dia. Lá fora, as rochas continuariam a arder debaixo de um Sol quase vertical. Para nós, porém, seria noite até que voltássemos a acordar, oito horas depois. Então, um de nós prepararia o café da manhã, haveria um forte zumbido de barbeadores elétricos e alguém ligaria o rádio de ondas curtas da Terra. De fato, quando o cheiro de bacon frito começava a encher a cabine, às vezes ficava difícil acreditar que não estávamos de volta a nosso próprio mundo: tudo parecia muito normal e simples, a não ser pela sensação de menor peso e a estranha lentidão com que os objetos caíam.

Era a minha vez de preparar o café da manhã no canto da cabine principal que servia de copa. Depois de todos esses anos, ainda consigo me lembrar daquele momento muito vividamente, pois o rádio tinha acabado de tocar uma de minhas músicas favoritas, a velha toada galesa "David of the White Rock". Nosso motorista já estava do lado de fora, em seu traje espacial, inspecionando a esteira de nossas lagartas. Meu assistente, Louis Garnett, estava acima e à frente, na posição de controle, fazendo algumas anotações atrasadas no diário de bordo de ontem.

Enquanto esperava ao lado da frigideira, como qualquer dona de casa terrestre, que as linguiças dourassem, deixei o olhar vagar despreocupado pelos paredões das montanhas que cobriam todo o horizonte ao sul, bordejando até sumirem a leste e a oeste abaixo da curva da Lua. Pareciam estar a apenas dois ou três quilômetros do trator, mas eu sabia que a mais próxima estava a trinta quilômetros de distância. É claro que na Lua não há perda de detalhes com a distância, nada daquela nebulosidade quase imperceptível que suaviza e às vezes transfigura todas as coisas longínquas na Terra.

Aquelas montanhas tinham para três mil metros de altura e se elevavam abruptamente a partir da planície, como se eras atrás uma erupção subterrânea as tivesse rebentado em direção ao céu através da crosta derretida. A base até mesmo da mais próxima estava oculta da visão pela superfície extremamente curva da planície, pois a Lua era um mundo muito pequeno e, de onde eu estava, o horizonte ficava a apenas três quilômetros.

Ergui meus olhos para os picos que nenhum homem jamais escalara, os picos que, antes do surgimento da vida terrestre, assistiram aos oceanos em retirada descerem taciturnos para seus túmulos, levando com eles a esperança e a promessa nascente de um mundo. A luz do Sol incidia sobre aqueles baluartes com um clarão que feria os olhos e, no entanto, apenas um pouco mais acima as estrelas brilhavam firmes em um céu mais escuro que o de uma noite de inverno na Terra.

Estava desviando a vista quando meu olho captou um brilho metálico no cume de um grande promontório que avançava cinquenta quilômetros no mar a oeste. Era uma fonte de luz pontual, como se uma estrela do céu tivesse sido arrancada por um daqueles picos cruéis, e logo imaginei que alguma superfície rochosa lisa estivesse captando a luz do Sol e refletindo-a, como um heliógrafo, direto para meus olhos. Coisas assim não eram incomuns. Quando a Lua está no segundo quarto, observadores na Terra por vezes conseguem ver as cordilheiras do *Oceanus Procellarum* ardendo com uma iridescência azulada à medida que a luz do Sol se reflete em suas encostas e volta a saltar de um mundo para outro. Eu, porém, fiquei curioso para saber que tipo de rocha poderia estar brilhando com tal intensidade lá em cima e, por isso, subi para a torreta de observação e girei nosso telescópio de cem milímetros para oeste.

Pude ver apenas o bastante para me deixar mais curioso. Claros e nítidos no campo de visão, os picos das montanhas pareciam estar a menos de um quilômetro de distância, mas, fosse o que fosse que estivesse captando a luz do Sol, ainda era pequeno demais para se discernir. Apesar disso, parecia ter uma vaga simetria, e o cume sobre o qual repousava era curiosamente plano. Fiquei um bom tempo olhando para aquele enigma reluzente, forçando meus olhos, até que logo um cheiro de queimado vindo da copa me informou que as linguiças de nosso café da manhã haviam feito em vão a sua jornada de quatrocentos mil quilômetros.

Por toda aquela manhã discutimos durante o percurso no *Mare Crisium*, enquanto as montanhas a oeste se elevavam cada vez mais alto no céu. Mesmo quando estávamos fora, explorando a região em nossos trajes espaciais, a discussão continuava pelo rádio. Era certeza absoluta, meus companheiros afirmavam, que jamais houvera uma forma de vida inteligente na Lua. As únicas coisas vivas que chegaram a existir ali foram algumas plantas primitivas e seus ancestrais um pouco menos degenerados. Eu sabia disso tão bem quanto qualquer um, mas há ocasiões em que um cientista não deve temer fazer papel de bobo.

– Olha – eu disse, por fim –, vou subir lá, mesmo que seja apenas para a minha própria paz de espírito. Aquela montanha tem menos de quatro mil metros de altura, o que dá menos de setecentos metros na gravidade da Terra, e eu consigo ir e voltar em vinte horas, no máximo. Também sempre quis mesmo subir nesses morros e isto me dá uma excelente desculpa.

– Se você não quebrar o pescoço – Garnett disse –, vai ser o motivo de piada da expedição quando a gente voltar pra Base.

Aposto que vão chamar aquela montanha de "Loucura do Wilson" de agora em diante.

– Não vou quebrar o pescoço – respondi, decidido. – Quem foi o primeiro homem a escalar Pico e Hélicon?

– Mas você não era um tanto mais jovem naquela época? – Louis perguntou com delicadeza.

– Essa – respondi com grande dignidade – é uma razão tão boa quanto qualquer outra para ir.

Fomos para a cama cedo naquela noite, depois de levarmos o trator a menos de um quilômetro do promontório. Garnett iria comigo de manhã; era um bom alpinista e já havia participado diversas vezes dessas aventuras comigo. Nosso motorista ficou bem satisfeito em ficar encarregado da máquina.

À primeira vista, aqueles penhascos pareciam completamente impossíveis de se escalar, mas, para alguém com uma boa cabeça para alturas, escalar torna-se fácil em um mundo onde todos os pesos são apenas um sexto do valor normal. O perigo real no montanhismo lunar é o excesso de autoconfiança; uma queda de duzentos metros na Lua pode te matar com a mesma certeza que uma de trinta metros na Terra.

Fizemos nossa primeira parada em uma grande saliência no rochedo, a cerca de mil e trezentos metros acima da planície. A escalada não tinha sido muito difícil, porém meus braços e pernas doíam por estarem desacostumados ao esforço, e dei graças pelo descanso. Ainda podíamos ver o trator como um minúsculo inseto metálico na base do penhasco, e informamos nosso progresso ao motorista antes de começarmos a próxima etapa da ascensão.

O horizonte se alargava a cada hora e podia-se ver cada vez mais da grande planície. Agora, podíamos observar uma extensão de oitenta quilômetros do *Mare* e até ver os picos das montanhas na costa do outro lado, a mais de cento e cinquenta quilômetros de distância. Poucas das grandes planícies lunares são tão regulares quanto o *Mare Crisium* e assim podíamos quase imaginar que havia ali, três quilômetros abaixo de nós, um mar de água e não de rochas. Apenas um grupo de crateras no limite do horizonte estragava a ilusão.

Nossa meta ainda estava oculta acima da crista da montanha e estávamos nos guiando por mapas, usando a Terra como referência. Quase exatamente a leste de nós, aquele grande crescente prateado pairava baixo sobre a planície, já bem entrado em seu primeiro quarto. O Sol e as estrelas fariam a sua lenta marcha através do céu e em breve iriam se pôr, sumindo de vista, mas a Terra sempre estaria ali, nunca saindo de seu lugar estabelecido, crescendo e minguando enquanto os anos e as estações passavam. Em mais dez dias, ela seria um disco ofuscante, banhando estas rochas com seu resplendor da meia-noite, cinquenta vezes mais brilhante do que a Lua cheia. Nós, porém, precisávamos deixar as montanhas muito antes do anoitecer, ou ficaríamos entre elas para sempre.

Fazia um frio confortável dentro de nossos trajes, pois as unidades de refrigeração lutavam contra o Sol inclemente e levavam embora o calor corporal de nossos esforços. Falávamos pouco um com o outro, exceto para passar instruções de escalada e discutir o melhor plano para a subida. Não sei o que Garnett estava pensando, provavelmente que esta era a mais desvairada perda de tempo em que já se metera. Eu concordava com ele em boa parte, mas o prazer de escalar, o conhecimento de que nenhum homem jamais passara por ali e a euforia ocasionada pela vista que se alargava cada vez mais me proporcionavam toda a recompensa de que eu precisava.

Acho que não fiquei muito empolgado quando vi à nossa frente o paredão rochoso que antes inspecionara pelo telescópio a quase cinquenta quilômetros de distância. Ele se aplainava a uns quinze metros acima de nossas cabeças, e ali no platô estaria a coisa que me fez cruzar aquela vastidão árida. Era, quase com certeza, nada mais que uma rocha lascada eras atrás por um meteoro, com a superfície partida ainda fresca e brilhante naquele silêncio imutável e incorruptível.

Não havia onde se agarrar na superfície do paredão e, assim, tivemos de usar um arpéu. Meus braços cansados pareceram ganhar novas forças enquanto girava a âncora metálica de três ganchos em torno de minha cabeça e a enviava voando para cima, na direção das estrelas. Da primeira vez, ela se soltou e voltou caindo lentamente quando puxamos a corda. Na terceira tentativa, os ganchos se agarraram com firmeza e nossos pesos combinados não conseguiram soltá-los.

Garnett olhou para mim com ansiedade. Dava para ver que ele queria ir na frente, mas respondi com um sorriso através do vidro do meu capacete e fiz que não com a cabeça. Lentamente, sem me apressar, comecei a subida final.

Mesmo com o traje espacial, ali eu pesava apenas vinte quilos, de modo que me puxei para cima, uma mão após a outra, sem me incomodar em usar os pés. Na borda, fiz uma pausa e acenei para meu companheiro. Então usei mãos e pés para, com certa dificuldade, ultrapassar a beirada, e me pus em pé, olhando à frente.

Você precisa entender que até aquele preciso momento eu estava quase completamente convencido de que não podia haver nada de estranho ou incomum para se achar ali. Quase, mas não de todo; era aquela dúvida inquietante que me havia feito seguir em frente. Bem, não havia mais dúvida, mas a inquietação mal havia começado.

Eu estava em um platô de talvez trinta metros de largura. Já havia sido liso, liso demais para ser natural, mas os meteoros haviam marcado e sulcado a sua superfície por incontáveis eras. Tinha sido nivelado para servir de base a uma estrutura brilhante com a forma aproximada de uma pirâmide e o dobro da altura de um homem, engastada na rocha como se fosse uma gigantesca joia multifacetada.

É provável que absolutamente nenhuma emoção tenha passado pela minha cabeça naqueles primeiros segundos. Então, senti uma grande elevação de espírito e uma estranha e inexprimível alegria. Pois eu amava a Lua e, agora, sabia que o musgo rasteiro de Aristarco e Eratóstenes não tinha sido a única vida que ela gerara em sua juventude. O antigo e desacreditado sonho dos primeiros exploradores era verdade. Houve, afinal de contas, uma civilização lunar, e eu era o primeiro a encontrá-la. Que eu tivesse chegado talvez cem milhões de anos atrasado não me incomodava: já era o bastante que eu tivesse vindo.

Minha cabeça estava começando a funcionar normalmente, a analisar e a fazer perguntas. Aquilo era um prédio, um santuário... Ou algo para o qual a minha língua não tinha um nome? Se era um prédio, então por que foi construído em um ponto tão singularmente inacessível? Eu me perguntava se poderia ser um templo, e conseguia imaginar os adeptos de algum estranho sacerdócio invocando seus deuses para protegê-los à medida que a vida da Lua definhava com os oceanos moribundos, apelando a seus deuses em vão.

Avancei dez passos para examinar a coisa mais de perto, mas algum senso de cautela me impediu de chegar perto demais. Sabia um pouco de arqueologia e tentei adivinhar o nível cultural da civilização que devia ter aplainado aquela montanha e construído as superfícies espelhadas brilhantes que ainda ofuscavam meus olhos.

Os egípcios poderiam tê-lo feito, pensei, caso seus artífices tivessem o que quer que fossem os estranhos materiais usados por aqueles arquitetos muito mais antigos. Devido ao porte reduzido da coisa, não me ocorreu que pudesse estar contemplando o trabalho de uma raça mais avançada do que a minha própria. A ideia de que a Lua possuíra inteligência já era quase fantástica demais para se apreender, e meu orgulho não me permitiria saltar para a humilhante conclusão.

Então percebi algo que me arrepiou os cabelos da nuca, algo tão trivial e tão inocente que muitos nunca o teriam notado. Eu disse que o platô tinha sido marcado por meteoros; também estava coberto por vários centímetros da poeira cósmica que está sempre caindo sobre a superfície de qualquer mundo onde não haja ventos para perturbá-la. No entanto, a poeira e as marcas de meteoros terminavam abruptamente em um amplo círculo que cercava a pequena pirâmide, como se uma parede invisível a protegesse dos maus-tratos do tempo e do vagaroso, mas incessante, bombardeio do espaço.

Alguém estava gritando em meus fones de ouvido, e me dei conta de que Garnett já estava me chamando há algum tempo. Caminhei sem muita firmeza até a beira do penhasco e fiz sinal para ele subir, não confiando que eu fosse conseguir falar. Em seguida, voltei àquele círculo na poeira. Apanhei um fragmento de rocha lascada e o joguei sem força na direção do enigma cintilante. Não teria ficado surpreso caso a pedra tivesse desaparecido naquela barreira invisível, mas ela pareceu atingir uma superfície hemisférica lisa e deslizou com suavidade até o chão.

Soube então que não estava olhando para nada que tivesse um equivalente na antiguidade de minha própria raça. Aquilo não era um prédio, mas uma máquina, protegendo-se com forças que haviam desafiado a Eternidade. Essas forças, quaisquer que fossem, ainda estavam em ação, e talvez eu já tivesse chegado perto demais. Pensei em todas as radiações que o homem havia aprisionado e domado no século passado. Até onde eu sabia, havia a probabilidade de eu estar tão irrevogavelmente condenado quanto se tivesse adentrado a aura fatal e silenciosa de uma pilha atômica exposta.

Lembro-me de, nesse momento, ter olhado para Garnett, que já havia subido e estava imóvel a meu lado. Parecia totalmente alheio à minha presença, por isso não o perturbei e, em lugar disso, fui até a beira do penhasco em um esforço para ordenar meus pensamentos. Lá embaixo estendia-se o *Mare Crisium*, de fato um Mar das Crises, estranho e misterioso para a maior parte dos homens, mas tranquilizador e familiar para mim. Ergui meus olhos em direção à Terra crescente, repousando em seu berço de estrelas, e me perguntei o que as suas nuvens cobriam na época em que aqueles construtores desconhecidos terminaram a sua obra. Teriam sido as selvas enevoadas do Carbonífero, as praias desoladas sobre as quais os primeiros anfíbios tiveram de rastejar para conquistar a terra... Ou um período ainda mais primitivo, a longa solidão antes da chegada da vida?

Não me pergunte por que não adivinhei a verdade mais cedo; a verdade que agora parece tão óbvia. Na emoção inicial de minha descoberta, havia presumido sem questionar que aquela aparição cristalina tinha sido construída por alguma raça pertencente ao passado remoto da Lua. Subitamente, porém, e com força avassaladora, veio-me a crença de que ela era tão estranha à Lua quanto eu mesmo.

Em vinte anos, não havíamos encontrado nenhum sinal de vida, exceto algumas plantas degeneradas. Nenhuma civilização lunar, qualquer que tivesse sido o seu fim, poderia ter deixado apenas um único testemunho de sua existência.

Voltei a olhar para a pirâmide reluzente e ela me pareceu ainda mais distante de qualquer coisa que tivesse a ver com a Lua. E, de repente, me senti chacoalhar com uma risada tola e histérica, fruto da emoção e da exaustão, pois havia imaginado que aquela pequena pirâmide estava falando comigo e dizendo: "Sinto muito, mas também não sou daqui".

Levamos vinte anos para romper aquele escudo invisível e ter acesso à máquina dentro daquelas paredes de cristal. O que não pudemos compreender, quebramos por fim com o poder brutal da energia atômica, e agora já vi os fragmentos da coisa resplandecente e graciosa que encontrei no topo daquela montanha.

Eles não fazem sentido. Os mecanismos da pirâmide, se de fato forem mecanismos, pertencem a uma tecnologia que está muito à frente de nossos horizontes, talvez a uma tecnologia de forças parafísicas.

O mistério nos assombra ainda mais agora que chegamos aos outros planetas e sabemos que apenas a Terra já serviu de lar à vida inteligente em nosso Universo. Nem poderia qualquer civilização perdida de nosso próprio mundo ter construído aquela máquina, pois a espessura da poeira meteórica naquele platô nos permitiu estimar a sua idade: ela fora instalada ali na montanha antes que a vida tivesse emergido dos mares da Terra.

Quando nosso mundo tinha metade da sua idade atual, *alguma coisa* das estrelas atravessou o Sistema Solar, deixou aquele testemunho de sua passagem e prosseguiu em seu caminho. Até que a destruíssemos, aquela máquina ainda estava cumprindo o desígnio de seus construtores; quanto a esse desígnio, eis o meu palpite.

Quase cem bilhões de estrelas giram no círculo da Via Láctea, e há muito tempo outras raças nos mundos de outros sóis devem ter escalado e ultrapassado as alturas que alcançamos. Pense nessas civilizações, em um passado tão remoto que ainda se viam os resquícios evanescentes do brilho da Criação, senhores de um universo tão jovem que a vida, até aquele momento, surgira apenas em um punhado de mundos. A solidão deles, nem podemos imaginar, a solidão de deuses olhando para o infinito e não encontrando ninguém para compartilhar seus pensamentos.

Devem ter vasculhado os aglomerados de estrelas da mesma forma que nós vasculhamos os planetas. Em todos os lugares encontravam mundos, mas estavam vazios ou habitados por seres rastejantes, desprovidos de inteligência. Assim era a nossa própria Terra, a fumaça dos grandes vulcões ainda manchando os céus, quando aquela primeira nave dos povos do alvorecer chegou, deslizando do abismo além de Plutão. Passou pelos gelados mundos exteriores, sabendo que a vida não poderia desempenhar um papel em seus destinos. Veio repousar entre os planetas interiores, que se aqueciam em torno do fogo do Sol e aguardavam que suas histórias começassem.

Aqueles viajantes devem ter observado a Terra, girando em segurança na estreita zona entre o fogo e o gelo, e devem ter adivinhado que era a favorita dentre os filhos do Sol. Aqui, no futuro distante, haveria inteligência; mas ainda havia incontáveis estrelas diante deles, e talvez nunca mais passassem por aqui.

Por isso, deixaram uma sentinela, uma dentre milhões que espalharam por todo o Universo, guardando todos os mundos com promessa de vida. Era um farol que, ao longo de eras, havia pacientemente sinalizado o fato de que ninguém o descobrira.

Talvez você agora compreenda o motivo da pirâmide de cristal ter sido colocada na Lua em vez de na Terra. Seus construtores não se importavam com raças ainda lutando para deixar a selvageria. Teriam interesse em nossa civilização apenas se provássemos a nossa capacidade de sobreviver, cruzando o espaço e, assim, nos libertando da Terra, nosso berço. Esse é o desafio que todas as raças inteligentes devem enfrentar, cedo ou tarde. É um desafio duplo, pois depende, por sua vez, da conquista da energia atômica e da escolha final entre a vida e a morte.

Uma vez superada essa crise, era apenas questão de tempo até que encontrássemos a pirâmide e a abríssemos à força. Agora seus sinais foram interrompidos, e aqueles encarregados disso voltarão suas mentes para a Terra. Talvez desejem ajudar nossa jovem civilização. No entanto, devem ser muito, muito velhos, e os velhos muitas vezes sentem uma inveja insana dos jovens.

Não consigo mais olhar para a Via Láctea sem me perguntar de qual daquelas nuvens compactas de estrelas os emissários estariam vindo. Se me perdoarem uma comparação tão trivial, disparamos o alarme de incêndio e a única coisa que nos resta fazer é esperar.

Duvido que tenhamos de esperar muito.

ENCONTRO NO ALVORECER

Foi nos últimos dias do Império. A minúscula nave estava longe de casa e a quase cem anos-luz de sua grande nave de origem, vasculhando entre as estrelas frouxamente agrupadas da borda da Via Láctea. Mesmo aqui, porém, ela não conseguia escapar da sombra que se abatia sobre a civilização: debaixo daquela sombra, parando seu trabalho vez ou outra para se perguntar como seus lares distantes estariam se saindo, os cientistas do Levantamento Galáctico ainda se esforçavam em sua tarefa sem fim.

A nave tinha apenas três ocupantes, mas que detinham entre eles o conhecimento de muitas ciências e a experiência de metade de uma vida no espaço. Depois da longa noite interestelar, a estrela à frente aquecia seus espíritos enquanto caíam em direção a suas chamas. Um pouco mais dourada e um pouquinho mais brilhante do que o Sol que agora parecia uma lenda de sua infância. De experiências passadas, sabiam que a chance de localizar algum planeta aqui era de mais de noventa por cento e, por um momento, esqueceram-se de tudo o mais na empolgação da descoberta.

Encontraram o primeiro planeta minutos depois de terem parado. Era um gigante, de um tipo conhecido, frio demais para a vida protoplásmica e que não devia ter uma superfície estável. Por isso dirigiram a sua busca em direção ao Sol, e logo foram recompensados.

Era um mundo que lhes dava saudades de casa, um mundo onde tudo era estranhamente familiar, ainda que nunca exatamente o mesmo. Duas grandes massas terrestres flutuavam em mares azul-esverdeados, com uma calota de gelo em cada um dos polos. Havia algumas regiões desérticas, mas ficava claro que a maior parte do planeta era fértil. Mesmo desta distância, os sinais de vegetação eram inconfundíveis.

Contemplavam, ansiosos, a paisagem em expansão à medida que, em queda, penetravam a atmosfera, dirigindo-se para o meio-dia nas regiões subtropicais. A nave se arremessou através de céus claros, em direção a um grande rio, controlou a queda com um surto de energia silenciosa e parou entre as longas gramíneas à beira d'água.

Ninguém se mexeu: não havia nada a fazer até os instrumentos automáticos concluírem o seu trabalho. Então, uma campainha emitiu um som baixo e as luzes no painel de controle piscaram em um padrão de caos com sentido. O comandante Altman pôs-se de pé com um suspiro de alívio.

– Estamos com sorte – ele disse. – Vamos poder ir lá fora sem proteção, se os testes patogênicos forem satisfatórios. O que descobriu sobre o lugar enquanto chegávamos, Bertrond?

– Geologicamente estável... Sem vulcões ativos, pelo menos. Não vi nenhum sinal de cidades, mas isso não prova nada. Se houver uma civilização aqui, ela pode ter passado desse estágio.

– Ou ainda não ter chegado nele?

Bertrond deu de ombros.

– Um é tão provável quanto o outro. Pode levar algum tempo para descobrir, num planeta deste tamanho.

– Mais tempo do que temos – disse Clindar, olhando de relance para o painel de comunicações que os ligava à nave-mãe e, dali, ao coração ameaçado da Galáxia. Por um momento, fez-se um silêncio melancólico. Em seguida, Clindar foi até o painel de controle e pressionou um padrão de teclas com habilidade automática.

Com uma ligeira vibração, uma seção do casco deslizou para o lado e o quarto componente da tripulação saiu para o novo planeta, flexionando os membros de metal e ajustando seus servomotores à gravidade estranha. Dentro da nave, uma tela de televisão se acendeu, revelando um longo panorama de gramíneas ondulantes, algumas árvores a meia distância e um vislumbre do grande rio. Clindar apertou um botão e a imagem deslizou com firmeza pela tela enquanto o robô virava a cabeça.

– Em que direção devemos ir? – Clindar perguntou.

– Vamos dar uma olhada naquelas árvores – foi a resposta de Altman. – Se houver alguma vida animal, é ali que vamos encontrá-la.

– Olha! – gritou Bertrond. – Um pássaro!

Os dedos de Clindar voaram sobre o teclado; a imagem centralizou-se na manchinha que aparecera de repente do lado esquerdo da tela, e expandiu-se rapidamente quando a lente de telefoto do robô entrou em ação.

– É isso mesmo – ele disse. – Penas... Bico... Bem avançado na escala evolucionária. Este lugar parece promissor. Vou ligar a câmera.

O movimento oscilante da imagem enquanto o robô caminhava não os distraía: tinham se acostumado com isso há muito tempo. Eles, porém, nunca haviam se conformado em explorar por procuração, quando todos os seus impulsos lhes gritavam para deixar a nave, correr pelo mato e sentir o vento soprando em seus rostos. No entanto, era um risco grande demais para se correr, mesmo em um mundo que parecia tão agradável quanto este. Havia sempre uma caveira escondida atrás do rosto mais sorridente da Natureza. Animais selvagens, répteis venenosos, pântanos... A morte podia chegar ao explorador incauto sob milhares de disfarces. E o pior de tudo eram os inimigos invisíveis, as bactérias e os vírus contra os quais a única defesa poderia muitas vezes estar a mil anos-luz de distância.

Um robô podia rir de todos esses perigos e mesmo que, como às vezes acontecia, encontrasse uma fera com força o bastante para destruí-lo... Bem, sempre era possível substituir máquinas.

Não depararam com nada na caminhada pelo mato. Se algum pequeno animal foi perturbado pela passagem do robô, manteve-se fora do campo de visão. Clindar desacelerou a máquina quando ela se aproximou das árvores, e os espectadores dentro da nave se encolheram por instinto diante dos galhos que pareciam açoitar seus olhos. A imagem escureceu por um momento, antes que os controles se reajustassem para a iluminação mais fraca; em seguida, voltou ao normal.

A floresta estava cheia de vida. Ela espreitava na vegetação rasteira, trepava entre os ramos, voava pelo ar. Fugia, chilreando e tagarelando por entre as árvores, à medida que o robô avançava. E, todo o tempo, as câmeras automáticas estavam registrando as imagens que se formavam na tela, colhendo material para a análise dos biólogos quando a nave retornasse à base.

Clindar soltou um suspiro de alívio quando as árvores de repente rarearam. Impedir que o robô batesse em obstáculos enquanto atravessava a floresta era um trabalho exaustivo, mas, no terreno aberto, ele podia se cuidar sozinho. Então a imagem estremeceu, como se tivesse levado um golpe, houve um som de pancada metálica e a cena inteira deslizou vertiginosamente para cima enquanto o robô perdia o equilíbrio e caía.

– O que foi isso? – exclamou Altman. – Você tropeçou?

– Não – respondeu Clindar, de cara fechada, seus dedos voando sobre o teclado. – Alguma coisa atacou por trás. Espero... Ah... Ainda tenho o controle.

Guiou o robô até uma posição sentada e girou sua cabeça. Não levou muito tempo para encontrar a causa do problema. Parado a alguns metros de distância e agitando a cauda, furioso, estava um grande quadrúpede com uma ferocíssima coleção de dentes. No momento, parecia claro que estava tentando decidir se atacaria de novo.

Devagar, o robô se colocava de pé e, enquanto isso, a grande fera se agachou para saltar. Um sorriso perpassou pelo rosto de Clindar: ele sabia como lidar com a situação. Seu polegar procurou o botão, raramente usado, rotulado "Sirene".

A floresta ecoou com um terrível grito ondulante vindo do alto-falante oculto do robô, e a máquina avançou para enfrentar seu adversário, os braços se agitando à sua frente. A fera, assustada, quase caiu para trás em seu esforço para se virar e, em segundos, havia desaparecido de vista.

– Pelo jeito, agora vamos ter que esperar algumas horas até que tudo volte a sair do esconderijo – lamentou Bertrond.

– Não entendo muito de psicologia animal – aparteou Altman –, mas não é estranho atacarem algo totalmente desconhecido?

– Alguns atacam qualquer coisa que se mova, mas isso não é comum. O normal é que ataquem apenas para se alimentar, ou se já tiverem sido ameaçados. Aonde quer chegar? Está sugerindo que tem outros robôs neste planeta?

– Claro que não. Mas nosso amigo carnívoro pode ter confundido a nossa máquina com um bípede mais comestível. Não acha que esta abertura na selva é um tanto estranha? Pode muito bem ser uma trilha.

– Nesse caso – respondeu Clindar, de pronto –, vamos segui-la e descobrir. Estou cansado de ficar desviando de árvores, mas espero que nada volte a nos atacar: faz mal aos meus nervos.

– Você estava certo, Altman – disse Bertrond um pouco depois. – É mesmo uma trilha. Mas isso não quer dizer inteligência. Afinal de contas, animais...

Deteve-se no meio da frase, e, no mesmo instante, Clindar fez o robô parar em seu avanço. A trilha havia subitamente se aberto em uma ampla clareira, quase toda ocupada por uma aldeia de precárias choupanas. Era cercada por uma paliçada de madeira, uma defesa óbvia contra um inimigo que, no momento, não representava nenhuma ameaça, já que os portões estavam escancarados e, do outro lado, os habitantes cuidavam tranquilamente de suas vidas.

Por vários minutos, os três exploradores contemplaram a tela em silêncio. Então Clindar teve um ligeiro calafrio e comentou:

– Que esquisito! Podia ser o nosso próprio planeta, cem mil anos atrás. Eu me sinto como se tivesse voltado no tempo.

– Não tem nada de estranho nisso – disse o prático Altman. – Afinal, já descobrimos quase cem planetas com nosso tipo de vida.

– É – retrucou Clindar. – Cem na Galáxia inteira! Ainda acho estranho que tivesse de acontecer com a gente.

– Bem, tinha de acontecer com *alguém* – disse Bertrond, filosoficamente. – Por enquanto, precisamos planejar nosso procedimento de contato. Se mandarmos o robô entrar na aldeia, vamos gerar pânico.

– Isso – disse Altman – é que eu chamo de eufemismo. O que vamos precisar fazer é apanhar um nativo sozinho e provar que somos amigáveis. Esconda o robô, Clindar... em algum lugar da floresta onde possa vigiar a aldeia sem ser descoberto. Temos uma semana de antropologia prática pela frente!

Levou três dias para os testes biológicos mostrarem que era seguro deixar a nave. Mesmo assim, Bertrond insistiu em ir sozinho... Isto é, sozinho se você não levasse em consideração a companhia substancial do robô. Com um aliado desses, ele não temia as maiores feras do planeta, e as defesas naturais de seu corpo podiam cuidar dos micro-organismos. Pelo menos era o que os analisadores haviam lhe assegurado e, considerando a complexidade do problema, eles cometiam pouquíssimos erros.

Bertrond ficou no exterior por uma hora, divertindo-se com cautela, enquanto seus companheiros observavam com inveja. Levaria mais três dias para terem certeza absoluta de que era seguro seguir o seu exemplo. Nesse ínterim, mantinham-se ocupados o bastante observando a aldeia através das lentes do robô e gravando tudo o que podiam com as câmeras. Durante a noite, haviam mudado a nave de lugar, de modo que ficasse oculta nas profundezas da floresta, pois não desejavam ser descobertos até estarem prontos.

E todo o tempo as notícias de casa pioravam. Apesar de seu distanciamento aqui, na borda do Universo, amortecer o impacto, elas pesavam em suas mentes e, às vezes, os oprimiam com uma sensação de futilidade. Sabiam que a qualquer momento podiam receber o sinal de retorno, à medida que o Império convocava os últimos recursos de seus confins. Até lá, porém, continuariam com seu trabalho como se o conhecimento puro fosse a única coisa que importasse.

Sete dias depois da aterrissagem, estavam prontos para fazer o experimento. Sabiam agora quais trilhas os aldeões usavam quando saíam para caçar, e Bertrond escolheu um dos caminhos menos frequentados. Então colocou uma cadeira firmemente no meio da trilha e se acomodou para ler um livro.

É claro que não era tão simples assim: Bertrond havia tomado todas as precauções imagináveis. Escondido no mato a cinquenta metros de distância, o robô o vigiava através de suas lentes telescópicas, segurando em sua mão uma arma pequena, mas letal. Controlando-o a partir da espaçonave, com seus dedos flutuando sobre o teclado, Clindar aguardava para fazer o que fosse necessário.

Esse era o lado negativo do plano; o lado positivo era mais evidente. Aos pés de Bertrond jazia a carcaça de um pequeno animal com chifres, que ele esperava ser um presente aceitável para qualquer caçador passando por este caminho.

Duas horas depois, o rádio no arnês de seu traje sussurrou um aviso. Com bastante calma, embora o sangue latejasse em suas veias, Bertrond colocou o livro de lado e olhou ao longo da trilha. O selvagem avançava caminhando, bastante seguro de si, balançando uma lança na mão direita. Parou por um momento ao ver Bertrond e, em seguida, continuou com mais cautela. Podia ver que não havia nada a temer, pois o estranho tinha constituição frágil e estava claramente desarmado.

Quando apenas cinco metros os separavam, Bertrond deu um sorriso tranquilizador e levantou-se devagar. Curvou-se, apanhou a carcaça e a levou adiante como um presente. O gesto teria sido entendido por qualquer criatura em qualquer mundo, e foi entendido aqui. O selvagem estendeu as mãos, aceitou o animal e o jogou sem nenhum esforço sobre o ombro. Por um instante, olhou nos olhos de Bertrond com uma expressão impenetrável; então se virou e caminhou de volta para a aldeia. Três vezes virou-se para ver se Bertrond o seguia, e a cada vez Bertrond sorriu e acenou, transmitindo confiança. Todo o episódio durou pouco mais de um minuto. Como um primeiro contato entre duas raças, foi completamente sem drama, embora não sem dignidade.

Bertrond não saiu do lugar até que o outro tivesse sumido de vista. Então relaxou e falou no microfone do traje.

– Foi um começo muito bom – disse, triunfante. – Ele não ficou nem um pouco assustado, nem mesmo desconfiado. Acho que vai voltar.

– Ainda parece bom demais para ser verdade – a voz de Altman disse em seu ouvido. – Eu imaginava que ele ou teria medo ou seria hostil. *Você* teria aceitado com essa tranquilidade um presente generoso de um desconhecido esquisito?

Bertrond caminhava devagar de volta à nave. O robô já havia saído do esconderijo e mantinha guarda alguns passos atrás.

– *Eu* não – respondeu –, mas faço parte de uma comunidade civilizada. Selvagens completos podem reagir a estranhos de muitas formas diferentes, de acordo com suas experiências anteriores. Suponha que a tribo dele nunca tenha tido nenhum inimigo. Isso é bem possível num planeta grande, mas pouco povoado. Nesse caso, podemos esperar curiosidade, mas nenhum medo.

– Se essa gente não tem inimigos – interveio Clindar, não mais plenamente ocupado no controle do robô –, por que fizeram uma paliçada em torno da aldeia?

– Quis dizer nenhum inimigo *humano* – respondeu Bertrond. – Se isso for verdade, simplifica em muito a nossa tarefa.

– Acha que ele vai voltar?

– Claro. Se for tão humano quanto penso, a curiosidade e a ganância farão com que volte. Em alguns dias, vamos ser amigos do peito.

Analisando-se sem paixões, aquilo se tornou uma fantástica rotina. A cada manhã, o robô saía para caçar sob o controle de Clindar, até se tornar o matador mais implacável da selva. Então Bertrond esperava até Yaan (o mais próximo que conseguiam chegar de seu nome) vir caminhando a passos largos, confiante, ao longo da trilha. Vinha no mesmo horário todos os dias, e vinha sempre sozinho. Eles se perguntavam sobre isso: será que ele queria manter a sua grande descoberta apenas para si mesmo e assim ficar com todo o crédito por sua destreza como caçador? Se fosse o caso, isso demonstrava uma visão e uma astúcia inesperadas.

No começo, Yaan partia de imediato com seu prêmio, como se temesse que o doador de um presente tão generoso pudesse mudar de ideia. Logo, porém, conforme Bertrond esperara, podia-se convencê-lo a ficar um pouco mais com truques simples de ilusionismo e a exibição de tecidos e cristais de cores intensas, que lhe causavam um deleite infantil. Por fim, Bertrond conseguiu envolvê-lo em longas conversas, todas gravadas, além de registradas pelos olhos do robô oculto.

Um dia, os filólogos talvez pudessem analisar esse material; o melhor que Bertrond podia fazer era descobrir o significado de uns poucos verbos e substantivos simples. Isso se tornava um pouco mais difícil pelo fato de Yaan não apenas usar palavras diferentes para a mesma coisa, mas, às vezes, a mesma palavra para coisas diferentes.

No intervalo entre essas entrevistas diárias, a nave viajava para longe, inspecionando do ar o planeta e às vezes pousando para exames mais detalhados. Embora vários outros povoados humanos fossem observados, Bertrond não fez nenhuma tentativa de entrar em contato com eles, pois era fácil perceber que estavam todos no mesmo nível cultural do povo de Yaan.

Bertrond muitas vezes pensava que era uma piada de muito mau gosto por parte do Destino que uma das pouquíssimas raças verdadeiramente humanas da Galáxia tivesse de ser descoberta justo agora. Não muito tempo atrás, este teria sido um evento de extrema importância; agora, a civilização estava sobrecarregada demais para se preocupar com estes primos selvagens aguardando no alvorecer da história.

Foi só quando Bertrond teve certeza de que havia se tornado parte do dia a dia de Yaan que ele lhe apresentou o robô. Estava mostrando a Yaan os padrões em um caleidoscópio quando Clindar trouxe a máquina caminhando a passos largos através do mato, com sua última vítima balançando sobre um dos braços metálicos. Pela primeira vez, Yaan demonstrou algo semelhante a medo, mas relaxou diante das palavras tranquilizadoras de Bertrond, embora não tirasse o olho do monstro que se aproximava. O robô parou a alguma distância e Bertrond caminhou para se encontrar com ele. Quando fez isso, o robô ergueu os braços e lhe passou o animal morto. Bertrond o aceitou solenemente e o levou para Yaan, cambaleando um pouco sob o peso a que não estava acostumado.

Bertrond teria dado muito para saber exatamente o que Yaan estava pensando enquanto aceitava o presente. Será que estava tentando decidir se o robô era senhor ou escravo? Talvez conceitos como esses estivessem além de sua compreensão: para ele, o robô podia ser simplesmente outro homem, um caçador amigo de Bertrond.

A voz de Clindar, ligeiramente mais alta que a real, veio do alto-falante do robô:

– É espantosa a calma com que ele nos aceita. Será que não tem medo de nada?

– Você insiste em julgar o Yaan pelos seus próprios padrões – respondeu Bertrond. – Lembre que a psicologia dele é completamente diferente e muito mais simples. Agora que ele tem confiança em mim, não vai se preocupar com nada que eu aceite como normal.

– Será que vai ser assim com toda a raça dele? – indagou Altman. – Não é nada seguro julgar com base em um só espécime. Quero ver o que vai acontecer quando mandarmos o robô para a aldeia.

– Puxa! – exclamou Bertrond. – *Isso* deixou o Yaan espantado. Ele nunca tinha visto alguém falar com duas vozes.

– Acha que ele vai adivinhar a verdade quando nos conhecer? – perguntou Clindar.

– Não. O robô vai ser pura mágica para ele… Mas não vai ser nem um pouco mais fantástico do que o fogo, o relâmpago e todas as outras forças que ele já deve achar normais.

– Bem, qual o próximo passo? – perguntou Altman, um pouco impaciente. – Vai trazer o Yaan para a nave ou vai entrar na aldeia primeiro?

Bertrond hesitou.

– Estou preocupado em não fazer coisas demais rápido demais. Você sabe dos acidentes que já aconteceram com raças desconhecidas quando se tentou isso. Vou deixar que ele pense bem sobre isto e, quando voltarmos amanhã, vou tentar convencê-lo a levar o robô até a aldeia.

Dentro da nave oculta, Clindar reativou o robô e começou a colocá-lo de novo em movimento. Assim como Altman, estava ficando um tanto impaciente com esse excesso de zelo, mas, em todos os assuntos relacionados a formas de vida alienígenas, Bertrond era o especialista, e eles tinham de seguir suas ordens.

Havia momentos agora em que quase desejava ser ele mesmo um robô, desprovido de sentimentos ou emoções, capaz de observar a queda de uma folha ou as agonias da morte de um mundo com a mesma indiferença…

* * *

O Sol estava se pondo quando Yaan ouviu a grande voz gritando na floresta. Ele a reconheceu na hora, a despeito do volume inumano: era a voz de seu amigo, e o estava chamando.

No silêncio ecoante, a vida da aldeia parou. Até as crianças pararam de brincar: o único som era o choro fino de um bebê, assustado com o repentino silêncio.

Todos os olhos estavam em Yaan enquanto ele corria até sua choupana e agarrava a lança guardada ao lado da entrada. A paliçada logo seria fechada contra os predadores noturnos, mas ele não hesitou em sair para as sombras que se alongavam. Estava passando pelos portões quando, mais uma vez, a poderosa voz o chamou, e agora ela continha um tom de urgência que claramente atravessou todas as barreiras de língua e cultura.

O gigante reluzente que falava com muitas vozes se encontrou com ele a pouca distância da aldeia e acenou para que Yaan o seguisse. Não havia sinal de Bertrond. Caminharam por mais de um quilômetro antes de vê-lo a distância, parado não muito longe da margem do rio, olhando para dentro das águas lentas e escuras.

Virou-se quando Yaan se aproximava; no entanto, por um momento, pareceu ignorar a sua presença. Então fez um gesto de dispensa para o ser reluzente, que se retirou para longe.

Yaan aguardou. Era paciente e, embora jamais pudesse ter expressado isso em palavras, estava contente. Quando estava com Bertrond, sentia os primeiros sinais daquela devoção abnegada e totalmente irracional que a sua raça só alcançaria plenamente dali a muitas eras.

Era um estranho quadro. Dois homens em pé aqui, à beira do rio. Um vestia um uniforme justo equipado com minúsculos e complexos mecanismos. O outro usava a pele de um animal e carregava uma lança com ponta de sílex. Dez mil gerações os separavam; dez mil gerações e um infindável abismo de espaço. No entanto, eram ambos humanos. Como precisa fazer muitas vezes na eternidade, a Natureza repetira um de seus padrões básicos.

Bertrond logo começou a falar, ao mesmo tempo em que caminhava em passos curtos e rápidos de lá para cá, com um traço de tristeza na voz.

– Acabou tudo, Yaan. Eu esperava que, com nosso conhecimento, pudéssemos tirar vocês do barbarismo em dez gerações, mas agora vocês vão ter que abrir sozinhos o seu caminho para fora da selva, e talvez isso leve um milhão de anos. Sinto muito... Podíamos ter feito tanto. Mesmo agora, eu queria ficar aqui, mas Altman e Clindar falam de dever, e acho que estão certos. Há muito pouco que podemos fazer, mas nosso mundo está chamando e não devemos abandoná-lo...

... Queria que você pudesse me entender, Yaan. Queria que você soubesse o que estou dizendo. Vou deixar estes instrumentos: alguns você vai descobrir como usar, embora o mais provável seja que em uma geração terão sido perdidos ou esquecidos. Veja como esta lâmina corta: vão se passar eras antes que o seu mundo possa fazer uma parecida. E guarde bem isto: quando você aperta o botão... Olha só! Se não usar muito, vai te dar luz por anos, embora, mais cedo ou mais tarde, ela vá se apagar. Quanto a estas outras coisas, encontre o uso que puder para elas...

... Lá vêm as primeiras estrelas, ali no leste. Você costuma olhar as estrelas, Yaan? Imagino quanto tempo vai levar para vocês descobrirem o que elas são, e me pergunto o que terá acontecido conosco a essa altura. Aquelas estrelas são as nossas casas, Yaan, e não podemos salvá-las. Muitas já morreram, em explosões tao vastas que não consigo imaginar mais do que você. Em cem mil dos seus anos, as luzes daquelas piras funerárias vão chegar ao seu mundo e deixar os seus povos curiosos. Nessa altura, quem sabe, a sua raça estará tentando chegar às estrelas. Queria poder alertar vocês contra os erros que cometemos e que agora vão nos custar tudo o que conquistamos...

... É bom para o seu povo, Yaan, que o seu mundo esteja aqui nos confins do Universo. Vocês podem escapar da destruição que nos aguarda. Um dia, quem sabe, as suas naves partirão para vasculhar as estrelas, como nós fizemos, e vocês podem se deparar com as ruínas de nossos mundos e se perguntar quem fomos nós. Mas nunca vão saber que nos encontramos aqui, à margem deste rio, quando a sua raça era jovem...

... Lá vêm os meus amigos; não quiseram me dar mais tempo. Adeus, Yaan... Faça bom uso das coisas que deixei com você. São os maiores tesouros do seu mundo.

Algo enorme, algo que resplandecia à luz das estrelas, deslizava para baixo, vindo do céu. Não tocou o chão, mas parou um pouco acima da superfície e, em completo silêncio, um retângulo de luz se abriu na lateral. O gigante reluzente surgiu, saindo da noite, e entrou pela porta dourada. Bertrond o seguiu, parando por um momento na entrada para acenar de volta para Yaan. Então a escuridão se fechou às suas costas.

Tão devagar quanto sobe a fumaça de uma fogueira, a nave se ergueu para longe. Quando ficou tão pequena que Yaan teve a impressão de poder segurá-la nas mãos, ela pareceu se dissolver em uma comprida linha de luz que se projetava em direção às estrelas. Do céu limpo, um som de trovão ecoou sobre a terra adormecida, e Yaan por fim soube que os deuses haviam partido e nunca mais voltariam.

Ficou parado um longo tempo à margem das águas que fluíam devagar, e surgiu em sua alma um sentimento de perda que jamais esqueceria e jamais entenderia. Então, com cuidado e reverência, reuniu os presentes deixados por Bertrond.

Sob as estrelas, o vulto solitário caminhou para casa por uma terra sem nome. Às suas costas, o rio fluía lentamente para o mar, serpenteando através das férteis planícies nas quais, mais de mil séculos à frente, os descendentes de Yaan construiriam a grande cidade que viriam a chamar Babilônia.

OUTROS LIVROS DE
ARTHUR C. CLARKE
PUBLICADOS PELA ALEPH

O FIM DA INFÂNCIA

– A sua raça demonstrou uma notável incapacidade de lidar com os problemas de seu próprio não tão grande planeta. Quando chegamos, estavam prestes a se destruir com os poderes que a ciência havia, inadvertidamente, lhes oferecido. Sem a nossa intervenção, a Terra hoje seria um deserto radioativo. Agora, vocês têm um mundo em paz, e uma raça unida. Em breve, serão civilizados o bastante para conduzir seu planeta sem a nossa assistência. Quem sabe possam, um dia, lidar com os problemas de todo um sistema solar... digamos, de cinquenta luas e planetas. Mas vocês acham mesmo que poderiam algum dia lidar com isto?

A nebulosa expandiu-se. Agora, as estrelas individuais passavam correndo, aparecendo e desaparecendo tão rápido quanto centelhas de uma forja. E cada uma daquelas breves centelhas era um sol, com sabe-se lá quantos mundos à sua volta...

– Só nesta nossa Galáxia – murmurou Karellen – há oitenta e sete bilhões de sóis. Mesmo esse número lhes dá apenas uma leve ideia da imensidão do espaço. Ao desafiá-lo, vocês seriam como formigas tentando rotular e classificar todos os grãos de areia em todos os desertos do mundo. A sua raça, em seu atual estágio de evolução, não pode enfrentar um desafio tão grande. Um de meus deveres tem sido protegê-los dos poderes e forças que existem entre as estrelas. Forças além de qualquer coisa que possam vir a imaginar.

A imagem do turbilhão de névoas incandescentes da Galáxia se desvaneceu. A luz voltou ao súbito silêncio da grande sala.

Karellen se virou para partir. A audiência terminara. Na porta, fez uma pausa e voltou a olhar para a multidão silenciosa.

– É uma ideia terrível, mas precisam encará-la. Pode ser que um dia vocês possuam os planetas. Mas as estrelas não são para o Homem.

ENCONTRO COM RAMA

As primeiras imagens, a dez mil quilômetros de distância, paralisaram as atividades de toda a humanidade. Em um bilhão de telas de televisão, eis que aparece um cilindro pequeno e uniforme, aumentando rapidamente a cada segundo. Quando dobrou de tamanho, ninguém mais pôde fingir que Rama era um objeto natural.

Seu corpo era tão geometricamente perfeito que poderia ter sido moldado num torno mecânico – um torno com cinquenta quilômetros de comprimento. As duas extremidades eram completamente planas, exceto por algumas pequenas estruturas no centro de uma das faces, e tinham vinte quilômetros de um lado a outro; a distância, quando não havia nenhuma percepção de escala, Rama parecia, quase comicamente, uma caldeira doméstica comum.

Rama aumentou até preencher a tela. A superfície era de um cinza opaco e monótono, tão sem graça quanto a Lua, e totalmente destituído de marcas, exceto em um ponto. Na metade do cilindro, havia uma mancha ou um borrão de um quilômetro de largura, como se algo tivesse batido ali e respingado, milênios atrás. Não havia nenhum sinal de que o impacto tivesse causado o menor dano às paredes rodopiantes de Rama; mas a marca causara a ligeira flutuação em luminosidade que levara à descoberta de Stenton.

As imagens das outras câmeras não acrescentaram nada de novo. Entretanto, as trajetórias traçadas pelos porta-câmeras através do campo gravitacional de Rama forneceram uma informação crucial: a massa do cilindro.

Era leve demais para ser um corpo sólido. Para surpresa de ninguém, era óbvio que Rama devia ser oco.

O encontro, tão esperado e tão temido, finalmente ocorrera. A humanidade estava prestes a receber seu primeiro visitante das estrelas.

AS FONTES DO PARAÍSO

O *pageant*, habilmente montado, ainda tinha o poder de emocionar Rajasinghe, embora ele o tivesse visto dez vezes e conhecesse cada truque da programação. O espetáculo, sem dúvida, era obrigatório a todo visitante da Rocha, embora críticos como o professor Sarath reclamassem, dizendo que aquilo era tão somente história instantânea para turistas. No entanto, história instantânea era melhor do que história nenhuma e teria de servir, enquanto Sarath e seus colegas ainda discordavam enfaticamente sobre a sequência exata dos eventos ocorridos ali, dois mil anos antes.

O pequeno anfiteatro estava voltado para a muralha oeste de Yakkagala, com seus duzentos assentos cuidadosamente posicionados para que cada espectador olhasse para os projetores de *laser* no ângulo correto. A apresentação sempre começava no mesmo horário, o ano inteiro – 19h00, quando o último clarão do invariável crepúsculo equatorial desvanecia no céu.

Já estava tão escuro que a Rocha se tornara invisível, revelando sua presença apenas como uma sombra enorme eclipsando as primeiras estrelas. Então, da escuridão, veio a lenta batida de um tambor abafado; e logo uma voz calma, desapaixonada:

Esta é a história de um rei que assassinou o pai e foi morto pelo irmão. Na história manchada de sangue da humanidade, não há nada de novo nisso. Mas este rei deixou um monumento perene; e uma lenda que perdura há séculos...

POEIRA LUNAR

A *Selene* se apressou para a frente. Pela primeira vez, havia uma verdadeira sensação de velocidade. Os rastros da embarcação foram ficando mais longos e mais revoltos à medida que as hélices giravam e abocanhavam a poeira ferozmente. Agora a própria poeira estava sendo lançada por toda parte em grandes lufadas fantasmagóricas. A certa distância, a *Selene* pareceria um limpa-neve abrindo caminho em uma paisagem de inverno, debaixo de uma lua glacial. Mas aquelas parábolas acinzentadas desmoronando lentamente não eram neve, e a luz que iluminava a trajetória deles era o planeta Terra.

Os passageiros relaxaram, aproveitando aquele passeio suave, quase silencioso. Cada um deles tinha viajado centenas de vezes mais rápido do que aquilo em suas jornadas até a Lua. Mas, no espaço, nunca se tinha real consciência da velocidade, e esse deslizar ligeiro sobre a poeira era bem mais empolgante. Quando Pat fez uma curva fechada com a *Selene*, fazendo-a orbitar em círculo, a embarcação quase tomou para si os mantos de pó que suas próprias hélices haviam disparado no céu. Parecia meio errado que aquela poeira impalpável traçasse ascensões e quedas em curvas tão precisas, absolutamente intocada pela resistência do ar. Na Terra aquilo teria flutuado por horas – talvez até dias.

TIPOGRAFIA:
Minion [texto]
Fugue [entretítulos]

PAPEL:
Ivory Slim 65 g/m² [miolo]
Supremo 250 g/m² [capa]

IMPRESSÃO:
Rettec Artes Gráficas e Editora Ltda. [novembro de 2023]
1ª edição: setembro de 2013 [12 reimpressões]
2ª edição: fevereir/o de 2019
3ª edição: setembro de 2020 [3 reimpressões]